Walter Landin
Eiswut

Walter Landin, 1952 in Dirmstein/Pfalz geboren, seit 1974 in Mannheim lebend. Seine Prosa, Lyrik, Theaterstücke und Kriminalgeschichten wurden mit zahlreichen Literaturpreisen ausgezeichnet.
Veröffentlichungen (u.a.): Wenn erst Gras wächst, Erzählungen (1985), Dorfluft, Erzählung (1988), Das Gras die Stille der Mond, Gedichte (1999), Das kalte Herz, Hörbuch (2003), Wu bitte is die Speiskart?, Pälzer Saund (2005), Mord im Quadrat, Erzählungen, Buch und Hörbuch (2007), Mannheimer Karussell, Kriminalroman (2008), Bluthitze, Kommissar Lauer ermittelt (2009).
www.landin.de

Walter Landin

Eiswut

Kommissar Lauers zweiter Fall

Wellhöfer Verlag
Ulrich Wellhöfer
Weinbergstraße 26
68259 Mannheim
Tel. 0621/7188167
info@wellhoefer-verlag.de
www.wellhoefer-verlag.de

Titelgestaltung: Uwe Schnieders, Fa. Pixelhall, Mühlhausen
Satz: Lukas Fieber, Creative Design, Mannheim

ISBN 978-3-939540-81-6

In Erinnerung an Markus und Richard

Inhalt

eins

Vorspiel am Wasserturm

Es ist kalt. Du bist Kälte gewöhnt. Und noch ist sie zu ertragen. Es muss nach Mitternacht sein. Der Nacht bleibt viel Zeit in dieser Nacht. Endlos lange Stunden, bis der neue Tag anbricht. Der neue Tag? Was soll da neu sein? Es wird sich nichts ändern. Du musst sehen, wie du überlebst. Jeden Tag. Gestern. Heute. Morgen. Wie lange noch? Du weißt es nicht. Warum solltest du einen einzigen Gedanken daran verschwenden? Früher, in deinem anderen Leben, da hast du über die Zukunft nachgedacht. Hast Pläne geschmiedet. Hast dich gefreut auf den nächsten Urlaub. Auf ein neues Auto, noch schneller, noch exklusiver. Auf einen Fernseher mit Full HD und 100 Hertz, auf ein stylishes Surround-System. Hast Angst gehabt vor Krankheit, vor Entlassung. Dass deine Aktien ins Bodenlose stürzen könnten. Lange her! Das zählt nicht mehr. Heute grübelst du darüber nach, wie du die Nacht überstehen, wo du dich am nächsten Tag aufwärmen kannst, wo du eine warme Mahlzeit herbekommst, einen heißen Kaffee.

An der Ampel vorm Rosengarten hält ein Kastenwagen, weiß, neu. Ist nicht viel los diese Nacht. Vor einigen Tagen muss um den Wasserturm der Teufel los gewesen sein. Silvester, das neue Jahr. Was war neu? Es ändert sich nichts. Du wünschst dir, nicht in deinem eigenen engen, starren Körper zu stecken. Du bist aus der Stadt geflohen. Die Depots im Käfertaler Wald. Relikte der US-Truppen. Schwere Metalltore. Künstlich angelegte Hügel, mit Gras und Gebüsch bewachsen. Früher Giftgaslager. Wird gemunkelt. Die Amis weg, die Hügel geblieben. Die meisten Tore verschlossen. Aber zwei, drei der Depots

11

sind zugänglich. Irgendjemand hat es geschafft, die Tore aufzustemmen. Im Sommer waren die ausgemusterten Depots wegen der Kühle begehrt. Im Winter verirrte sich kaum jemand in den Käfertaler Wald, einfach, weil es in den Depots noch kälter war als im Freien. Dir war es egal gewesen. Wenigstens ein Dach über dem Kopf. Aber viel wichtiger ist die Ruhe. Die Einsamkeit. Die Stille. Keine ausgelassen feiernden Menschenmassen. Keine Betrunkenen. Keine wildfremden Leute, die sich umarmen, die das neue Jahr begrüßen. Neu? Was soll neu sein am neuen Jahr? Im Wald ist es kalt und dunkel und still in der Neujahrsnacht. Die künstliche Höhle kommt dir vor wie ein Grab. Du zitterst, du frierst. Zum Glück kannst du mit der Kälte umgehen. Aber du hast das Gefühl, dass es kälter ist in dieser Nacht. Mitten in der Nacht hast du dein Grab verlassen, bist stundenlang durch den Wald gestolpert. Hast dir den Jahresbeginn anders vorgestellt. Jetzt sitzt du auf einer Bank hinter dem Wasserturm, frierst, weißt nicht, ob es von der Kälte kommt oder von der Erinnerung an die Neujahrsnacht.

Du blickst auf das Wasserbecken, das im Winter leer ist. Schaust auf den Rosengarten, siehst, wie der weiße Kastenwagen zum Wasserturm abbiegt. Der fährt ohne Licht. Normal ist das nicht, findest du. Früher, als kleiner Junge, hast du gefroren, wenn du abends ins Bett gegangen bist. Das ungeheizte Zimmer, das du dir mit deinem Bruder teiltest. Die Eisblumen an den Fensterscheiben. Du rollst dich ganz klein zusammen und ziehst die Mütze über das Gesicht. Die Mütze! Ein abgeschnittener Nylonstrumpf von Mutter, mit einem Knoten versehen. Die Nylonstrümpfe, ein Geschenk der Verwandten aus den USA. Genauso wie der Donald-Duck-Teller, den man mit heißem Wasser füllen kann und den du liebst, obwohl du nicht weißt, wen die komische Ente darstellen soll.

„Du siehst aus wie ein Bankräuber", sagt dein Bruder.

12

„Woher willst du denn wissen, wie so ein Bankräuber aussieht?"

„Maskiert eben."

Der Kastenwagen kommt näher. Der fährt tatsächlich ohne Licht. Seltsam. Du ziehst die Decke noch fester um dich. Du duckst dich, machst dich klein. Der Wagen hält an der Treppe, die zu dem Laubengang hinunterführt. Dort sitzt du auf deiner Bank. Ein kurzes Rangiermanöver und du siehst die Hecktüren des Autos. Siehst das Nummernschild, kannst trotz der Dunkelheit das Schild sehen. Deine Augen sind noch gut. MA-MA. Dann eine Eins und eine Null. Die letzte Zahl kannst du nicht entziffern. MA-MA. Das Nummernschild kennst du. Das Auto kennst du. Der Rollstuhl. Der kleine Junge ohne Haare. Die Wollmütze. Was hat dieses Auto mitten in der Nacht hinter dem Wasserturm verloren? Das Öffnen und Zuschlagen der Fahrertür. Ein Mann in einer schwarzen Daunenjacke und mit einer Wollmütze, ebenfalls schwarz. Der Mann, zwischen 30 und 40 Jahren, schätzt du, macht sich an den Hecktüren zu schaffen. Jetzt klappt er ein Blech aus, verschwindet im Wagen. Ein Poltern. Ein Rollstuhl, der über die Rampe auf den Gehweg geschoben wird. Du glaubst deinen Augen nicht zu trauen. Ein älterer Mann im Rollstuhl. Unnatürliche Sitzhaltung, angewinkelte, nach oben gedrückte Beine, runder Rücken, der Kopf nach hinten gedrückt, keine Mütze, keine Jacke, keine Handschuhe, keine Hosen, keine Strümpfe, keine Schuhe. Der Mann im Rollstuhl ist nackt. Und er bewegt sich nicht. Ob er schläft, fragst du dich. Aber wie kann ein Mensch schlafen bei dieser Kälte? Abgesehen davon, dass er für die Kälte, um es einmal freundlich auszudrücken, keineswegs passend angezogen ist. Der Mann im Rollstuhl muss tot sein, sagst du dir. Der jüngere Mann bugsiert den Rollstuhl nach hinten gekippt und auf zwei Rädern balancierend die Stufen hinab. Wie sollst du dich

13

verhalten? Wenn der Mann weitergeht, kommt er direkt auf dich zu. Er muss dich entdecken.

Du hältst die Luft an. Jetzt verschwinden, sich in Luft auflösen. Sofort! Auf der Stelle! Du versuchst dich noch kleiner zu machen, willst dich zusammenrollen, wie damals in deinem kalten Bett, willst dich am liebsten in dich selbst verkriechen. Aber der Mann da oben ist mit sich und dem Rollstuhl beschäftigt. Für dich hat er keinen Blick. Er stellt den Rollstuhl an der zweiten Wasserstufe ab, klemmt die Bremsen fest, geht um das Gefährt herum, greift dem Mann im Rollstuhl unter die Arme. Du siehst, dass die Arme auf dem Rücken zusammengebunden sind. Der Mann im Rollstuhl ist nicht besonders groß, trotzdem muss er schwer sein. Der junge Mann schwankt, braucht einige Zeit, bis er seinen Schwerpunkt gefunden hat, bis er schwerfällig losgehen kann. Er tritt über die Brüstung des Wasserbeckens, bleibt in der Mitte stehen, blickt sich nach allen Seiten um. Er zögert. Glück gehabt, dass er dich nicht auf deiner Bank entdeckt hat.

Der Mann aus dem Rollstuhl. Etwas ist komisch. Klar, er ist nackt. Aber etwas anderes lässt dich stutzen. Er ist steif, das ist es, natürlich! Wie gefroren. In sitzender Haltung. Die angewinkelten Beine, während er im Rollstuhl gesessen hat. Da ist es dir noch natürlich vorgekommen, irgendwie. Aber jetzt! Die Beine sind immer noch angewinkelt, während er durch die Gegend getragen wird. Und dann sitzt der Mann aus dem Rollstuhl auf einer Stufe des Wasserbeckens und schaut in die Augustaanlage. Könntest du fast denken, wäre der Kopf nicht nach hinten abgeknickt, wäre der Blick nicht in den Himmel gerichtet. Der muss erbärmlich frieren, denkst du auf deiner Bank. Im selben Moment weißt du, dass dem Rollstuhlmann die Kälte nichts mehr anhaben kann, dass er nie mehr frieren muss. Der andere Mann hat den Rollstuhl zusammenge-

14

klappt im Kastenwagen verstaut, die Rampe eingezogen und die Hecktüren zugeschlagen. Dann das Klacken der Fahrertür, das Surren des Motors. Und schon ist er verschwunden, der Kastenwagen fährt ohne Licht um den Wasserturm, MA-MA, schaltet die Beleuchtung erst ein, als er vorne am Rosengarten links abbiegt.

Der Rollstuhlmann wird nicht mehr frieren. Du stopfst deine Decke in eine deiner Plastiktüten, suchst deine übrigen Habseligkeiten zusammen. Du stampfst mehrmals mit den Füßen auf, um Wärme in die Zehen zu bekommen. Wenn es so mit der Kälte weitergeht, musst du ernsthaft über Alternativen nachdenken. Das Übernachtungsheim auf der Friesenheimer Insel. Einige Betten sind immer frei, selbst bei sibirischer Kälte. Innerlich schüttelt es dich. Die Regeln, die dort gelten. Die Spannungen mit den anderen Bewohnern. Auf engstem Raum zusammen. Die Angst, bestohlen zu werden. Du hast das alles erlebt. Nein, danke! Du musst weg von hier, schnell! Aber du bist neugierig, stellst die Plastiktüten auf die Bank und schaust dich nach allen Richtungen um. Genau wie der Mann vorhin, der den Rollstuhlmann im Arm hatte. Die Luft scheint rein zu sein. Du schleppst dich die Stufen hoch, betrittst das Wasserbecken. In mehreren Stufen fließt in den wärmeren Jahreszeiten das Wasser in ein rechteckiges Becken, das sich zu einem noch größeren Rundbecken öffnet, in dem eine imposante Fontäne das Wasser hochschleudert. Du stehst vor dem Rollstuhlmann. Kein Zweifel. Er ist tot. Auch seine Beine sind gefesselt. Mit braunem Paketklebeband. Der Tote in den Lauerschen Gärten fällt dir ein, einige Jahre schon her. Du hast ihn um eine Zigarette angehauen, hast mit ihm sogar geredet. Erst als du ihn angestoßen hast und er auf seiner Bank umgekippt ist, hast du gemerkt, dass etwas nicht stimmt. Aber damals bist du betrunken gewesen. Heute hast du einen klaren Kopf. Erinnerst dich an den Ärger

15

mit der Polizei, damals bei dem Toten in den Lauerschen Gärten. Du bist einer Streife direkt in die Arme gelaufen.

Du streckst den Zeigefinger aus und berührst die Wange des Rollstuhlmannes. Steinhart! Die Wange ist gefroren. Du gehst um den Toten herum, siehst die blutige Wunde auf dem Hinterkopf, den eingeschlagenen Schädel, die Eiskristalle an den Wundrändern. Was für eine Wut muss jemand haben, der einen Menschen tötet und ihn dann in so einer Art und Weise in aller Öffentlichkeit ausstellt? Eine Antwort weißt du nicht. Du gehst zurück zu deiner Bank, nimmst deine Plastiktüten und machst dich auf den Weg.

zwei

www.mannheim-flirtet.de

Es war zwanzig vor fünf. Das Telefon klingelte. Lauer wurde von dem schrillen Ton nicht aus dem Schlaf gerissen. Er hatte schon eine Weile wach gelegen. Nicht dass er sich hin- und hergewälzt hätte. Er lag entspannt da, hatte die Beine ausgestreckt und die Hände hinter dem Kopf verschränkt. Er genoss die Wärme der Decke. Er rekelte sich und dachte nach. Es war kein Grübeln. Er war bester Laune, obwohl sein Urlaub zu Ende war. Er dachte an den gestrigen Abend und das versetzte ihn in Hochstimmung. Dabei hatte der Abend alles andere als vielversprechend angefangen. Wenn er jetzt den Hörer nicht abhob, würde der Anrufbeantworter nach dem nächsten Klingeln anspringen.

„Ja, ach du, Julian. Ja, ich weiß, dass heute mein erster Arbeitstag ist. Mir ist klar, dass du mich nicht deswegen mitten in der Nacht anrufst. Ja, die Pflicht. Wo? Origineller Fundort. Ich mache mich auf den Weg. In zwanzig Minuten bin ich da."

Der gestrige Abend. Perfekt. In jeder Hinsicht. Es hatte gefunkt. Da war er sich sicher. Vom allerersten Augenblick an. Hätte er ihr Angebot nicht doch annehmen sollen?

„Kommen Sie noch mit rein, auf einen Kaffee oder was anderes?"

Entschlossen schlug er die Decke zurück und schwang sich aus dem Bett. Ihn fröstelte. Im Zimmer war es kalt. In einem geheizten Zimmer konnte er nicht schlafen. Ausgeschlossen. Der Kater, der am Fußende des Bettes lag, ließ sich von der Unruhe nicht beeindrucken und schnurrte weiter. Das heiße Wasser unter der Dusche war eine Wohltat und spülte die Kälte weg.

17

Duschen ist Luxus, dachte er, irgendwie.

Was hatte er sich über das Weihnachtsgeschenk seines Sohnes mokiert. Seit gestern Abend hatte sich diese Einschätzung verändert.

Internet-Partnervermittlung, www.mannheim-flirtet.de. Komplett eingerichteter Zugang, angelegtes Profil, die Gebühren für ein halbes Jahr im Voraus bezahlt.

„Bis dahin hast du jemanden kennengelernt! Oder du musst selbst löhnen", hatte Fabian am Weihnachtsabend gesagt, während Bugge Wesselthoff bei der Bescherung „It's snowing on my piano" gespielt hatte.

„Du spinnst", hatte Lauer gesagt und war eingeschnappt gewesen. Das hatte sich spätestens nach dem zweiten Schluck Rotwein gelegt, einem 2001er aus dem Roero, Überbleibsel von Lauers letztem Piemonturlaub. Der Wein war vorzüglich, auf dem Höhepunkt. Sein Sohn meinte, er habe den Zenit überschritten, Lauer hatte sich gesträubt, Fabian zuzustimmen.

Lauer trocknete sich ab und sah auf die Uhr. Er musste sich beeilen, er hatte es seinem Kollegen versprochen. Also: Verzicht auf eine Tasse Tee, kein Honigbrot. Rein in die Klamotten, ab ins Auto. Der Kater lag noch immer auf dem Bett und schnurrte. Draußen war es kalt. Lauer hatte das Gefühl, dass es jeden Tag eine Spur kälter wurde.

Der Fabia sprang problemlos an. Er fuhr bis zur Relaisstraße, sprach in Gedanken den Straßennamen so aus, wie die echten Rheinauer ihn aussprechen, wartete, bis die Straßenbahn passiert hatte und bog nach rechts ab. Am zweiten Weihnachtsfeiertag war ihm Fabians Gutschein wieder in die Hände gefallen. Verfallen musste der nicht. Schließlich war er bezahlt. In diesem Punkt dachte Lauer praktisch. Er hatte sich eingeloggt.

„Warum Leopold2?"

„Weil der Nutzername Leopold schon vergeben ist", hatte Fabian an Weihnachten erklärt.

„Schmetterlinge als Kennwort, originell. Und das soll nicht vergeben sein?"

„Unzählige Male, da hast du recht, Leo. Aber nicht in Kombination mit deinem Nutzernamen."

Fabian war an Weihnachten geduldig gewesen. Lauer musste über sein Profil grinsen.

„Leopold2 – Ich möchte eine Beziehung. Ich interessiere mich für Frauen."

Das klang nach Standardformulierungen.

„49 Jahre, ungebundener Nichtraucher, Akademiker, Beamter in unkündbarer Stellung, an Natur und Kultur gleichermaßen interessiert, Genussmensch. Was du über mich wissen solltest: Wie sagte es schon Ludwig II. von Bayern so treffend: ,Ein ewig Rätsel will ich bleiben, mir und anderen.' Neugierig auf mich? Auf mehr? Dann solltest du mich fragen!"

Eine gewisse Kreativität konnte er Fabian nicht absprechen. Das Zitat war originell, obwohl es Lauer als eingefleischtem Pfälzer nicht gefiel, dass es von einem bayrischen König stammte.

„Warum ,Beamter in unkündbarer Stellung'? Wie sich das anhört", hatte Lauer gemeint.

„Kommt bei reiferen Frauen gut, vergrößert deine Chancen", hatte Fabian gesagt.

„Und kein Wort über meinen Beruf?"

„Absoluter Chancenkiller!"

Lauer hatte das Suchformular nur spärlich ausgefüllt.

„Je weniger Ansprüche du stellst", hatte Fabian gesagt, „desto höher die Trefferquote."

„Alter zwischen 40 und 50 Jahren, im Umkreis von 20 Kilometern, normale Figur, kulturell interessiert, Akademikerin keine Bedingung."

Er hatte umgehend eine ganze Latte von Vermittlungsvorschlägen erhalten.

In der Neckarauer Straße ging es nur schleppend voran.

„Beratungen über zweites Konjunkturpaket: Die Spitzen von Union und SPD verständigen sich auf Schwerpunkte zur Bekämpfung der Wirtschaftskrise. Als Umfang für eine Konjunkturspritze sind bis zu 50 Milliarden Euro im Gespräch."

Lauer drehte das Autoradio leiser.

Sonja4, Sonja war anscheinend ein häufiger Name auf mannheim-flirtet.de, 44 Jahre, Realschullehrerin, Kunstliebhaberin.

Was das wohl heißt, fragte sich Lauer.

„Ich halte es mit Novalis: ‚Wer Schmetterlinge lachen hört, weiß, wie Wolken schmecken.'"

Lauer konnte mit dem Spruch nicht viel anfangen, seine lyrische Seite war eher unterentwickelt, aber das Novalis-Zitat gefiel ihm, gestand er sich ein, es rührte ihn im Innern an.

Die Vorstellung endete mit drei Sätzen, die Lauer bekannt vorkamen. Die Sätze waren nicht als Zitat gekennzeichnet und er konnte sie nicht, so sehr er sich auch anstrengte, zuordnen.

„Liebe sucht nicht. Liebe fragt nicht. Liebe ist."

Er wollte diese Frau kennenlernen, freute sich auf das Treffen, das zu einem Reinfall wurde.

Mit Sonja4 traf Lauer sich, auf ihren Wunsch, in der Kunsthalle. Klar, Kunstliebhaberin. Sie hatte ganz offensichtlich, wie sie gleich zu Anfang verkündete, ein Faible für Impressionisten. Auf Cézanne folgte Monet, dann Pissaro, jedes Bild ausführlich beschrieben, mit wachsender Begeisterung. Lauers Kommentare beschränkten sich auf „Aha, na so was, ja, natürlich, interessant". Der Rundgang endete bei Pierre-Auguste Renoir und seinem „Stillleben mit Pfingstrosen", ihrem absolutem Lieblingsbild, ein Meisterwerk, ein Traum, unübertroffen. Minutenlang

20

erklärte sie das Bild in allen Details, stellte ihm, ganz die Lehrerin, immer wieder Fragen zur Lernzielkontrolle, mit seinen Antworten lag Lauer immer knapp daneben. Aber Sonja4 war nicht an seinen Antworten interessiert, denn selten ließ sie ihn ausreden, brachte ihre Ansichten wieder ein.

Was ist das für eine Frau, dachte Lauer mehr als einmal. Trifft sich mit einem Mann und ist an ihm als Person nicht interessiert. Was steckt dahinter? Hat sie Angst? Ist sie unsicher? Will sie sich im besten Licht zeigen, damit der andere zugreift?

Wohin war er geraten? Liefen alle Treffen so ab? Ging es gar nicht darum, das Gegenüber kennenzulernen, zu ergründen? Warum mache ich das?, fragte sich Lauer.

Am Ende war Sonja4 so in ihren Vortrag vertieft, dass sie keine Fragen mehr stellte und nur noch von dem Meisterwerk schwärmte. Wäre Lauer in diesem Moment einfach gegangen, es wäre ihr nicht aufgefallen. Zum Glück klingelte sein Handy. Er fing einen missbilligenden Blick auf, der mehr sagte als jedes Wort. Es war Fabian, der sich erkundigte, wie das Treffen, immerhin Lauers erstes Treffen, seine Premiere, denn so verlaufe.

„Alles im grünen Bereich. Okay, ich habe verstanden", sagte Lauer, beendete das Gespräch und ging mit einem Blick, der Enttäuschung ausdrücken sollte, zu Sonja4 zurück.

„Ein Einsatz, es tut mir leid."

Er drückte der verdutzten Dame die Hand und machte, dass er davonkam. Erst im Eingangsbereich fiel ihm ein, dass er Sonja4 nicht mitgeteilt hatte, dass er bei der Polizei arbeitete. Seine Schuld war es jedoch nicht, er war schlicht und einfach nicht zu Wort gekommen. Er ging zurück, aber der Platz vor dem Stillleben war verwaist. Sollte die Schwärmerei gespielt sein? Auch im Nebenraum fand er Sonja4 nicht.

Dann eben nicht, dachte Lauer. Vielleicht war es doch nicht so klug gewesen, seinen Beruf „aus taktischen Gründen", Fabians Worte, auszusparen.

Vor dem Neckarauer Übergang kam der Verkehr zum Stehen. Nichts ging mehr.

„Unternehmer Merkle begeht Selbstmord. Der in Finanznot geratene schwäbische Großindustrielle und Milliardär Adolf Merkle hat sich das Leben genommen."

Lauer drehte das Radio lauter.

„Der 74-Jährige warf sich vor einen Zug. Der Unternehmer hatte Millionenverluste bei Spekulationen mit VW-Aktien erlitten. Sein Firmenimperium, darunter Ratiopharm und HeidelbergCement, ist hoch verschuldet."

Seit Meißners Anruf waren schon fast 30 Minuten vergangen.

Regina47 sein zweiter Versuch. Bestimmt bezeichnete die Zahl hinter dem Usernamen nicht die Anzahl der Reginas, die sich auf den Seiten von mannheim-flirtet.de tummelten.

48 Jahre, anscheinend schon eine Zeit lang auf Suche, Ärztin, seine Suchoption, die Akademiker betreffend, ignorierte der Filter der Singlebörse hartnäckig, Nichtraucherin, Treffer, das passte. Ihre persönliche Vorstellung war nüchterner, pragmatischer, nicht so lyrisch wie bei Sonja4. Von hochgestochenen Zitaten hatte Lauer erst einmal die Nase voll.

„Ich bin eine nette, offene, vom Leben nicht verwöhnte Frau, die mit beiden Beinen im Leben steht und sich einen Partner wünscht, der zu mir hält, mich versteht, mich verwöhnen möchte und bei dem ich mich anlehnen kann."

Lauer schickte eine E-Mail zum Postfach von Regina47, prompt kam die Antwort und zwei Tage später das Treffen, das wenigstens in kulinarischer Hinsicht ein Erfolg wurde. Das Essen im Toulonnais in der Langen Rötter-

22

straße war passabel und der Wein schmeckte ihm. Aber genießen konnte er ihn nicht. Regina47, Ärztin im Theresienkrankenhaus, hatte den ganzen Abend von ihrem alten und kranken Vater erzählt, von ihrer aufopferungsvollen Pflege, von ihren Schuldgefühlen, da sie ihn heute Abend, sie nippte an ihrem Wasser, ohne Kohlensäure, bitte, in fremder Obhut lassen musste. Obhut, Lauer konnte sich nicht daran erinnern, wann jemand in seiner Gegenwart zuletzt das Wort gebraucht hatte. Und erst ihre Blicke, als Lauer sich einen Rotwein bestellte. Wein! Alkohol!

„Wenn mein Vater in jungen Jahren nicht dem Alkohol verfallen wäre", sagte sie. Weiter sagte sie nichts. Es war nicht nötig.

Bei Lauers Beruf, den er dieses Mal nicht verheimlichte, zuckte sie zusammen.

„Ist das nicht gefährlich?"

Doch dann, noch ehe er antworten konnte, entspannte sich ihr Gesicht und sie lächelte. Wahrscheinlich war ihr bewusst geworden, dass ein Kriminalbeamter unregelmäßige Arbeitszeiten hatte und die eine oder andere Nacht Dienst schieben musste. Da käme eine Beziehung nicht in Konflikt mit der Pflege des Vaters. Aber vielleicht reimte sich Lauer das alles nur zusammen. Jedenfalls war er froh, als sein Nachtisch, Regina47 verzichtete, endlich aufgetragen wurde. Dann die Bezahlung, getrennt, selbstverständlich, oberste Devise beim ersten Date.

„Das nächste Mal können wir uns bei mir zu Hause treffen", sagte sie und ließ Lauers Hand nicht mehr los. „Ich könnte uns einen Tee machen, eine Kleinigkeit zum Essen."

Auf ihre Einladung reagierte Lauer nicht mehr. Es würde kein zweites Mal geben

Als Lauer am Kunstverein in die Augustaanlage einbog, ging es endlich flotter voran.

Aber gestern Abend! Alles hatte gepasst. Vom ersten Moment an. Dabei war der Abend von der Partnervermittlung ganz anders geplant gewesen! Er hatte seine Partnerin sogar nach Hause gefahren. Ein schönes, neu renoviertes Haus in der Ziethenstraße in Feudenheim.

„Kommen Sie noch mit rein, auf einen Kaffee oder so", hatte sie zu ihm gesagt.

Lauer zögerte einen Augenblick, zu verführerisch das Angebot, lehnte ab, freundlich und bestimmt.

„Schade, wo der Abend so schön war."

Die Verhaltenstipps auf der Seite von mannheim-flirtet.de. Erstes Date auf neutralem Terrain. Keine zu großen Vertraulichkeiten! Und wichtigste Regel: Kein Sex beim ersten Mal, wenn Ihnen an einer ernsthaften Beziehung gelegen ist.

„Vielleicht beim nächsten Mal", sagte Lauer und küsste Hanne unbeholfen die Hand.

Wie stelle ich mich an, dachte er. Er hatte noch nie in seinen 49 Jahren einer Frau die Hand geküsst.

„Gibt es denn ein nächstes Mal?", fragte sie

„Bestimmt", sagte Lauer und dieses „Bestimmt" kam aus tiefstem Herzen.

Endlich schaltete die Ampel vor dem Rosengarten auf Grün. Lauer parkte direkt hinter der Polizeiabsperrung. War ein Handkuss eine Vertraulichkeit? Es war kurz nach sechs. Die Sonne war auf ihrem Weg zur nördlichen Erdhalbkugel, es würde noch dauern, bis sie dort ihren Dienst antreten konnte. Wenn überhaupt.

Die Geschäftigkeit, ja Hektik hinter der Absperrung verdrängte die Erinnerung an den vergangenen Abend und holte Lauer in die Wirklichkeit zurück. Sein erster Arbeitstag im Jahr 2009. Er hatte sich den Dienstbeginn nach seinem Urlaub anders vorgestellt. Zu Hause ein gemütliches Frühstück. Dann in aller Ruhe im Mutterhaus in L 6 einlaufen. Ein Schwätzchen mit Frau Werner, der Sekretärin. Sich eingewöhnen, sich mit den aktuellen Fällen vertraut machen. Es langsam angehen lassen.

drei

Leichenschau

„Es wird Zeit", sagte Meißner. „41 Minuten von der Rheinau zum Wasserturm. Rekordverdächtig!"

Das leere Becken hinter dem Wasserturm war von den Scheinwerfern in gleißendes Licht getaucht. Es wimmelte von Kriminaltechnikern in weißen Schutzanzügen. Meißner ging auf Lauer zu und umarmte ihn.

„Ich wünsche dir ein gutes Neues, Leo."

Lauer wehrte ab.

„Hör mir damit auf."

„Was soll das? Ich denke, bis zum Siebten darf man noch."

„Entschuldige, es reicht. Überall werde ich mit einem ‚guten Neuen' eingedeckt, inflationär."

„Aber gut gemeint."

„Wenn mir irgendeine Moderatorin irgendeines Privatradios locker-flockig über den Äther ein gutes, neues Jahr entgegenflötet?"

„Okay, Leo, in diesem Fall sind die Wünsche eher beliebig."

„Wenn ein Elektromarkt seinen unerbittlichen Preiskampf mit einem ‚Rutschen Sie noch günstig-geiziger mit uns in das neue Jahr, Sie sind ja nicht blöd!' ankündigen?"

„Dann sind die Wünsche billig."

„Wenn meine Krankenkasse die Beitragserhöhung mit ‚ein Glückliches 2009' unterlegt?"

„Ich gebe mich geschlagen. Meine Bank hat die Kürzung der Sparzinsen Richtung Null-Prozent auch mit einem ‚erfolgreichen neuen Jahr' angekündigt. Für wen erfolgreich, frage ich mich da."

„Du siehst, Julian, überall wird man mit hinterhältigen Neujahrsfloskeln eingedeckt."

26

„Phrasendreschen ist nicht mein Ding", sagte Meißner und ging mit Lauer hinter die Absperrung.

„Auf uns wartet Arbeit im neuen Jahr."

Er deutete auf die Person, die zusammengekauert in unnatürlicher Sitzposition im Wasserbecken saß. Wie gestaucht, zusammengequetscht, war Lauers erster Impuls.

„Wie ist das möglich?", fragte er.

„Ganz einfach, gefroren! Die Leiche ist tiefgefroren."

Lauer glaubte im ersten Moment, sein Kollege wolle ihn auf den Arm nehmen. Aber als er sich der Leiche näherte, wurde ihm bewusst, dass Meißner nicht scherzte.

„Den brauchen wir nicht zu kühlen, den müssen wir erstmal auftauen", hörte er eine Stimme hinter sich. Der Spruch hätte gut zu Dr. Adelmann gepasst, dem Arzt vom Institut für Rechts- und Verkehrsmedizin des Universitätsklinikums Heidelberg. Aber es war eine Frauenstimme. Lauer drehte sich um. Dr. Julia Langner, Adelmanns Kollegin.

„Ein gutes neues Jahr", sagte Lauer.

Im Sommer 2007, in den Julitagen, als eine Gluthitze sich über die Stadt gelegt hatte, hatte er mit der jungen Ärztin zum ersten Mal zusammengearbeitet. Wenn er sich richtig erinnerte, war es um die Ermordung einer Journalistin in der Neckarstadt gegangen.

„Ihnen auch, Herr Kriminalhauptkommissar, wenn es auch nicht gerade gut anfängt, das neue Jahr."

Julia Langner deutete auf die Leiche.

„Von Dr. Adelmann soll ich Ihnen einen schönen Gruß ausrichten. Er ist zur Zeit, wie soll ich mich ausdrücken, nicht so gut zu Fuß, Hexenschuss, um es salopp auszudrücken", sagte die Ärztin.

„Sagen Sie ihm gute Besserung. Können Sie etwas zur Todesursache sagen?"

„Schädeldecke am Hinterkopf zertrümmert, großflächig, ein stumpfer Gegenstand, vielleicht ein schwerer Hammer, das hat definitiv zum Tod geführt. Aufgescheu-

27

erte Stellen an den Hand- und Fußgelenken, dürften vom Klebeband kommen. Einige ältere Hämatome, ansonsten keine weiteren äußeren Verletzungen. Und das Seltsamste: Der Mann ist tatsächlich tiefgefroren. Das sollte vorhin kein Witz sein."

„Todeszeitpunkt?"

„Ganz schwierig. Augenblicklich kann ich nichts dazu sagen. Selbst wenn er aufgetaut ist, selbst nach eingehender Untersuchung dürfte es schwer werden, Verlässliches zu sagen. Wenn er, was ich annehme, in einer Tiefkühltruhe eingefroren wurde, ist es fast unmöglich, den korrekten Todeszeitpunkt zu bestimmen."

Der Fotograf war mit seiner Arbeit fertig. Dr. Julia Langner war auf dem Weg zurück nach Heidelberg und würde im Lauf des Vormittags die Tiefkühlleiche in Empfang nehmen. Die Wunde am Hinterkopf war zwar verheerend, aber da alles gefroren war und Eiskristalle an den Knochensplittern glänzten, sah es irgendwie unwirklich aus. Lauer musste an die Körperwelten-Ausstellung denken. Präparierte Leichen ausgestellt, aber der Betrachter hatte das Gefühl, Kunstplastiken zu betrachten.

Lauer kniete vor dem toten Mann. Die Augen des Mannes schauten durch Lauer hindurch. Weit aufgerissene Augen. Tote Augen. Lebendige Augen. Es waren dieselben Augen. Und doch waren sie verschieden. Es gab keine Ähnlichkeit. Lebendige Augen. Tote Augen. Was hatten diese Augen zuletzt gesehen? Den Mörder? Jetzt ging ihr Blick ins Leere. In die Weite. In die Stille, in die Unendlichkeit. Bis in alle Ewigkeit. Würde Dr. Langner die Augen schließen? Lauer sah die Ärztin vor sich, wie sie dem Toten mit der Hand über die Augen fuhr. Wie schaffte es die junge Frau, mit all dem Tod umzugehen? Er nahm sich vor, mit ihr darüber zu reden. Ließen sich tote Augen, tiefgefroren, wieder aufgetaut, noch schließen? Lauer wusste keine

28

Antwort. Die Vorstellung, dass der Tote mit diesen aufgerissenen Augen in seinem Sarg liegen musste, empfand
Lauer als unangenehm. Der Tote hatte graue, volle Haare. In seiner zusammengepressten Haltung kam er Lauer
klein vor. Aber 1,70 Meter war er mindestens groß. Lauer
schätzte ihn auf Ende fünfzig, vielleicht Anfang sechzig.
Schlank, so gut wie keinen Bauchansatz, durchtrainiert.
Lauer schaute an sich herab und zog seinen Bauch ein. Er
hatte sich vorgenommen, dieses Jahr regelmäßig Sport zu
treiben. Joggen, Rad fahren. Einen Cross-Trainer anschaf-
fen, wie Fabian vorgeschlagen hatte.

„Dann bist du vom Wetter unabhängig."

Noch war Lauer kein Besitzer eines solchen Folterge-
rätes. Noch war die Kälte eine überzeugende Entschuldigung, den guten Vorsatz eine Weile auf die lange Bank
zu schieben. Aber wenn die Temperaturen wieder Nor-
malmaß erreicht haben würden, dann würde er loslegen.
Ehrlich!

Lauer fand, dass der Tote attraktiv aussah, soweit man
das bei einem Toten sagen konnte. Bei mannheim-flirtet.
de hätte er alle Chancen gehabt. Es gibt Frauen, die stehen
auf diesen Typ Mann. Sportlich. Angegraute Schläfen.

Halt, sagte er sich, lässt mich diese Partnerscheiße
nicht mehr los? Ich bin im Dienst!

Der Gedanke ließ ihn nicht los.

Der hätte beim Turbodating eine blendende Figur abgegeben. Obwohl die Haltung des Mannes alles andere
als Würde ausstrahlte. Die Fesseln, der nackte, zusam-
mengestauchte Körper, die aufgerissenen Augen. Lauer
stellte sich einen Mann von Welt vor, Anzug, Krawatte,
vollendete Manieren. Dem wäre es nicht peinlich gewesen, einer Dame die Hand zu küssen. Ein Mann, der sich
auf gesellschaftlichem Parkett perfekt bewegen, der seinen Charme gezielt und bewusst versprühen konnte. Das
Bild verschwand vor seinen Augen genauso schnell wie

29

es aufgetaucht war. Vor ihm kauerte eine nackte Leiche, sonst nichts. Nein, es gibt keine Ähnlichkeit zwischen Lebenden und Toten. Genauso wie es keine Ähnlichkeit gibt zwischen toten und lebendigen Augen.

„Hallo, Leo, Leo?"

Lauer schlug die Augen auf und sah Meißner, der vor ihm stand und mit der Hand vor seinem Gesicht herumwedelte.

„Weggetreten? Eingeschlafen? Festgefroren?"

Lauer hatte das Gefühl, dass seine Gelenke knackten, als er aufstand.

„Nein, Leo. Vergiss alles, was ich gesagt habe, ist alles falsch. Wenn ich in deine Augen schaue, dann gibt es nur eine Schlussfolgerung: Du hast eine Frau kennengelernt!"

„Irgendwelche Hinweise auf die Identität?", lenkte Lauer das Gespräch in dienstliche Bahnen.

„Nichts, absolut nichts."

„Zeugen?"

Meißner deutete zu einem Streifenwagen, der auf dem Trottoir hinter dem Wasserturm parkte.

„Ein alter Bekannter."

Lauer ging die Stufen hinauf.

„Ah, Polizeiobermeister Frühauf."

„Frühauf stimmt noch", sagte der Beamte, „aber inzwischen Polizeihauptmeister, Herr Kriminalhauptkommissar."

Der Mann, der im Streifenwagen saß, kam Lauer bekannt vor. Abgerissene Daunenjacke, stand vor Dreck, darunter einen Kapuzenpulli, ungepflegte, lange Haare, an den Schläfen grau.

„Stephan mit ph Peters, ohne Wohnsitz", sagte Frühauf.

Der Mord in den Lauerschen Gärten vor einigen Jahren. Dieser Obdachlose hatte die Leiche des Spaniers entdeckt. Der Mord ohne Motiv. Ein Mord aus Versehen, wie sich später herausgestellt hatte.

„Deine Haare waren damals noch nicht grau", sagte Lauer und wunderte sich, dass er Peters duzte.

„Sie sind auch nicht jünger geworden, Herr Kommissar. Ich weiß nicht, Leichen ziehen mich magisch an. Dabei bringen sie nichts als Ärger. Hätten Sie nicht eine Zigarette für mich?"

„Nichtraucher", sagte Lauer und wunderte sich ein weiteres Mal und zwar über die gewählte Ausdrucksweise des Obdachlosen. Er wandte sich an Frühauf.

„Wo haben Sie ihn aufgegabelt?"

„In den Arkaden, da vorne, in der Nähe des Cafés Flo. Im Hauseingang beim Antiquitätengeschäft. Wollte sich aus dem Staub machen, als er uns sah."

„Geschichte wiederholt sich", sagte Lauer mehr zu sich selbst.

„Nicht ganz, Herr Kommissar", tönte es aus dem Streifenwagen. „Damals in den Lauerschen Gärten, da war ich abgefüllt, da habe ich den armen Kerl glatt um eine Zigarette angehauen. Hat eine Zeit gebraucht, bis ich bemerkt hatte, dass der tot war. Aber bei dem da im Wasserbecken, da habe ich gleich gesehen, dass da nichts mehr zu machen ist."

Lauer stampfte mit den Füßen auf den Boden. Es war verdammt kalt.

„Kann man nicht den Motor laufen lassen, damit ich was von der Heizung abbekomme. Das ist nicht zu viel verlangt. Ich friere mir noch was ab", sagte Stephan Peters.

„Frühauf, bringen Sie den Mann ins Präsidium. Dort soll er sich aufwärmen. Und sorgen Sie dafür, dass er was zu essen bekommt und einen heißen Kaffee."

Lauer schaute sich um, suchte seinen Kollegen Meißner und entdeckte ihn im Wasserbecken bei der Leiche, wo er ihn vorhin verlassen hatte.

„Ich wünsche dir und deiner Familie alles Gute für das neue Jahr, Julian."

31

vier

Turbodating

Es ging nur schrittweise weiter. Lauer war noch nicht richtig auf den Kaiserring eingebogen. Beim Turbodating wurde eine andere Geschwindigkeit vorgegeben. Nach den Reinfällen mit Sonja4 und Regina47 hatte Fabian diese spezielle Art des Kennenlernens ins Spiel gebracht. Lauers verständnisloser Blick.

„Schau nach auf mannheim-flirtet.de, Stichwort ‚Turbodating'. Am besten, du meldest dich für den nächsten Termin an", hatte sein Sohn gemeint.

Lauer reihte sich rechts ein. Die weit aufgerissenen Augen des Toten vom Wasserturm. Der Blick in die Ferne, ins Unendliche. Tote Augen. Er hatte die entsprechende Seite gleich gefunden. Turbodating. Was für ein Name! Männer und Frauen sitzen sich paarweise gegenüber, wie die Hühner auf der Leiter, dachte er, als er das Foto sah. Wie die Hähne und die Hühner, verbesserte er sich. Ziel ist es, in sieben Minuten herauszufinden, ob der Gegenüber einem sympathisch ist oder nicht. Warum gerade sieben Minuten?

„Sie schreiben den Namen Ihres Partners auf eine Ihrer Turbodatingkarten und kreuzen an, ob Sie ein Wiedersehen wünschen oder nicht. Dann gehen die Herren einen Tisch weiter. Die ausgefüllten Turbodatingkarten, eine Karte pro Partner, geben Sie zu Hause in aller Ruhe innerhalb von 48 Stunden in Ihren Computer ein. Wie das geht? Einloggen mit Nutzernamen und Kennwort, den Menüpunkt ‚Nachricht' auswählen, den Unterpunkt ‚Übereinstimmungen' aussuchen. Hier tragen Sie jetzt Ihre Bewertungen ein. Und bald können Sie sich ganz bequem zu Hause im Internet Ihre persönliche Auswertung ansehen."

32

Turbodating? Da war ein Mensch ermordet und gnadenlos der Öffentlichkeit vorgeführt worden. Und er dachte über Turbodating nach. Lauer hatte sich umgehend für den nächsten Termin in seiner Nähe angemeldet. Sonntag, 4. Januar, ab 18 Uhr im Nebenzimmer der MARUBA.

„Bitte beachten Sie die angegebene Altersklasse."

Lauer hatte sich vergewissert, die Altersklasse passte.

„Bitte geben Sie die Daten Ihrer Kreditkarte ein. Die Buchungsbestätigung inklusive Rechnung wird Ihnen per E-Mail zugeschickt."

Es ging voran. Endlich! Lauer stand in der Poleposition. Sein Blinker blinkte erwartungsvoll. Zumindest kam es Lauer so vor. Er spielte mit dem Gaspedal. Gleich würde die Ampel auf Grün springen. Gleich würde er in die Bismarckstraße einbiegen. Gleich würde er das Polizeipräsidium vor Augen haben. Kurz vor acht würde Frau Werner kommen, sie würden sich ein gutes neues Jahr wünschen, Lauer würde nicht über Neujahrsrituale lästern, nicht bei Frau Werner, er würde ihr von dem ausgestellten Toten vom Wasserturm berichten.

„Bitte erscheinen Sie etwa zehn bis fünfzehn Minuten vor der angegebenen Zeit am Veranstaltungsort. Unser Turbodating-Engel (was für ein Wort!) begrüßt Sie mit einem Glas Prosecco (bestimmt in Discounter-Qualität!), das im Preis inbegriffen ist."

Wäre noch schöner, dachte Lauer. 28,90 Euro für das Turbdating-Date waren kein Pappenstiel.

„Unser Dating-Engel weist Sie in den Ablauf der Veranstaltung ein und informiert Sie über die Verwendung der Bewertungskarten."

Lauer war eine Viertelstunde früher da und lief als Erstes Sonja4 in die Arme.

„Sie auch hier?", sagte sie und Lauer spürte, dass sie nicht gerade vor Begeisterung überfloss.

33

„Ihr Abgang letzte Woche ...", sagte sie und auch wenn sie sich einer Bewertung enthielt, war klar, was sie meinte.

„Sie müssen entschuldigen, ich musste dringend weg, dienstlich, ich bin bei der Polizei", sagte Lauer und griff nach dem Glas, das ihm hingehalten wurde. Dann merkte er, dass er seine letzten Worte nicht mehr zu Sonja4 gesagt hatte, sondern zum Turbodating-Engel, einer blonden Frau, die ein dunkelblaues Kostüm trug und deren Alter deutlich unter der Altersgrenze der Teilnehmer der heutigen Veranstaltung lag.

„Ich darf Sie herzlich begrüßen", sagte der Engel und drückte ihm die Bewertungskarten in die Hand. Den Erklärungen der Frau folgte er mit halbem Ohr, er ließ seinen Blick schweifen, sah, dass zwei weitere junge Frauen mit dunkelblauem Kostüm den nicht mehr jungen Damen und Herren Prosecco-Gläser in die Hand drückten.

„Ich wünsche Ihnen viel Glück, toi, toi, toi", sagte Lauers Engel. „Vergessen Sie bitte nicht, Ihre konsumierten Getränke am Ende zu bezahlen. Das gilt nicht für den Begrüßungsprosecco."

Lauer konnte nicht sagen, wie viele Frauen und Männer anwesend waren. Mindestens zehn, das war sicher, weiter kam er nie, weil er dann mit dem Zählen durcheinander kam. Auf was hatte er sich da eingelassen? Dann ging es endlich los. Lauer hatte sich so postiert, dass er möglichst weit von Sonja4 entfernt saß. Aus den Augenwinkeln sah er, dass die Anzahl der Männer und Frauen gleich war. Die ersten Minuten zogen sich endlos hin. Nach wenigen Sekunden war es ihm klar, dass die Frau, die ihm gegenüber saß, nicht infrage kam. Der Lippenstift zu rot, das Make-up zu dick aufgetragen, das Getue zu affektiert, richtig aufgedreht. Sie schwärmte von ihrem Cabriolet, lobte Da Gianni in den höchsten Tönen, dort sei sie Stammgast, werde vom Meister persönlich begrüßt. Unauffällig kreuzte er, als das Glockenzeichen ertönte, das Nein auf seiner Bewertungskarte an. Einen Tisch weiter! Endlich! Vorname: Hanne. Nutzername: Seeteufelchen. Sie lächelte. Lauer lächelte zurück. Er sah in ihre Augen. Ihre grünen Augen, die sich verwandelten in die aufgerissenen Augen des Mannes vom Wasserturm. Die Ampel vor dem Polizeipräsidium zeigte auf Rot. Hanne lächelte. Lauer lächelte zurück. Es fiel kein Wort. Die Zeit verging. Aber es war kein unangenehmes Schweigen. Kein Schweigen, bei dem man zu schwitzen anfing. Ein Schweigen, das Lauer genoss. Ein wunderbares Schweigen. Sieben Minuten? Wen interessierte das? Die Minuten vergingen. Oder blieb die Zeit stehen? War der ganze Saal erstarrt? In einen jahrelangen Tiefschlaf verfallen? Wie im Märchen vor der Ohrfeige des Kochs? Nein, das Leben ging weiter, das Turbodating auch. Er hörte Stimmen, rechts neben sich, links neben sich. Zwischen ihm und Hanne blieb die Zeit stehen. Nur zwischen ihnen beiden.

Die Zeit vergeht nicht, dachte Lauer, wir vergehen.

Dann, nach einer Ewigkeit, die keine sieben Minuten gedauert hatte, denn Lauer hatte den Klang der Glocke, der den Tisch- und somit den Partnerwechsel ankündigte, noch nicht gehört, sagte die Frau, die Lauer gegenüber saß: „Gehen wir?"

Lauer stand auf, Hanne stand auf. Beide gingen zur Tür des Nebenzimmers. Der Turbodating-Engel, der Lauer begrüßt hatte, ging ihnen nach, überholte sie, stellte sich in die Tür.

„Das geht nicht", sagte die Frau im blauen Kostüm. „Sie können nicht verschwinden. Das geht nicht. Das verstößt gegen die Regeln. Sie müssen die Form wahren."

Lauer kam der Engel plötzlich wie eine Hexe vor.

„Sie bringen den ganzen Ablauf durcheinander. Und abgerechnet haben wir auch noch nicht."

Lauer fand in L 6 auf Anhieb einen Parkplatz. Der Weihnachtsurlaub war vorbei.

35

Die Tretmühle hat mich wieder, dachte er, als er die schwere, eiserne Eingangstür aufstemmte. Und es fing gleich richtig an. Ein erfrorener Toter am Wasserturm, noch bevor seine Arbeitszeit begonnen hatte.

„Nichts bringen wir durcheinander. Ihr Mischungsverhältnis stimmt noch", sagte Lauer. „Und außer dem Prosecco, der alles andere als überzeugend war, haben wir nichts konsumiert. Stimmt doch, Hanne?"

Der Engel gab die Tür frei. Als sie draußen waren, fragte Lauer: „Und wohin jetzt?"

„Kennen Sie den *Kamin* in Feudenheim?"

Lauer kannte ihn nicht.

Lauer ging die Treppenstufen im Polizeipräsidium langsam hoch. Hätte ihn jemand beobachtet, der wäre zu dem Schluss gekommen, dass der Kommissar jede einzelne Stufe bewusst erfahren wollte, so, als wolle er den Moment hinauszögern, ans Ziel in seinem Büro im dritten Stock zu kommen. Aber zu dieser frühen Stunde war niemand im Treppenhaus unterwegs. Lauer atmete tief ein, hielt die Luft, die typische Luft hier, in der Lunge, atmete hörbar aus. Sie hatte ihm gefehlt, die Luft, gestand er sich ein. Dabei hatte er in den letzten Tagen mit Grausen an das Ende seines Urlaubs gedacht. Aber heute Morgen war alles anders. Trotz des Toten. Jetzt nicht sentimental werden. Dann stand er vor seinem Büro, das noch verschlossen war. Frau Werner kam meist gegen acht und meist vor Lauer. Er freute sich auf seinen Schreibtisch. Er konnte sich nicht erinnern, dass er schon einmal so empfunden hatte am Ende eines Urlaubes. Meist war er niedergeschlagen, gedrückt, gereizt, je näher der Arbeitsbeginn kam. Heute war alles anders. Seit gestern Abend war alles anders. Er schloss die Tür auf. Es war kalt im Zimmer. Und es war stickig. Er öffnete das Fenster und spürte sofort die kalte Luft auf seiner Haut. Die Heizung war

36

heruntergedreht. Klar, Frau Werner achtete darauf. Und letzten Freitag hatte sie, ebenso wie Meißner, bereits gearbeitet. Lauer schloss das Fenster und drehte den Thermostat auf die höchste Stufe. Kommissar Maigret mit seinem Kanonenofen, den er im Winter kräftig befeuerte, hatte es da besser. Andere Zeiten, andere Sitten. Und Maigret, das stand außer Zweifel, hatte keinerlei Beziehungsprobleme gehabt. Zu Hause wartet Madame Maigret mit dem Essen, geduldig, verständnisvoll, ohne Ansprüche. Was sie vom Turbodating halten würde?

Lauer schaltete die Kaffeepadmaschine ein. Meißner hatte sie letztes Frühjahr gegen den Protest von Frau Werner angeschleppt. Sie schwor auf ihren Filterkaffee, frisch aufgebrüht, der schmecke nicht genormt. Und im Übrigen seien diese Kaffeepads unverschämt teuer. Insgeheim gab Lauer Frau Werner recht. Und wenn sie frischen Kaffee gekocht hatte, zog er diesen vor. Aber wenn die Kaffeekanne leer oder Frau Werner nicht da war, war diese kleine Maschine Gold wert. Lauer wühlte in Meißners Schublade, fand in einer angebrochenen Packung ein letztes Pad, wollte die Schublade wieder zuschieben, die letzte Zigarette schnorrt man nicht, überlegte es sich anders, platzierte das Pad, stellte seine Tasse darunter und drückte auf Start. Auf seinem Schreibtisch stapelten sich die Schnellhefter, die schon vor Weihnachten da gelegen hatten. Mitten auf der Tischplatte lag ein weißer Briefumschlag, verziert mit einem aufgeklebten Engel und drei goldenen Sternen in unterschiedlicher Größe. Frau Werners obligatorische Karte. Jedes Jahr zum Geburtstag, jedes Jahr zu Weihnachten. Lauer öffnete den Umschlag. Zwei nackte Männer hüpften ausgelassen über eine blühende, hügelige Wiese und entfernten sich vom Betrachter.

„Das Leben ist voller kleiner Überraschungen", stand darunter. Lauer nippte an der Tasse, verbrannte sich trotzdem die Lippen. Er drehte die Karte um.

37

„Lieber Herr Lauer, zum neuen Jahr wünsche ich Ihnen alles Liebe und Gute. Vielleicht hält 2009 für Sie Überraschungen bereit. Vielleicht finden Sie dieses Jahr Ihr Glück!"

Lauer lehnte die Karte an die Schreibtischlampe. Vielleicht hatte Frau Werner hellseherische Fähigkeiten. Das Telefon klingelte. Polizeihauptmeister Frühauf wollte wissen, ob er den, er räusperte sich, Zeugen hochbringen könne.

„Bringen Sie ihn", sagte Lauer und unterdrückte den Impuls zu einem Kommentar. Es war zehn nach sieben.

fünf

Verhör

„Es ist kalt!"

Er war nur ein Penner, aber in einem warmen Büro verhört zu werden, das war nicht zu viel verlangt, oder? Der Kommissar blieb ruhig, sagte, er habe die Heizung hochgedreht. Gleich werde es wärmer. Bestimmt. Der Kommissar probierte es auf die sanfte Tour. Ob er das würde durchhalten können? Der Obdachlose, der den Toten am Wasserturm gefunden hatte, war gespannt.

Lange schaute er den Kommissar an. Der Polizist machte einen zufriedenen Eindruck. Ein zufriedener Bulle? Gab es etwas Schlimmeres?

„Nehmen Sie bitte Platz, Herr Peters."

Vorhin am Wasserturm hatte er ihn noch geduzt. Und damals bei der Sache in den Lauerschen Gärten, da war er ganz schön unangenehm geworden. Der konnte einen bedrängen, von wegen dem Toten die Taschen durchwühlen und lauter so Vorwürfe und Beschuldigungen, beweisen konnte er nichts, rein gar nichts.

„Erzählen Sie, was Sie gesehen haben."

Das klang so beiläufig, so desinteressiert. Ein Verhör in entspannter Atmosphäre? In einem freundlichen Ton? Alarmglocken schrillten. Peters beschloss auf der Hut zu sein. Wollte der Kommissar ihn austricksen? Sollte er sich verplappern?

Peters holte weit aus, wollte Zeit gewinnen, Sicherheit. Silvesternacht. Die Kälte. Die Menschenmassen in der Innenstadt. Seine Flucht in den Wald. Der Kommissar unterbrach freundlich. Letzte Nacht, darum gehe es. Peters erzählte weiter, hielt sich eng an die Wahrheit. Er erzählte alles so, wie es passiert war. Die Wahrheit! Nur an einer einzigen Stelle würde er lügen.

„Ja, habe ich doch gesagt, eine Ludwigshafener Nummer. LU-LU."

Der Kommissar runzelte die Stirn.

„LU-LU", beharrte Peters.

„Und weiter?"

„Nichts weiter."

„Was kommt nach dem LU-LU?"

„Die Zahlen konnte ich nicht erkennen", sagte er.

Und das war die Wahrheit. Da log er ihn nicht an, den freundlichen Kommissar. Und sein Innerstes, seine Gedanken gingen ihn nichts an. Alles musste der nicht wissen. Es ging ihn nichts an, dass ihm das Auto, der Mann und der Rollstuhl bekannt vorkamen. Wo er sich, zumindest im allerersten Augenblick, selbst nicht im Klaren gewesen war, woher. Das Auto. Er beschrieb das Auto.

„Genauer", sagte der Kommissar.

„Was heißt genauer?", fragte er. Schließlich sei es dunkel gewesen. Und die Angst. Zusammengekauert auf der Bank. Nicht der beste Blickwinkel. LU-LU, das sei sicher, ganz sicher. Ein VW-Bus, uralt, verrostet. Die Farbe? Farbe, kann man da von Farbe reden? Ausgebleicht. Grau. Oder silbern. Oder was anderes. Er konnte es nicht sagen. Und während er erzählte und erzählte und sich konzentrierte, damit er sich nicht verplapperte und von dem Mann erzählte, einige Jahre jünger als der Kommissar, der Mann, der die Tür des Transporters geöffnet, den Rollstuhl mit dem toten nackten Mann auf das Trottoir geschoben hatte, sah er plötzlich einen Jungen im Rollstuhl sitzen. Einen fünfjährigen Jungen. Oder sechs. Einen Jungen ohne Haare. In dem Alter eine Glatze? Und Peters sah den Mann, wie er dem Jungen eine Wollmütze überzog. Dabei ist es doch warm, fast heiß, ein herrlicher Spätsommertag im September. Er sah, wie der Mann dem Jungen zärtlich über die Mütze strich, wie er den Rollstuhl

40

über die Straße schob, wie er im Theresienkrankenhaus verschwand. Und während er jede Frage des Kommissars geduldig beantwortete, und der hatte viele Fragen, der freundliche Kommissar, immer wieder die gleichen Fragen, anders formuliert, Fragen, die Peters zwangen, die Ereignisse der Nacht immer wieder zu erzählen, da fiel ihm ein, dass er den weißen Transporter am gleichen Septembertag noch einmal gesehen hatte, zwei, drei Stunden später. Er hatte den Schulmädchen zugesehen. Lessing-Gymnasium, siebte oder achte Klasse. Sportstunde auf dem Sportplatz am Vorderen Luisenpark. Völkerball. Das wurde tatsächlich noch gespielt. Dann der Pfiff der Sportlehrerin. Die Mädchen suchten ihre Sachen zusammen. Und weg waren sie. Peters trottete den Weg hoch, unschlüssig, was er tun wollte. Und wie er fast oben war, sah er den weißen Transporter auf der Kolpingstraße. Er erkannte ihn nicht gleich wieder. Erst als die Ampel auf Grün sprang und der Wagen nach rechts abbog, sah er das Kennzeichen, MA-MA. Und er sah den Jungen im Rollstuhl. Den Jungen mit der Glatze. Er schaute dem Wagen nach, der durch die Otto-Beck-Straße rollte und dann nach links abbog. Nein, nicht auf die Augustaanlage, viel früher. Auf eine kleine Nebenstraße. Aber das alles erzählte Peters dem Kommissar nicht. Der fragte ja auch nicht. Das Telefon klingelte. Der Kommissar hob ab, sagte „Ja" und noch einmal „Ja" und legte den Hörer auf.

„Tut mir leid, Herr Peters, ich muss dringend weg."

Herr Peters! Der Kommissar nahm den Hörer wieder auf, wählte und sagt etwas, das nicht zu verstehen war. Peters stand auf.

„Macht nichts", sagte Peters und fragte sich, ob seine Stimme nicht eine Spur zu erleichtert klang. Aber der Kommissar verzog keine Miene. Plötzlich surrte der Drucker und spuckte ein Blatt aus.

„Das Protokoll", sagte der Kommissar und hielt das Blatt hin. Peters sollte es sich durchlesen und unterschreiben, dabei hatte er gar nicht gemerkt, dass der Kommissar die ganze Zeit die Aussage auf dem Computer mitgeschrieben hatte. Er tat, als ob er das Blatt überfliegen würde und unterschrieb so, dass man den Namen nicht entziffern konnte. Es klopfte an der Tür, Peters drehte den Kopf, sah den Streifenpolizisten, der ihm vorhin den lauwarmen Kaffee gebracht hatte. Der Kommissar drückte dem Streifenbeamten einen Geldschein in die Hand, 10 Euro. Er gab dem Beamten die Anweisung, Peters in das Stehcafé um die Ecke zu bringen und dafür zu sorgen, dass er etwas zum Essen und zum Trinken bekomme. Peters legte das Protokoll auf den Tisch und streckte dem Kommissar die Hand hin, aber der war in seine Unterlagen vertieft, er bemerkte die Hand nicht. Peters war an der Tür, als der Kommissar ihm nachrief.

„Wo können wir Sie erreichen?"

„Sie finden mich. Und wenn nicht, schauen Sie ab und zu am Bahnhof nach. Oder am Paradeplatz. Oder am Wasserturm. Oder in den Planken", sagte Peters und nahm sich vor, sich heute noch die Otto-Beck-Straße und die Straßen, die von ihr abgehen, genau anzuschauen. Aber das verriet er dem Kommissar nicht.

sechs

Falschaussage

„Es geht Ihnen gut. Man sieht es Ihren Augen an."

Frau Werner ließ Lauers Hand nicht mehr los. Wie immer kam sie kurz vor acht. Peters hatte vor wenigen Minuten das Büro verlassen.

„Und auch sonst sehen Sie gut aus", sagte sie. Wie sie es sagte, klang es ein wenig nach Höflichkeitsfloskel. Aber das störte Lauer nicht.

„Sie strahlen von innen heraus", fügte sie hinzu und ließ endlich die Hand los.

„Man könnte fast meinen, Sie hätten jemanden kennengelernt."

Lauer zuckte zusammen. Las seine Sekretärin in ihm wie in einem offenen Buch?

„Sie erzählen es mir, versprochen?"

„Ehrenwort, Frau Werner", sagte Lauer und schenkte sich Kaffee nach.

„Ihren Kaffee habe ich den ganzen Urlaub vermisst."

„Herr Lauer, Sie machen Komplimente? So kenne ich Sie ja gar nicht."

Lauer wunderte sich über seine Lockerheit, seine Aufgeräumtheit, über den Small Talk, den er sonst so verabscheute.

„Jetzt reicht es mit den schönen Worten", entschied Frau Werner. „Die Arbeit ruft."

Sie war schon fast in ihrem Zimmer verschwunden, als sie sich noch einmal umdrehte.

„Beinahe hätte ich das Wichtigste vergessen. Anruf vom Chef. Dienstbesprechung heute nicht um halb neun, sondern erst um 9 Uhr. Es sind noch Kollegen am Wasserturm. Es geht um den Toten dort. Der Chef ist persönlich dabei. Es hat sich wichtig angehört."

Es kam in der Tat nicht so oft vor, dass der Kriminal-oberrat teilnahm. Kriminalinspektion 1, KOR Schwegler. Den Dienststellenleiter des Polizeipräsidiums Mannheim, den Polizeipräsidenten Faulhaber, bezeichnete Frau Werner nie als „Chef". Er war für sie „unser aller Präsident".

Ein Toter am Wasserturm, noch dazu tiefgefroren, klar, dass der Chef beunruhigt war. Was würde die Presse daraus machen? Nichts Gutes für die Polizei. Das auf jeden Fall. Und wenn Lauer die genaueren Umstände berücksichtigte, konnte er den Vorgesetzten verstehen. Normalerweise versteckten Mörder ihre Opfer, vergruben sie im Wald, betonierten sie in Brückenpfeiler ein, versenkten sie im Altrhein, zündeten gar eine Wohnung oder ein Haus oder ein Auto an, um Spuren zu verwischen, um die Leiche unkenntlich zu machen. Sie in aller Öffentlichkeit zu präsentieren, noch dazu in Mannheims Schmuckanlage, das war ungewöhnlich. Wollte der Mörder die Öffentlichkeit? Er selbst blieb natürlich im Dunklen. Lauer glaubte nicht, dass es dem Täter um seine Eitelkeit ging. Wollte er das Opfer ausstellen? Vorführen? Wut, musste der Mörder nicht eine verdammte Wut gehabt haben? Auf sein Opfer, das er auch nach dessen Tod demütigen wollte. Lauer hatte Frau Werner nicht bemerkt, die ihm einen Zettel in die Hand drückte.

„Eine Nachricht unserer Einsatzzentrale. Ist heute Nacht untergegangen. Und unser aller Präsident hat uns alle, wie soll ich es ausdrücken, eingeladen. Um zehn im Allerheiligsten. Anwesenheitspflicht. Er hat geheimnisvoll geklungen."

Beim letzten Satz lächelte Frau Werner. Lauer sah ihr an, dass sie mehr wusste. Zumindest ahnte sie offenbar, was der Polizeipräsident wollte. Lauer war es klar, dass es keinen Sinn machte, sie zu fragen. Sie würde schweigen wie ein Grab. Lauer wählte die Nummer, die auf dem Zettel stand.

44

„Anruf um 4:26 Uhr, Gregor Ungstein meldet, dass hinter dem Wasserturm eine Leiche aus einem Lieferwagen ausgeladen wird."

Nach dem ersten Klingeln wurde abgehoben.

„Ungstein."

„Lauer, Kripo Mannheim, Morddezernat, Sie haben heute Nacht bei uns angerufen."

„Richtig, junger Mann!"

„Darf ich fragen, wo Sie wohnen?"

„Das dürfen Sie. Sie kennen das Café Flo. Daneben ist ein Antiquitätengeschäft. Darüber habe ich im vierten Stock eine Wohnung mit Blick auf den Wasserturm."

„Ist das nicht weit weg? Können Sie auf die Entfernung etwas erkennen?", fragte Lauer.

„Wenn Sie meine Aussicht kennen würden, würden Sie diese Frage nicht stellen."

„Dann erzählen Sie doch bitte, was Sie gesehen haben?"

„Ein Auto ist vorgefahren, so kurz vor halb fünf. Ein Mann im Rollstuhl, nackt, gefesselt, wurde ausgeladen und in das Wasserbecken gesetzt, auf die zweite Stufe, um genau zu sein."

Lauer gefielen die Ausführungen des Herr Ungstein, der präzise war, nicht um den heißen Brei herumredete und auf den Punkt kam. Lauer fragte nach dem Auto.

„Lieferwagen, relativ neu, weiß. Auf jeden Fall weiß, da bin ich mir sicher. Die Marke? Ich bin da alles andere als ein Experte. Mercedes, vielleicht ein Fiat."

„Kein verbeulter, verrosteter VW-Bus?"

„Den können Sie definitiv ausschließen."

Lauer bedankte sich und kündigte an, dass er heute noch bei ihm vorbeischauen werde, um sich selbst einen Eindruck zu verschaffen.

„Friedrichsplatz 17", sagte Herr Ungstein. „Ich freue mich auf Sie."

Lauer legte auf. Der Obdachlose hatte anscheinend falsche Angaben gemacht. Lauer fühlte sich verschaukelt.

Frau Werner, die das Zimmer betrat, um einen Ordner aus dem Regal zu holen, schüttelte den Kopf.

Wenigstens kam Bewegung in den Fall. Ein weißer Lieferwagen, relativ neu. Ein Mercedes vielleicht. Kein alter, verrosteter VW-Bus. Warum hatte dieser verfluchte Penner falsche Angaben gemacht? Lauer erschrak über sich selbst.

Wenigstens meinen Gedanken kann niemand vorschreiben, politisch korrekt zu sein, beruhigte er sich gleich wieder. Er war sich sicher, dass der Mann in seiner Wohnung am Friedrichsplatz die Wahrheit gesagt hatte. Es gab nur eine Schlussfolgerung. Der Wohnsitzlose hatte bewusst die Unwahrheit gesagt. Warum? Wollte er die Polizei auf eine falsche Fährte locken? Wollte er Wissen exklusiv für sich behalten? Wollte er die Polizei ärgern? Lauer wusste keine Antwort. Aber im Moment spielte das keine Rolle. Wichtig war es, den Obdachlosen mit den neuen Erkenntnissen zu konfrontieren. Das Stehcafé! Hoffentlich erwischte er ihn dort noch. Lauer verließ sein Büro und fing an, schneller zu gehen. Er wusste nicht warum, aber er hatte das Gefühl, dass es eilig war. Hätte er in die Zukunft schauen können, er hätte noch den ein oder anderen Zahn zugelegt, ja, er wäre losgespurtet. Und er hätte sich unverzüglich auf die Suche nach Stephan Peters gemacht und die Dienstbesprechung um neun und die Einladung beim Polizeipräsidenten um zehn sausen lassen. Und er hätte nicht eher Ruhe gegeben, bis er den Obdachlosen gefunden hätte. Aber Lauer konnte zwar Schlussfolgerungen ziehen, konnte Puzzleteile zu einem Ganzen zusammenfügen, er hatte so etwas wie Intuition, manchmal zumindest, aber er war kein Hellseher. So kam es, wie es kommen musste.

Lauer stand vor dem Stehcafé und wartete darauf, dass der Sensor der Tür auf ihn reagierte. Endlich! Er schaute sich im Verkaufsraum um. Die Stehtische waren leer. Ein kleines Mädchen mit einem Puppenwagen deutete auf einen Amerikaner.

„Weiß oder braun", fragte die Verkäuferin mit slawischem Akzent.

„Schoko", sagte das Mädchen.

Auf dem ersten Tisch sah Lauer die Reste eines Schinkenbrötchens und einen halbvollen Pott Kaffee. Anscheinend hatte es dem Obdachlosen nicht geschmeckt. Als das Mädchen das Geschäft verlassen hatte, zeigte Lauer seinen Dienstausweis und fragte nach dem Obdachlosen.

„Der Penner? Der hat sich verdrückt, zum Glück. Gut gerochen hat der nicht. Und nicht mal das Geschirr hat er zurückgebracht. Können Sie mir das Geschirr geben?"

„Hab ich das Wort ‚Idiot' auf der Stirn stehen?"

Lauer sprach seinen Gedanken nicht aus. Er atmete hörbar ein, griff nach Teller und Becher und reichte es der Verkäuferin, die sich bedankte. Sie wusste nicht, in welche Richtung der Obdachlose verschwunden war. Lauer wählte auf seinem Handy die Nummer des Dezernatsleiters. Es klingelte einige Male durch, bevor Clement abhob.

„Lauer. Ein Zeuge in der Wasserturmsache, Stephan Peters, ein Penner, mein Gott, Sie wissen, wie ich das meine. Er hat eine Falschaussage gemacht. Wir müssen ihn finden, schnell! Es geht um Leben und Tod."

Das klang theatralisch, fand Lauer, diese Einschätzung würde er später revidieren müssen. Die Verkäuferin sah ihn mit weit aufgerissenen Augen an. Lauer grüßte und verließ das Geschäft. Er gab Clement eine Beschreibung des Mannes durch und nannte die Orte, an denen Peters sich bevorzugt aufhielt. Clement versprach, sofort zwei Kollegen mit der Suche zu beauftragen. Leo Lauer und Roman Clement konnten sich nicht sonderlich gut leiden.

47

Im letzten Jahr war der Posten des Dezernatsleiters frei geworden. Normalerweise hätte Lauer damit rechnen können, berücksichtigt zu werden. Aber disziplinarische Ermittlungen in Zusammenhang mit der Entführung eines Jungen, des Sohns einer früheren Bekannten von Lauer, hatten seine Chancen zunichte gemacht. Lauer hatte die Entführung auf Bitten der Mutter geheim gehalten, auf eigene Faust ermittelt und seine Kompetenzen überschritten. Auch wenn er es nicht wahrhaben wollte, war er mit einem Verweis, so hieß eine Abmahnung bei der Polizei, glimpflich davongekommen. Mit dem Posten des Dezernatsleiters wurde es nichts. Trotzdem hätten sie ihm nicht einen jüngeren Kollegen von außerhalb vor die Nase setzen müssen.

Es läuft was schief, dachte Lauer auf dem Rückweg zu seinem Büro. Nichts passt zusammen. Wenigstens gestern Abend, da hatte alles zusammengepasst. Der samtige, fruchtige Rotwein im *Kamin*, ein trockener Nemea. Die griechische Vorspeisenplatte für zwei Personen. Hanne, die mit Handschlag vom Chef begrüßt worden war.

„Sie geben sich so cool", sagte Hanne beim zweiten Glas Wein. „Dabei sind Sie verletzlich, unsicher. Sie scheinen nicht zu wissen, was in Ihnen steckt."

Lauer war überrascht und wusste nicht, was er darauf sagen sollte. Er lächelte. Nach der Anmeldung auf mannheim-flirtet.de hatte er einen Persönlichkeitstest ausgefüllt. Laut Auswertung war er ein Typ B.

„Sie versuchen, mit einer betont lässigen und coolen Art Ihre Unsicherheit zu überspielen. Dabei müssen Sie Ihr Licht keineswegs unter den Scheffel stellen. Sie können an Ihrer Ausstrahlung arbeiten, indem Sie Ihre eigenen Stärken bewusster wahrnehmen. Sie müssen keine hochtrabenden Ziele oder Ideale vertreten. Wenn Sie mit beiden Beinen im Leben stehen und Ihrer eigenen Weltsicht mit Begeisterung folgen, werden Sie für andere stark und bewundernswert erscheinen. Je mehr Sie in sich ruhen und sich selbst annehmen können, desto anziehender und charismatischer wirken Sie auf andere."

Nicht nur Frau Werner, auch seine Bekanntschaft vom Turbodating legte seine innersten Schichten frei. Gestern Abend hatte er sich geschmeichelt gefühlt. Jetzt, als er die Türklinke des Büros im dritten Stock drückte, war er sich nicht mehr so sicher.

„Wut", begrüßte ihn Meißner im gemeinsamen Büro. „Der Mörder muss eine Sauwut gehabt haben."

Über die Besprechung beim Chef war Meißner bereits informiert, auch dass der Polizeipräsident sie eingeladen hatte, wusste er, jedoch sprach er von ‚vorgeladen'.

Um was es gehe, fragte Lauer.

„Ich habe nicht die geringste Ahnung", sagte Meißner und Lauer glaubte seinem Kollegen. Frau Werner mit ihrem Lächeln hatte er nicht geglaubt.

Lauer und Meißner erschienen auf die Minute pünktlich im Besprechungsraum und waren doch die Letzten. Lauer überflog die Anwesenden und kam auf zwölf Personen. Zwei Kollegen waren auf der Suche nach Peters. Händeschütteln, Glückwünsche zum neuen Jahr, alles aus tiefstem Herzen, was sonst? Die üblichen Floskeln. Lauer verkniff sich einen Kommentar. Kaffee wurde ausgeschenkt, wie üblich. Aber heute Morgen kam es Lauer nicht so deprimierend vor wie die Jahre vorher.

Ist das langsam die Altersweisheit, fragte er sich. Dabei wurde er doch im kommenden Mai erst fünfzig. Erst? Vielleicht hing es nicht mit seinem Alter zusammen. Vielleicht war seine gute Laune die logische Folge des gestrigen Abends. Kriminaloberrat Schwegler verhinderte zu ausführliches Händeschütteln. Eine Sekunde war Lauer überrascht, ihn zu sehen, dann fiel ihm ein, dass Frau Werner seine Anwesenheit angekündigt hatte. Schwegler übernahm die Leitung der Besprechung. Clement, der Leiter des Dezernats 11, erhob keinen Einwand.

„Kommen wir zu dem Toten am Wasserturm", drängte Schwegler.

Lauer berichtete von den ersten Ergebnissen.

„Dürftig", sagte der Kriminaloberrat.

„Wir stehen am Anfang", betonte Lauer und berichtete von den unterschiedlichen Angaben zum Lieferwagen.

„Beunruhigend", sagte Schwegler.

Die Sitzung verlief so, wie Lauer es erwartet hatte. Die Ängste des Chefs. Der öffentliche Tatort. Die Zurschaustellung des Opfers. Die brutale Tötungsart. Dann das Opfer noch tiefgefroren. Die Presse! Die öffentliche Meinung!

„Was heißt das, tiefgefroren?", fragte Oberkommissarin Meyers.

Die Frage hatte Lauer sich noch nicht gestellt. Tiefgefroren, es hörte sich spektakulär an, reißerisch. Aber wo konnte man einen Menschen einfrieren? In einem Kühlhaus? In einer Tiefkühltruhe?

„Ganz klar", sagte Kommissar Gernhardt, ein junger Kollege, der erst vor einem halben Jahr nach Mannheim gekommen war und den Lauer noch nicht einschätzen konnte.

„Todesursache Unterkühlung, das heißt tiefgefroren."

„Erstens sollten wir das Obduktionsergebnis abwarten", sagte Meißner. „Zweitens war der Mann, bevor er tiefgefroren wurde, ja schon tot. Die Wunde am Hinterkopf dürfte zu seinem Ableben ausgereicht haben."

Meißner hatte sich mehrere Male an der, wie er sagte, besserwisserischen Art des Kollegen Gernhardt gestört.

„Richtig", sagte Schwegler. „Wir müssen uns vor voreiligen Schlussfolgerungen hüten. Alles, was wir von uns geben, muss wasserdicht sein. Vergessen wir nicht die Presse! Die wird sich auf dieses spektakuläre Verbrechen

50

stürzen. Eine tiefgefrorene Leiche, das kommt nicht jeden Tag vor. Hoffentlich bleibt es bei diesem einen Verbrechen."

Lauer kannte das Schreckgespenst in den Augen des Leiters der Kriminalinspektion 1. Eine Mordserie in Mannheim.

„Die Fakten sind der Ausgangspunkt unseres Handelns, nicht Spekulationen. Und Fakt ist, dass es einen Toten am Wasserturm gibt, einen einzigen", sagte Lauer. „Und nichts deutet im Moment auf eine Mordserie hin."

„Hoffen wir, dass Sie recht behalten", sagte Schwegler, der verstanden hatte, dass Lauers Ausführungen einen Seitenhieb in seine Richtung darstellten. Außerdem hatte Schwegler gerne das letzte Wort.

Die nächsten Schritte wurden festgelegt. Spurenauswertung durch die Kriminaltechnik, Klärung der Identität, Obduktionsbericht auswerten, Befragung der Anwohner rund um den Friedrichsplatz, einschließlich aller Cafés, Geschäfte, dem Maritim und dem Rosengarten. Eine Heidenarbeit. Clement, Lauers direkter Vorgesetzter, nahm endlich das Heft in die Hand, teilte Teams ein, steckte Bezirke ab, verteilte Aufgaben. Lauer wies noch einmal auf die widersprüchlichen Angaben zum Tatauto hin. Die Suche nach dem Obdachlosen müsse Vorrang haben und intensiviert werden. Vielleicht sei er in Gefahr. Die beiden Kollegen, die auf der Suche waren, bekamen Verstärkung. Kriminaloberrat Schwegler versprach, sich darum zu kümmern, jeden abkömmlichen Kollegen der Kriminalinspektion 1 in die Untersuchung zu integrieren.

sieben

Meine Wut hält mich am Leben

Es war vorbei! Ich fühlte mich leicht und befreit. Sie lachen. Aber ich hatte das Gefühl, eine große Last los zu sein. Das Haus war wieder sauber, der Schmutz im Keller war endlich entsorgt. Ich konnte nicht ahnen, dass dieser Penner mich dabei beobachtet hatte, wie ich die Leiche im Wasserbecken deponierte. Dass er mich kannte. Dass er bei mir zu Hause klingeln würde. Ich hätte besser aufpassen müssen. Das sagt sich im Nachhinein so einfach. Aber wer denkt an alles in genau dem Moment, in dem es darauf ankommt? Eiseskälte. Morgens um vier. Natürlich bin ich vorsichtig gewesen. Natürlich habe ich mich umgesehen. Die Luft ist rein, habe ich gedacht. Aber, das muss ich zugeben, ich war nicht so recht bei der Sache. Musste an meinen Sohn denken, an meine Frau. Hätten Sie gedacht, dass da ein Penner hinter dem Wasserturm auf einer Bank übernachtet? Bei dieser Kälte. Nun gut. Passiert ist passiert. Ich kann das nicht mehr ändern. Ich war gezwungen zu handeln.

Als ich mit dem leeren Auto zu Hause ankam, fühlte ich nur eines: grenzenlose Erleichterung. Ich machte mir einen Kaffee und schrubbte die Tiefkühltruhe. Ich hatte den Stecker gezogen, bevor ich meine Fracht im Auto versteckte. Meine Frau hat immer mit mir geschimpft, wenn sie die Truhe im Keller gesehen hat. Warum ich sie nicht wegbringe oder abholen lasse. Wir haben uns letztes Jahr einen Gefrierschrank gekauft. Energieeffizienz A++. Mit herausziehbaren Schubladen. Viel praktischer als unsere alte Truhe. Ich weiß, die Stadt holt die Energiefresser kostenlos ab. Ein Anruf genügt. Aber ich habe es nicht übers Herz gebracht, die Truhe zum Müll zu geben. Schließlich funktioniert sie noch einwandfrei. Und jetzt hat sie mir, weiß Gott, gute Dienste geleistet. Trotzdem habe ich mir vorgenommen, die Gefriertruhe bei nächster Gelegenheit loszuwerden. Ingrid würde sich freuen. Ingrid, das müssen Sie wissen, ist meine Frau.

Sich freuen? Glücklich sein? Was rede ich da? Was ist das, Freude? Glück? Seit das mit Jens passiert ist, kann sich Ingrid nicht mehr freuen. Anfang Dezember ist sie zu ihren Eltern nach Frankfurt gezogen. Sie hat nur noch geweint. Sie wolle nicht mehr weiterleben, hat sie gesagt. Ohne ihren Sohn. Ohne Jens. Ihr Leben sei sinnlos geworden. Sie dürfen nicht denken, dass mir das alles nicht nahegeht. Auch ich kann mich nicht mehr freuen. Aber meine Wut hat mich am Leben gehalten. Meine Wut. Meine Rache. Das war ich Jens schuldig. Sie hat nicht verstanden, dass ich Gerechtigkeit wollte. Dass dieser Mann, dieser Kerl, dieser Schmutz, dieser Dreck, seine gerechte Strafe bekommen sollte. Dass ich das für Jens tun wollte. Tun musste! Die gerechte Strafe? Der Tod! Was sonst! Natürlich ist das Lynchjustiz, da haben Sie recht. Ingrid machte mir Vorwürfe.

„Du denkst nicht an unseren Sohn. Du lebst in einer Parallelwelt. Du lebst nur noch für deine Rache."

Stimmt! Meine Wut hat mich am Leben gehalten. Hat mir Kraft gegeben.

„Das bringt nichts", hat Ingrid gesagt. „Das ändert nichts, das bringt uns Jens nicht zurück."

Jens, es ist so ungerecht. Um acht bin ich mit der Kühltruhe fertig gewesen. Ich habe bei Ingrid angerufen, bei ihren Eltern. Ingrid sei für mich nicht zu sprechen, hat ihr Vater gesagt. Ich solle sie in Ruhe lassen. Hat aufgelegt. Ich wollte Ingrid nur sagen, dass alles vorbei ist. Dass sie zurückkommen solle. Dass ich sie vermisse. Dass ich sie liebe. Dass alles gut werde. Dabei weiß ich nicht einmal, ob das stimmt. Alles wird gut? Nichts ist mehr, wie es war. Es gibt keine Freude mehr, kein Glück.

Als Ingrid zu ihren Eltern ging, dachte ich anfangs, ich müsse zerbrechen. Ich konnte es nicht ertragen. Allein in dem Haus. Das leere Kinderzimmer, aus dem Ingrid ein Museum gemacht hatte. Dann war sie weg. Und ich merkte, dass es nicht schlimm war, das Alleinsein. Wie haben die letzten Wochen und Monate ausgesehen? Wir sitzen am Esszimmertisch und schweigen uns an. Wir sitzen im Wohnzimmer und schweigen uns an. Ich nippe am Wein, Ingrid lässt ihren Tee kalt werden. Wir sitzen da und sagen kein Wort. Jeden Abend. Dann tupft sich Ingrid mit dem Taschentuch die Augen. Dann zieht sie die Nase hoch. Dann schluchzt sie. Dann laufen Tränen über ihr Gesicht. Dann vergräbt sie ihr Gesicht in den Händen. Abend für Abend. Dann ist sie weg. Nur ein Zettel.

„Ich halte das nicht mehr aus. Ich gehe zu meinen Eltern. Ingrid."

Ich merkte, dass ich alleine viel besser schweigen konnte. Dass ich mich voll und ganz auf meine Rache konzentrieren konnte. Auf meine Wut.

acht

Ausblick

Es war eine fantastische Aussicht. Herr Ungstein hatte nicht zu viel versprochen. Der Wasserturm majestätisch. Die Springbrunnenanlage weitläufig, klar gegliedert. Jetzt, im Winter, wurde die Struktur der Anlage noch mehr hervorgehoben. Auf der zweiten Stufe des Wasserbeckens die nackte Leiche, den Kopf zurückgeworfen. Vielleicht hätten sich Lauer vom Fenster der Wohnung und der unglückliche Mann im Wasserbecken genau in die Augen geblickt. Aber die Leiche war abtransportiert und wurde jetzt, wollte Lauer der jungen Ärztin glauben, in der Gerichtsmedizin in Heidelberg aufgetaut. Die Leiche war weg, der Fundort war noch mit rot-weißem Absperrband gekennzeichnet. Das Leben ging weiter. Menschen hasteten die Treppen hinauf und hinunter, die meisten mit Plastiktüten beladen. Alle mit dicken Mützen, langen Schals und Handschuhen. Alle zogen sie den Hals ein und Lauer hatte das Gefühl, die Menschen machten sich kleiner, um der Kälte weniger Angriffsfläche zu bieten. Ein Teil der Leute verschwand hinter dem Wasserturm, hatte als Ziel die Geschäfte in den Planken. Der andere Teil überquerte die Gartenanlage in der anderen Richtung und stieg die Treppe, die zur Augustaanlage führte, hoch. Einige wenige scherten vorher nach links zur Kunsthalle aus, von Lauers Position aus gesehen, andere setzten sich nach rechts zum Rosengarten ab.

„Na, habe ich Ihnen zu viel versprochen?"

Herr Ungstein kam in seinem Rollstuhl angerollt und stellte sich neben Lauer und Susanne Dobler an die Fensterfront, die die ganze Breite und Höhe einnahm. Für die junge Kommissarin, die Lauer begleitete, war es der erste Arbeitstag.

Um zehn beim Polizeipräsidenten. Meißner, Lauer und Frau Werner, die bis zuletzt eisern geschwiegen hatte, waren fünf Minuten zu früh da und wurden gebeten noch einen Moment im Vorzimmer zu warten. Es hatte Veränderungen gegeben im Mutterhaus in L6. Der Polizeipräsident war umgezogen, schweren Herzens. Das kurfürstliche Rundzimmer im ersten Stock mit der reich verzierten Stuckdecke und dem riesigen Spiegel mit Goldrand beherbergte jetzt die Kollegen der Presseabteilung. Es sei ihm richtig schwer gefallen, betonte der Präsident bei jeder Gelegenheit, den geschichtsträchtigen, repräsentativen Raum aufzugeben. Aber es sei unvermeidbar gewesen. Zwei Überlegungen hätten den Ausschlag gegeben. Der Polizeipräsident wollte einen eigenen Empfangsraum für das Sekretariat, im Rundzimmer nicht zu verwirklichen. Und er wollte Tür an Tür mit seinem Stellvertreter residieren, auch dies eine nicht erfüllbare Option in seinem alten Domizil. Also Umzug. Einige Türen weiter im selben Stockwerk. Der Flur, der parallel zur Bismarckstraße verlief. An zentraler Stelle, genau in der Mitte des Gebäudes, drei Zimmer. In der Mitte das Sekretariat, rechts davon der Polizeipräsident Faulhaber, links sein ständiger Vertreter, der Polizeidirektor Eberle. Beide Zimmer mit exklusivem Zugang zum Balkon. Selbstverständlich Stuckdecken, Verzierungen, wie gehabt. Als Zugabe der Balkon! Das hatte was! Und Faulhaber störte es nicht, dass der Verkehr vor dem Balkon laut und hektisch aufbrandete, dass die Luft nicht zum Durchatmen einlud. Jeden Morgen, egal wie das Wetter war, trat Faulhaber auf den Balkon, ließ den Blick schweifen, schwor, dass er den Verbrechern das Leben schwer machen werde.

Als ihnen endlich Audienz gewährt wurde, war Faulhaber zusammen mit dem Leiter der Kriminaldirektion 1, Kriminaloberrat Schwegler, und dem Chef des Dezernats 11, Erster Kriminalhauptkommissar Clement, in seinem Büro. Polizeidirektor Eberle, Faulhabers Stellvertreter, fehlte. War der nicht auf einem Seminar in der Schweiz? Lauer war sich nicht sicher.

Wir sind die ersten Untergebenen, durchzuckte es Lauer. Faulhaber kam hinter seinem Schreibtisch hervor und begrüßte Frau Werner, Meißner und Lauer mit Handschlag. Lauer fielen die Sekt- und Orangenflaschen und die Sektgläser auf einem Rollwagen auf. Neujahrsempfang? Lauer konnte sich nicht entsinnen, dass es das jemals gegeben hatte. Nach und nach tröpfelten die Kolleginnen und Kollegen des Dezernats 11 ins Zimmer. Heute Morgen bei der Dienstbesprechung war der Raum besser gefüllt gewesen.

„Gibt es was zu feiern?", fragte Lauer und in seiner Stimme schwang ein leicht aggressiver Unterton mit. Die Geheimniskrämerei ging ihm auf die Nerven. Faulhaber strahlte, sagte jedoch nichts. Er fing an, den Sekt einzuschenken. Lauer und Frau Werner bevorzugten ihn pur, Meißner wollte ihn mit Orangensaft.

„Ich glaube, wir sind vollzählig", sagte Faulhaber um Punkt zehn Uhr und ging zur Tür zum Sekretariat, öffnete sie und rief: „Darf ich bitten!"

Er holte mit seiner Linken aus, übertrieben theatralisch, fand Lauer, so war er halt, unser aller Polizeipräsident.

„Begrüßen Sie mit mir zusammen unsere neue Mitarbeiterin."

Stimmt, fiel es Lauer ein, ab Januar sollte eine Kollegin das Dezernat 11 verstärken. Vor lauter Weihnachts- und Neujahrstrubel hatte er das vergessen. Obwohl, Verstärkung war nicht korrekt. Letzten Sommer war Hauptkommissar Weber in den Ruhestand gegangen. Seitdem war die Stelle vakant.

„Wurde Zeit", murmelte Lauer und fing einen missbilligenden Blick von Frau Werner ein.

57

„Begrüßen Sie mit mir Frau Susanne Dobler, frisch gebackene Kriminalkommissarin. Einige kennen sie von ihrem Praktikum bei uns."

Frau Werner strahlte, Julian Meißner nahm Susanne in die Arme und Lauer wunderte sich über den Polizeipräsidenten. Zu Beginn ihres Praktikums hatte er Susanne noch als „Fräulein" vorgestellt. Sollte Faulhaber lernfähig sein? Auf jeden Fall war Lauer mit der neuen Kollegin zufrieden. Sommer 2007. Gluthitze über Mannheim.

„Bluthitze", sollte Frau Werner später frotzeln. Meißners Frau mit Fehlgeburt. Meißner ein Ausfall. Im Dezernat 11 war der Teufel los gewesen. Polnischer Erntehelfer mit Einschussloch in der Schläfe. Journalistin eines Werbeblättchens mit gespaltenem Schädel. Susanne hatte Lauer bei den Ermittlungen unterstützt, er hatte die junge Frau schätzen gelernt und er war froh und erleichtert, dass sie nach Mannheim gekommen war. Froh, weil er sie gut leiden konnte. Erleichtert, weil er sie kannte und sich nicht auf eine neue Kollegin oder einen neuen Kollegen einstellen musste.

„Schön, dass du da bist", sagte Lauer und drückte ihr die Hand.

„Sie haben endlich du gesagt, zum ersten Mal!", freute sie sich.

„Das werde ich in Zukunft so halten, aber nur wenn es auf Gegenseitigkeit beruht."

„Einverstanden, Chef", sagte Susanne.

Faulhaber kam mit dem Einschenken nicht nach.

„Fräulein Dobler kommt zu Oberkommissarin Meyers ins Zimmer", sagte Faulhaber.

Doch nicht lernfähig, dachte Lauer. Muss ein einmaliger Ausrutscher gewesen sein.

„Allerdings erst, wenn die Räumlichkeiten renoviert sind", fuhr Faulhaber fort. „In der Übergangszeit, schlage ich vor, richten Sie sich bei Lauer und Meißner ein. Deren Einverständnis vorausgesetzt."

Frau Werner nickte heftig.

„Während des Praktikums haben Sie sich dort doch wohlgefühlt."

Um halb elf war die Stimmung ausgezeichnet. Ein unbeteiligter Beobachter hätte auf Freitagnachmittag getippt. Nicht irgendeiner. Nein, der vor dem Sommerurlaub.

Clement, Leiter des Dezernates 11 und Lauers direkter Vorgesetzter, stand verloren im Raum und klopfte mit einem Löffel an sein Glas.

„Hallo, hallo", sagte er verstärkend. „Bitte herhören."

Es dauerte, bis der Geräuschpegel zurückging. Endlich kehrte Ruhe ein.

„Ich will unser gemütliches Beisammensein nicht auflösen, zumal der Anlass angenehmer Art ist."

Er hatte von Faulhaber viel gelernt in der kurzen Zeit.

„Mannheims Verbrecher ruhen sich nicht aus!"

Auch dieser Satz hätte von Faulhaber stammen können.

„Kollegen und Kollegen, die Pflicht ruft."

Frau Werner behauptete zwar stets, dass Clement von „Kolleginnen und Kollegen" sprach, aber Lauer, der dieses Mal genau hingehört hatte, war sich sicher.

„Der Mord am Wasserturm. Höchste Priorität. Die Aufgaben sind verteilt. Anwohnerbefragung, Zeugensuche. Ich wünsche Ihnen viel Erfolg."

„Sind Sie sicher, Herr Ungstein, dass Sie einen neuen, weißen Lieferwagen heute Nacht gesehen haben?"

„Absolut sicher. Ich könnte todsicher sagen, das wäre angesichts der Umstände nicht angebracht", sagte der Mann im Rollstuhl.

„Sie packen? Umzug? Diese schöne Wohnung aufgeben?"

Lauer deutete auf die Umzugskartons, die ihm im Flur und auf dem überdachten Balkon aufgefallen waren.

59

„Ich werde nicht jünger", sagte Herr Ungstein. „Und nicht gesünder. Ich ziehe nach Stuttgart, in die Nähe meiner Tochter. Erdgeschosswohnung."

„Und diese Wohnung?"

„Bereits wieder vermietet, Herr Hauptkommissar. An eine Bank."

„Eine Bank in einer Vier-Zimmer-Wohnung?"

„Zwei Wohnungen werden zusammengelegt. Umbaubeginn Ende Februar. Ab Juni zieht die Fürst Fuggerbank ein. Keine gewöhnliche Bank. Wenn Sie verstehen."

Lauer verstand nicht, nickte trotzdem. Er kannte die Bank nicht und hatte keine Lust nachzufragen. In diesem Augenblick entdeckte Lauer unten am Atlantenbrunnen am Aufgang zur Augustaanlage Stephan Peters.

„Susanne, siehst du den Mann, der die Treppe da unten betritt? Der mit den drei Plastiktüten?"

„Den im Kamelhaarmantel?"

„Nein, den Penner direkt dahinter", rutschte es Lauer heraus und er schämte sich in Anwesenheit von Herrn Ungstein für seinen Stammtischspruch. Herr Ungstein grinste vor sich hin, sagte jedoch nichts.

„Der Kerl in der schmuddeligen, beigen Daunenjacke. Das ist unser Augenzeuge. Stephan Peters. Wir dürfen ihn auf keinen Fall aus den Augen verlieren. Er ist wichtig für die Ermittlungen."

„Soll ich ihn in Gewahrsam nehmen?"

Lauer überlegte. Später würde er sich über das Versteckspiel, das er angeordnet hatte, ärgern.

„Nein, häng dich an ihn dran, behalte ihn im Auge, dass er dich nicht bemerkt. Ich möchte wissen, wohin er unterwegs ist. Und, Susanne, du bleibst mit mir in Verbindung."

Lauer wählte Meißners Nummer und erfuhr, dass der sich auf dem Bahnhofsvorplatz mit Wohnsitzlosen unterhielt. Keiner habe heute Peters gesehen.

60

„Setz dich in dein Auto, fahr zur Augustaanlage. Peters ist da zu Fuß unterwegs. Susanne hat sich drangehängt. Wir dürfen Peters nicht aus den Augen verlieren."

Lauer stellte Herrn Ungstein seine Fragen, die dieser geduldig beantwortete.

„Ich habe Zeit", sagte er. „Fragen Sie. Ich bin den ganzen Tag allein."

Ja, ein weißes Auto. Ja, neu. Nein, die Marke habe er nicht erkennen können. Er sei kein Experte in Sachen Automarken. Nein, das Nummernschild habe er nicht gesehen. Eine Ludwigshafener Nummer? Schulterzucken. Er könne nichts sagen. Die Beschreibung des Fahrers blieb vage, kein Wunder bei der Entfernung, auch wenn der Ausblick noch so phantastisch war. Kräftiger, großer Typ, Kapuzenjacke, dunkle Sonnenbrille, nachts! Auffällige Erscheinung.

„Was war auffällig?", bohrte Lauer nach.

„Die Statur halt, die Größe. Ein stattlicher Mann", sagte Herr Ungstein. Stattlich bedeutete bei Herrn Ungstein bestimmt etwas anderes als bei Lauers Großmutter aus der Pfalz. Wenn die von einem stattlichen Mann gesprochen hatte, dann war der korpulent.

„Denken Sie nach!", beharrte Lauer.

„Die Hände! Er hatte auffallend große Hände. Und er trug keine Handschuhe, trotz der Kälte."

„Sie haben die Hände erkannt?", sagte Lauer. „Auf diese Entfernung?"

Ungstein blieb bei seiner Aussage.

„Ich könnte Ihnen noch mehr Details erzählen. Normalerweise habe ich ein Fernglas griffbereit. Aber heute Nacht hatte ich es verlegt", sagte der Mann im Rollstuhl.

Nein, er wolle keinen Kaffee, sagte Lauer zum dritten Mal. Herr Ungstein genoss den Besuch offensichtlich. Wie hatte er vorhin gesagt?

„Ich bin den ganzen Tag allein."

61

Ein einsamer, alter Mann. Aber bald würde er in der Nähe seiner Tochter wohnen.

Hoffentlich kümmert sie sich um ihn, dachte Lauer. Er wollte Herrn Ungstein gerade die Hand drücken, als sein Handy klingelte. Susanne. Sie habe den Augenzeugen im Blick. Sie halte Abstand. Nein, er habe sie nicht bemerkt.

„Dein Standort?"

„Der verändert sich laufend."

Lauer wusste nicht, ob er lachen sollte.

„Peters ist von der Augustanlage in die Otto-Beck-Straße eingebogen und geht jetzt rechts in die, einen Moment, in die."

„Nietzschestraße, sagst du? Bleib dran, Susanne. Und Meißner?"

„Ist noch nicht aufgetaucht."

„Philosophenviertel", sagte Herr Ungstein und wie er es betonte, klang es wie ein Adelstitel.

„Keinen Kaffee? Genießen Sie die Aussicht. Oder einen Cognac? Aber Sie sind im Dienst, Herr Hauptkommissar. Vielleicht haben Sie noch eine Frage an mich?"

Das genau ist es, was ich tue, dachte Lauer. Das ist meine Arbeit: schauen, Fragen stellen, zuhören. Darauf läuft alles hinaus. Lauer folgte einem tief in ihm sitzenden Verhaltensmuster und lehnte den Cognac ab.

„Einen Schluck Wasser würde ich nicht ablehnen", sagte er.

„Dann müssen Sie sich einen kleinen Moment gedulden."

Herr Ungstein schenkte sich nach.

„Vorzüglich", sagte er und behielt den Cognac lange im Mund. Lauer bereute es, abgelehnt zu haben. Wieder klingelte sein Handy.

„Entschuldigen Sie", sagte er zu seinem Gastgeber im Rollstuhl. Wieder Susanne. Aufgelöst. Gerade sei Meißner zu ihr gestoßen. Ein Moment der Unaufmerksamkeit.

„Der Kerl ist weg. Wie vom Erdboden verschluckt."

„Wo seid ihr?"

„Otto-Beck-Straße, Ecke Leibnizstraße. Verdammte Philosophen."

Aus Susannes Mund hörte es sich wie ein Schimpfwort an.

„Durchsucht die Umgebung. Geht systematisch vor. Er muss ja irgendwo sein. Soweit ich weiß, gibt es in der Gegend kaum Geschäfte oder Kneipen. Stimmt doch, oder?"

Lauer trank das Wasser aus. Das schmeckte plötzlich abgestanden.

„Wieso, Herr Ungstein, sitzen Sie mitten in der Nacht am Fenster?"

„Je älter er wird, desto weniger Schlaf braucht der Mensch. Diese Erfahrung werden Sie auch noch machen. Aber Spaß beiseite. Es gibt Nächte, da geht mir vieles durch den Kopf. Da muss ich nachdenken. Da darf ich die kostbare Zeit nicht mit Schlaf vergeuden."

Lauer kannte diese Nächte.

„Und wenn ich den Wasserturm vor mir sehe, wenn es still ist, kann ich besonders gut denken."

Lauer stand auf und wollte sich verabschieden. Dieses Mal endgültig.

„Muss ich zum Protokoll aufs Präsidium?"

„Das ist nicht nötig", sagte Lauer. „Ich habe mir Notizen gemacht, habe mir Ihre Aussage notiert, Ihre Adresse, Ihre Telefonnummer. Wenn wir einen Tatverdächtigen haben, könnte es sein, dass ich mich bei Ihnen melden werde. Gegenüberstellung."

„Mit dem größten Vergnügen, Herr Kommissar."

Auf dem Gehweg unter den Arkaden galt Lauers erster Impuls dem Café Flo. Jetzt einen Milchkaffee! Sein zweiter Impuls zielte auf Zweitausendeins. Anfang Dezember hatte er das aktuelle Merkheft zugeschickt bekommen. Mehrere Seiten Jazz-CDs, beim Label Blue Note erschienen, alle Anfang der sechziger Jahre veröffentlicht, da musste er seine Sammlung vervollständigen. Und der neueste Kommissar Winter-Krimi von Åke Edwardson war auch im Angebot. Eigentlich eine Schande, dachte Lauer. Die Bücher sind vor ein oder zwei Jahren erschienen und werden verramscht. Lauers Pflichtgefühl gewann wieder die Oberhand und er setzte sich Richtung Otto-Beck-Straße in Bewegung. Später würde er sich Vorwürfe machen, dass er sich so lange bei dem alten Mann im Rollstuhl aufgehalten hatte.

neun

Hausbesuch

Es ist angelehnt, das Gartentor. Peters steht vor der Haustür und ihm ist mulmig zumute. Er weiß nicht, was ihn erwartet. Ein unbestimmtes Gefühl. Die große Chance? Er drückt die Klingel und wartet. Es kommt ihm wie eine Ewigkeit vor. Er sieht den Vorgarten. Nicht gerade gepflegt, denkt er.

Was soll er sagen, wenn die Tür aufgeht und der Mann aus dem Lieferwagen vor ihm steht? Panik kommt auf. Er weiß nicht, was er sagen, wie er anfangen soll. Er hat sich alles zurechtgelegt. Wort für Wort. Satz für Satz. Und jetzt ist alles weg. Was soll er sagen, wie anfangen?

Ich muss mich zusammenreißen, sagt er sich.

Der erste Eindruck ist entscheidend. Endlich. Die Tür geht auf. Die große Chance! Zugreifen! Der Mann im Lieferwagen, tatsächlich! Er schaut Peters an, mustert ihn. Der kleine Junge fällt Peters ein. Der Junge im Rollstuhl. Der Junge ohne Haare. Die Wollmütze, obwohl es nicht kalt war.

Der denkt bestimmt, ich bin ein Penner, einer, der betteln will, sagt sich Peters. Der glaubt, er sieht es mir an.

Und Peters sieht das Gesicht des Mannes aus dem Lieferwagen und sein Gesicht sagt, es sei zwecklos. Und mit einem Schlag ist sie weg, die Unsicherheit. Peters weiß, was er sagen wird. Er hat eine Chance. Die lässt er sich nicht entgehen.

„Geht es Ihrem Jungen besser?", sagt Peters.

„Mein Junge? Was erlauben Sie sich? Wer sind Sie? Verschwinden Sie! Ich kenne Sie nicht"

Mit jedem Wort ist der Mann lauter geworden. Jetzt schlägt er die Tür zu. Peters spürt, er hat einen Fehler ge-

65

macht. Die Frage nach dem Jungen, er hätte sie nicht stellen dürfen. Er hat die wunde Stelle getroffen. Er geht zum Gartentor zurück, überlegt es sich anders. Sein Finger bleibt auf der Klingel. Nein, er wird keine Ruhe geben. So leicht lässt er sich nicht abwimmeln.

„Sind Sie verrückt? Ich rufe die Polizei!"

„Sie? Die Polizei rufen? An Ihrer Stelle! Ich habe Sie gesehen. Letzte Nacht. Am Wasserturm."

Peters sieht, wie sich der Gesichtsausdruck des Mannes verwandelt. Alle Wut fällt ab. Jetzt sieht er nur eines: Verwunderung.

„Mich? Heute Nacht?"

„Ja! Sie und den weißen Lieferwagen! Sie und den Rollstuhl! Sie und die Fracht, die Sie darin befördert haben!"

Der Mann hält die Haustür auf.

„Kommen Sie."

Peters folgt ihm. Er geht geradeaus, öffnet die Tür am Ende des Flurs. Das Wohnzimmer. Der Blick in den Garten. Eine verwucherte Hecke. Sandsteinplatten geschickt platziert, von Efeu überwuchert. Ein kleiner Teich, zugefroren. Geschmackvoll angelegt einmal.

„Was wollen Sie?"

Peters ignoriert die Frage, sieht die Uhr neben dem Buffet. Halb zwei.

So früh noch, denkt er.

„Wollen Sie mich nicht Ihrer Frau vorstellen?", sagt er.

„Ich lebe alleine."

„Und Ihr Sohn?"

„Ich verbiete Ihnen, über meinen Sohn zu reden."

Peters lässt sich in den Sessel fallen.

„Was wollen Sie?"

„Etwas Warmes zum Trinken, eine Kleinigkeit zum Essen. Wenn es keine Umstände macht."

66

Er sieht den Kaminofen in der Ecke. Steht vom Sessel auf. Stellt sich vor den Ofen. Reibt sich die Hände. Setzt sich auf den Hocker daneben.

„Wollen Sie nicht nachlegen? Die Glut ist fast aus."

Der Mann nimmt einen Holzscheit.

Wenn er jetzt ..., durchzuckt es Peters. Aber der Mann öffnet die Ofentür und schiebt das Holz in die Öffnung.

„Was wollen Sie?"

„Nach dem Essen eine warme Dusche. Wenn es keine Umstände macht", sagt Peters. „Vielleicht ein Bad, wenn das möglich ist. Und ein Bett, frisch bezogen. Wenn es nicht zu viel verlangt ist."

Die Flammen fressen sich am Holzscheit fest. Die Temperatur steigt. Peters lehnt sich an die Wand und schließt die Augen.

„So ist es schön", sagt er, „so kann man es aushalten."

Er öffnet die Augen, deutet auf seine Plastiktüten.

„Meine Siebensachen hätten dringend eine Wäsche nötig. Aber nur wenn ..."

„Ich habe verstanden", unterbricht der Mann ihn.

Der Mann aus dem Lieferwagen stellt sich vor Peters. Jetzt kommt er ihm noch imposanter vor als letzte Nacht. Verunsicherung beschleicht Peters. Aber die verschwindet sofort wieder. Was soll ihm passieren? Er hat alle Trümpfe in der Hand. Der muss vor ihm Angst haben.

„Was haben Sie gesehen heute Nacht?"

zehn

Rundumschlag

Es war ihr erster Tag als Kommissarin, der jetzt zu Ende ging. Susanne Dobler stand auf dem Bahnsteig des Mannheimer Hauptbahnhofs und wartete auf die Regionalbahn nach Schwetzingen. Ihr erster Tag. Und gleich ein Mordfall. Wie zu Beginn ihres Praktikums. Der Mord in der Schimperstraße. Das riesige, karierte Taschentuch, das ihr Hauptkommissar Lauer im Treppenhaus in die Hand gedrückt hatte, als der Geruch immer penetranter geworden war. Juli 2007. Sie hatte sich auf das Praktikum gefreut. Und heute freute sie sich auf die neue Aufgabe. Und hatte Angst. Wie damals. Wird sie den Anforderungen gewachsen sein? Kann sie sich durchsetzen? Wird sie in der Lage sein, auf einen Menschen zu schießen, wenn es notwendig sein sollte? Wer trifft die Entscheidung? Muss nicht sie die Entscheidung treffen, sie allein? In Sekundenbruchteilen? Und wenn sie falsch entscheidet? Der Tote am Wasserturm. Sie hatte in L 6 die Fotos gesehen. Der zertrümmerte Schädel. Die unnatürliche Haltung. Ihr war es eiskalt über den Rücken gelaufen. Einen Menschen brutal ermorden und ihn ausstellen. Nackt den Blicken der Menschen preisgeben. Die Körperwelten-Ausstellung fiel ihr ein. Die endlos langen Schlangen vor dem Landesmuseum für Technik. Die Wut auf ihre Mutter, die es ihr nicht erlaubt hatte, die Ausstellung zu besuchen.

„Da werden Leichen ausgestellt", hatte sie gesagt. „Kommt nicht in Frage."

Leichen ausgestellt? So wie heute? Ein Mensch, seiner Würde beraubt. Was bringt einen Menschen dazu, einen getöteten Menschen auszustellen?

„Die Regionalbahn nach Schwetzingen, Abfahrt auf Gleis neun, fährt mit fünf Minuten Verspätung ab."

Susanne schaute auf die Bahnhofsuhr. Die Abfahrtszeit war schon um acht Minuten überschritten. Die Durchsage ein Witz. Elf Minuten betrug die Fahrtzeit von Mannheim nach Schwetzingen.

Der Penner! Ihr Chef würde sich amüsieren, wenn er sie so reden hörte. Aber in seiner Gegenwart würde sie diesen Begriff nie benutzen. Dabei lag jedem das Wort auf der Zunge und keiner traute sich, es auszusprechen. Der Wohnsitzlose, der Obdachlose, der Stadtstreicher.

„Schwarze dürft ihr nicht sagen", hatte sich ein Referendar im Leistungskurs Deutsch ereifert und kritisiert, dass Mascha Káleko in einem Gedicht das Wort „Negerin" benutzt hatte. Maximal pigmentierte Menschen, das sei der korrekte Ausdruck. „Eine maximal pigmentierte Frau im Harlem-Express", was für ein Schwachsinn, dachte Susanne.

Der Penner! Es wurmte sie, dass sie ihn aus den Augen verloren hatte. Sie hatte die Verantwortung gehabt. Es war ihr Job gewesen und sie hatte ihn vermasselt. Auch mit Julians und später mit Lauers Hilfe war der Kerl verschwunden geblieben. Es war ihr ein Rätsel, wo er verschwunden war. Lauer machte ihr zum Glück keine Vorwürfe. Seine Besorgnis um den Mann konnte sie nicht so ganz nachvollziehen.

Als die Regionalbahn endlich abfuhr, lag eben jener Penner längst in seinem eisigen Grab. Noch vor dem Essen hatte er sich unter die Dusche gestellt. Es gab leider keine Badewanne. Die Wassertropfen des Massagestrahls prasselten auf Kopf und Schultern. Er hatte die Temperatur so hoch eingestellt, dass er sich fast verbrühte. Seine textilen Habseligkeiten wurden in der Zwischenzeit in der Waschmaschine sanft hin- und hergeschaukelt. Das Bett im Gästezimmer war bezogen, er hatte sich davon überzeugt. Die Heizung lief auf Hochtouren. Heute Nacht keine Eiseskälte, hatte er gedacht und den Thermostat bis zum Anschlag nach links aufgedreht.

Auch Lauers Wohnzimmer in der Mutterstadter Straße auf der Rheinau war gut geheizt. Wenn es so weiterging mit der Kälte, würde die Nachzahlung an die MVV gesalzen ausfallen, dachte der Hauptkommissar und legte den Telefonhörer auf. Zum wiederholten Mal hatte er Hannes Nummer gewählt. Erfolglos. Wie all die Male vorher nur der Anrufbeantworter. Es tat gut, Hannes Stimme zu hören, aber er hätte gerne mit ihr geredet. Im Hintergrund blies Eric Dolphy die Bassklarinette. „Serene", eines von Lauers Lieblingsstücken. Er besaß unzählige Aufnahmen des Stückes, die Studioversion von 1960 auf der Platte „Out there" gefiel ihm am besten. Ron Carter, nicht am Bass, sondern am ungewohnten Cello, dafür George Duvivier am Bass und Roy Haynes am Schlagzeug. Die bizarren Klanglandschaften, die Dolphy im Verlauf von „Serene" auf der Bassklarinette skizzierte. Eric Dolphy, ein beliebter Musiker. Kein bisschen eitel und frei von schlechten Angewohnheiten. Auch in den Augen seiner Kollegen. Ganz anders als sein Wegbegleiter Charles Mingus, der Eric Dolphy einen Heiligen nannte. Dolphy, ein guter Freund von John Coltrane, dem er mehr als einmal aus der Klemme geholfen hatte. Am 27. Juni 1964 musste Dolphy ein Konzert zur Eröffnung eines Jazzclubs in Berlin abbrechen. Zwei Tage später war er tot, 36 Jahre alt, Diabetes, zu spät erkannt.

Der Stadtstreicher, wo verbrachte er diese Nacht? Lauer dachte an die Kälte draußen und war froh, in einem warmen Wohnzimmer zu sitzen und sich später in einem gemütlichen Bett ausstrecken zu können. War froh, nicht auf der Straße leben zu müssen, froh, ein Zuhause zu haben. An welcher Stelle genau war Peters verschwunden? Hielt er sich noch im Philosophenviertel auf? Oder war er längst woanders? Vielleicht beim Hauptbahnhof? Oder am Wasserturm? Was hatte er in dem Viertel zu suchen gehabt? So viele Fragen. Wer bezahlte die Spesen? Hoffentlich nicht der Stadtstreicher. Dolphy hatte die Klarinette mit der Querflöte vertauscht und spielte „17 West", ein schnelleres Stück als „Serene", aber die Flöte verlieh dem Stück eine Zartheit, von der Lauer stets von Neuem überwältigt wurde. Hoffentlich war dem Stadtstreicher nichts zugestoßen.

Übermorgen musste er Fabian, seinen Sohn, zum Flughafen nach Frankfurt fahren. Dass er einen Sohn hatte, hatte Lauer erst nach dessen Geburt erfahren. Von Fabians Mutter hatte er sich lange vorher getrennt gehabt. Als Fabian älter und selbstständiger wurde, verlor er Sybille, so hieß Fabians Mutter, aus den Augen. Jahrelang hatte er sie nicht mehr gesehen. Bis zum Sommer 2007. In jenen Julitagen hatten sich ihre Wege gekreuzt. Sybilles kleiner Sohn, Fabians Bruder, war verschwunden, eine mysteriöse Entführung, bei der Lauer sich wie ein Trottel verhalten hatte. Mit dem Verweis war Lauer gut bedient gewesen. Auch wenn der jetzt in seiner Personalakte lag. Ein junger Staatsanwalt aus Ludwigshafen hatte ein Verfahren gegen ihn angestrengt. Dass das Verfahren gegen Zahlung einer Geldstrafe eingestellt worden war, wurmte Lauer, aber letztendlich konnte er sie leicht verschmerzen.

Für kurze Zeit hatte er sich zu Fabians Mutter erneut hingezogen gefühlt, bald gemerkt, dass er die Zeit nicht zurückdrehen konnte. Fabian, der ständig Geldsorgen hatte, hatte im Januar 2008 sein Lehramtsstudium endlich beendet. Lauer hatte drei Kreuze geschlagen und hätte auch, wäre er nicht aus der Kirche ausgetreten, Kerzen in einem Gotteshaus aufgestellt. Anstatt das Referendariat anzutreten, hatte sich Fabian, wie er sagte, eine Auszeit genommen. Elf Monate Australien. Work and Travel. Zusammen mit seiner Freundin, die er erst wenige Wochen vorher kennengelernt und die er Lauer nicht einmal vorgestellt hatte. Work and Travel?

„Du suchst dir einen Job, zum Beispiel als Erntehelfer, jobbst vier, fünf, sechs Wochen und von dem verdienten

71

Geld reist du die nächsten Wochen durchs Land", hatte Fabian ihm erklärt. Kurz vor Weihnachten hatte Fabian vor Lauers Tür gestanden und ihm eröffnet, dass er die Feiertage bei ihm verbringen werde. Anfang Januar werde er nach Australien zurückfliegen. Ohne seine Freundin, hatte Fabian hinzugefügt, ohne dass Lauer ihn gefragt hätte.

Was seine Mutter zu seinen Plänen sage, hatte Lauer gefragt. Von der komme er, jede Menge Stress. Lauer hatte es dabei belassen. Am Mittwoch war es jetzt so weit. Der Abflug. Zum zweiten Mal.

Was er in Australien wolle, hatte Lauer gefragt. Wieder Work and Travel?

„Nein, nein", sagte Fabian. „Ich suche einen Job, vielleicht als Lehrer. Gibt etliche deutsche Schulen dort. Vielleicht mache ich auch ganz was anderes. Mal sehen. Mach dir keine Sorgen. Irgendwie schlage ich mich durch."

Obwohl Lauer eher auf Rotwein stand, vor allem im Winter, hatte er heute Abend Lust auf einen Weißwein. Während er vor dem Regal im Keller stand und sich nicht entscheiden konnte, eine Weißburgunder aus der Pfalz oder einen Grünen Veltliner aus dem Weinviertel, packte Fabian in seinem Zimmer in der Karl-Marx-Straße seinen Koffer. Am Neujahrstag hatte er sich mit seiner Mutter versöhnt und die letzten Tage bei ihr verbracht. Absagen von zwei deutschen Schulen in Sydney waren eingetroffen. Das zweite Australienabenteuer stand unter keinem guten Stern.

„Ohne zweite Dienstprüfung keine Einstellung", hatte in beiden Ablehnungsschreiben gestanden.

Auf Sydney habe er sowieso keinen Bock, hatte Fabian zu Lauer am Telefon gesagt.

Während Fabian den dicken, von seiner Großmutter gestrickten Pullover aussortierte, stand Julian Meißner am

72

Küchenfenster und schaute auf die Straße. Es würde wieder eine kalte Nacht werden. In der Küche war es warm, trotzdem fröstelte es ihn. Aber es war eine Kälte, die von innen kam. Dem Toten am Wasserturm hatte die Kälte nichts mehr anhaben können. Er würde nie mehr frieren. Bis in alle Ewigkeit. Meißner fand den Gedanken tröstlich. Seine Frau war oben im Schlafzimmer, obwohl es noch keine 21 Uhr war. Sie war, wie all die Abende vorher, die Wochen, die Monate, schweigsam gewesen, nachdem die beiden Kinder eingeschlafen waren, ein Junge, der im Sommer eingeschult werden würde, ein Mädchen, das die dritte Grundschulklasse besuchte. Obwohl es noch mehr als ein Jahr dauern würde, bis die Grundschulempfehlung den weiteren schulischen Weg ihrer Tochter bestimmen würde, hatte Meißner das Gefühl, dass sie ihre Unbefangenheit und vor allem ihre Lust und Neugierde auf die Schule verloren hatte. Mit seiner Frau konnte er über dieses Problem nicht reden. Im Juli 2007 hatten sie durch eine Fehlgeburt ein Kind verloren. Seitdem war sie anders, seine Frau. Aus der Bahn, aus dem Leben geworfen. Die lebenslustige, zupackende Frau, die er geliebt und geheiratet hatte, war ruhig geworden. Einsilbig. Schweigsam. Er konnte seine Frau nicht mehr erreichen, glaubte, dass der Alltag, ihre Sorgen, ihre Nöte an ihm vorbeigingen.

Während Julian Meißner aus dem Küchenfenster schaute und über seine Frau, seine Ehe und das Kind, das sie verloren hatten, nachdachte, fuhr der Regionalzug aus Mannheim auf dem Schwetzinger Bahnhof ein.

Endlich, dachte Susanne Dobler.

elf

Frachtgut

Es wiederholt sich. Alles wiederholt sich. Bei jedem neuen Todesfall.

Das ist nicht zum Aushalten, dachte er.

Und er wusste, es würde ein weiteres Mal geben. Wieder und wieder.

Der Mann lag zusammengekauert auf der Erde. Die Augen waren geschlossen. Auf den ersten Blick sah es aus, als ob er schliefe.

Wie ein Embryo im Mutterleib, dachte Lauer, geborgen. Aber der Mann lag auf der überdachten Rampe auf dem blanken Betonboden. Wie ein vergessenes Stück Frachtgut. Der Mann trug einen Kapuzenpullover unter einer nicht sonderlich dicken Daunenjacke. Die Kapuze war tief ins Gesicht gezogen. Lauer kannte die Daunenjacke. Es sah aus, als sei der Mann erfroren. Lauer kannte den Mann. Und das ließ ihn vom ersten Moment an einer natürlichen Todesursache zweifeln.

Lauer umkreiste den toten Obdachlosen mehrmals. Dann kniete er sich nieder und näherte sich dem Gesicht. Er verharrte in dieser Haltung. Lauer wusste, dass das ehemalige Postfrachtzentrum unter Obdachlosen ein beliebter Treffpunkt war. Zuletzt hatte es dort im vergangenen Sommer, im Juni 2008, einen Todesfall gegeben. Ein 30-jähriger Obdachloser war gestorben, nicht an der Kälte, an den Folgen seiner Alkoholsucht. Fremdeinwirkung ausgeschlossen. Vom Hauptbahnhof aus sind es nur wenige Meter, vorbei an einem Parkhaus und an einem Musikclub, der bei Studenten beliebt ist. Dahinter wird es ruhig. Schilder verbieten das Betreten der Anlagen. Hinter Stacheldraht und Zäunen, die an zahlreichen Stellen Schlupflöcher bieten, liegt das alte Frachtzentrum. Teile davon sind überdacht und windgeschützt.

Lauer stand auf und schaute sich um. Auf dem Boden lagen Tüten und Decken. Auch in den kommenden Nächten, das wusste Lauer, würden hier Obdachlose Schutz vor der Kälte suchen und übernachten. Daran würde dieser Todesfall nichts ändern.

„Wer hat ihn gefunden?", fragte Lauer seinen Kollegen Meißner.

„Zwei Kumpel von ihm, heute Morgen Viertel nach acht sind sie buchstäblich über ihn gestolpert. Die beiden waren, wie sie sagten, geschockt. Es dauerte eine Weile, bis wir verständigt wurden."

Ein junger Streifenbeamter war mit seiner Kollegin als Erster am Fundort gewesen. Lauer kannte die beiden Kollegen nicht.

„Wahrscheinlich ist er erfroren", sagte die Frau, die sich als Polizeimeisterin Gundinger vorgestellt hatte.

„Wir konnten keinerlei Fremdeinwirkung feststellen, und wie er so daliegt, das sieht natürlich aus, und kalt genug ist es ja."

„Was sagen die beiden, die ihn gefunden haben?", fragte Lauer.

„Wir haben die Personalien aufgenommen", sagte Polizeimeister Hauschild.

„Keine Fremdeinwirkung? Tod durch Erfrieren? Natürliche Todesursache? Was meinst du, Julian?"

Julian Meißner schüttelte den Kopf.

„Gestern spurlos verschwunden, von uns zur Fahndung ausgeschrieben, heute Nacht zufällig erfroren im alten Postfrachtzentrum. Viele Zufälle", sagte Meißner.

Meißner ging in die Hocke und deutete auf den toten Stephan Peters.

„Wie der Tote vom Wasserturm. In einer ähnlichen Haltung haben wir den Toten am Wasserturm gefunden."

75

„Stimmt, Julian. Trotzdem gibt es Unterschiede."

„Richtig, er ist angezogen. Er ist nicht gefesselt. Er wurde nicht hingesetzt. Er liegt zusammengerollt auf der Seite und er wurde nicht der Öffentlichkeit präsentiert."

Lauer schaute sich nach Susanne um.

„Wo ist unsere Kollegin?"

„Lass sie, Leo. Sie macht sich Vorwürfe, sie glaubt, sie sei schuld. Weil sie es war, die ihn gestern aus den Augen verloren hat."

Vorher, um halb neun, wie jeden Morgen, hatte die Dienstbesprechung des Dezernats 11 begonnen. In der Nacht war es in einer Gaststätte in den H-Quadraten zu einer Schießerei gekommen. Fünf Schüsse sollte ein Gastwirt im Treppenhaus seines Lokals mit einer vollautomatischen Maschinenpistole in Richtung eines Gastes abgegeben haben. Für die Waffe hatte er keinen Waffenschein. Der Staatsanwalt versuche, einen Haftbefehl zu erwirken, berichtete Oberkommissarin Meyers, die mit dem Fall betraut war.

„Versuchter Mord und Verstöße gegen das Waffenschutzgesetz", sagte sie. „Ob wir damit durchkommen, ist nicht sicher. Die Beweislage ist ein wenig, wie soll ich sagen, undurchsichtig."

Lauer fragte nach und erfuhr, dass es zwar Zeugen gebe, die Gäste, die um halb eins, als die Schüsse fielen, in der Gaststube anwesend waren, immerhin neun Personen. Alle waren noch in der Nacht vernommen worden. Das Ergebnis war wenig erhellend. Nein, von einer Auseinandersetzung habe man nichts mitbekommen. Nein, dass Schüsse fielen, habe man nicht gehört. Man habe friedlich sein Bier getrunken und sich um nichts gekümmert.

„Da ist was faul", sagte Meyers. „Ein einziger Gast hat die Schüsse wahrgenommen und als solche erkannt. Er will auch eine Aussage machen."

„Warum hat er die nicht schon gemacht?", fragte Meißner.

„So einfach geht das nicht. Wir brauchen so was wie einen Dolmetscher. Unser Zeuge ist taubstumm!"

„Ein Taubstummer als einziger Zeuge!"

Lauer schlug mit der flachen Hand auf die Tischplatte.

„Neun Personen, die hören, haben nichts gehört!"

Es dauerte einige Zeit, bis wieder Ruhe einkehrte. Im Mittelpunkt der weiteren Dienstbesprechung stand der Tote vom Wasserturm. Sie traten auf der Stelle. Sie hatten eine Leiche, die Identität des Toten war noch nicht bekannt. Ohne Identität kein Motiv. Ohne Motiv keine wirkungsvolle Tätersuche. RNF life brachte seit heute Morgen in jeder Nachrichtensendung ein Foto des Toten. Alle hofften, dass sie das einen Schritt weiterbringen würde. Die Befragung der Anwohner, die noch nicht abgeschlossen war, hatte keine neuen Erkenntnisse gebracht. Eine ältere Frau, die im Maritim logierte, sich als gebürtige Mannheimerin outete, die als junge Frau nach Kanada ausgewandert war, der Liebe wegen, behauptete, sie habe den Mörder von ihrem Fenster aus gesehen. Die Leiche blutüberströmt. Eine Frau, da sei sie ganz sicher. Nein, kein Mann, eine blutüberströmte Frauenleiche. Sie war nicht von ihrer Aussage abzubringen. Sie sei zwar alt und gebrechlich, aber sie habe noch alle ihre Sinne beisammen. Die Sache erledigte sich dann schnell, als die gebürtige Mannheimerin von ihrem Zimmer aus die Fundstelle der Leiche zeigen sollte. Es stellte sich heraus, dass sie gar keinen Blick auf das Wasserbecken hinter dem Wasserturm hatte. Herr Ungstein blieb der einzige Augenzeuge. Und natürlich der Obdachlose, der zu diesem Zeitpunkt noch nicht gefunden war. Dass er keine Aussagen mehr würde machen können, das wussten der Erste Hauptkommissar Clement und seine Mitarbeiter vom Dezernat 11 noch nicht.

„Auch wenn die Erfolgsaussichten gering sind, werden wir die Befragung der Anwohner wie geplant zu Ende bringen. Alle, ausnahmslos alle Anwohner müssen befragt werden", ordnete Clement an. Er versprach,

77

noch weitere Kollegen aus anderen Dezernaten loszuei-
sen. Lauer blickte zu Meißner, der mit den Augen rollte.
Da klingelte das Telefon. 8:57 Uhr, um es genau zu sagen.
Ein Todesfall am ehemaligen Postfrachtzentrum wurde
gemeldet. Ein Obdachloser, vermutlich erfroren, vermutlich natürliche Todesursache.

Obdachloser, Erfrierung, Stephan Peters, durchzuckte
es Lauer. Mit Meißner und Susanne verließ Lauer sofort
die Dienstbesprechung.

„Hoffentlich haben wir es nicht mit einem Serientäter
zu tun", rief Clement ihnen hinterher.

„Hat der frostige Bodo zugeschlagen?"

Lauer kannte die Stimme hinter sich. Dr. Friedrich
Adelmann, Rechtsmediziner aus Heidelberg.

„Na, Bodo, unser aktuelles Tief. 2009 tragen die Tiefs
Männernamen", erklärte er, ohne dass jemand nach einer
Erklärung verlangt hatte.

„Stellst du in der Nacht was ins Freie, kannst du dir die
Kühltruhe sparen, Bodo sei Dank!"

„Friedrich, wie habe ich die letzten Wochen ohne deine
Sprüche überstanden? Wo hast du deine Kollegin gelassen?", fragte Lauer.

„Mann, Mann, könnt ihr in Mannheim nicht mal
am Dreikönigstag Ruhe geben? Meine Kollegin Frau
Dr. Langner? Die kümmert sich um eure Montagsleiche.
Wenn ihr in dem Tempo weitermacht, muss ich eine Per-
sonalaufstockung beantragen."

„Schon Ergebnisse?"

„Da musst du Frau Dr. Langner fragen. Ich bin erst seit
heute wieder im Dienst."

Adelmann zog sich die Gummihandschuhe über und
machte sich an die Arbeit.

Lauer entdeckte erst jetzt Susanne, die auf der Treppe
saß, die zur Rampe hochführte. Er ging zu ihr.

„Ich habe den Mann auf dem Gewissen", sagte sie. Lauer nahm ihre Hand und zog sie hoch.

„Hier ist es viel zu kalt. Du verkühlst dich, hätte meine Urgroßmutter gesagt."

Er legte den Arm um sie.

„Hätte ich ihn vernünftig beschattet, würde er noch leben."

Lauer hielt sie im Arm und sagte nichts. Dann streckte er seine Arme aus und legte seine Hände um Susannes Schultern.

„Hätte, wäre, würde. Hätte ich den Mann sofort festnehmen lassen, würde er ebenfalls noch leben. Aber darum geht es nicht, Susanne. Du bist nicht schuld am Tod von Stephan Peters!"

„Natürliche Todesursache, würde ich auf den ersten Blick vermuten. Aber schwierig, schwierig. Keine äußeren Verletzungen. Heute Nacht hatten wir vier Grad minus, vielleicht auch fünf. Die Temperatur der Leiche könnte, nach erstem Anschein, mit der Außentemperatur korrelieren. Tod durch Erfrierung würde ich nach meinem bisherigen Wissen sagen. Wahrscheinlich ist der tiefgekühlte Bodo daran schuld, Genaueres kann ich erst nach der Obduktion sagen."

„Kann man bei minus fünf Grad erfrieren?", fragte Susanne.

Sie war hinter Lauer hergegangen und stand jetzt neben der Leiche. Sie sah den Toten nicht an.

„Natürlich kann man das. Wenn die Körperkerntemperatur zwischen 32 bis 35 Grad Celsius liegt, sprechen wir schon von milder Hypothermie, also Unterkühlung, Zittern, Frösteln, tiefe Atmung, schneller Herzschlag, blasse Haut, Beeinträchtigung des Urteilsvermögens. Sinkt die Körpertemperatur auf 28 bis 32 Grad sind Schläfrigkeit, langsamer Puls, niedriger Blutdruck, marmorierte Haut und Teilnahmslosigkeit die Symptome.

79

Der Arzt spricht von einer mittelschweren Unterkühlung oder der Erschöpfungsphase. Und wenn die 28 Grad unterschritten werden, haben wir eine schwere Hypothermie. Bewusstlosigkeit, flache Atmung bis Atemstillstand, unrhythmischer Herzschlag bis zum Herz-Kreislaufstillstand."

Lauer wunderte sich über die Ausführlichkeit, mit der Adelmann seine Diagnose Susanne erläuterte. Ihm gegenüber war er meist wesentlich kürzer angebunden.

„Todeszeitpunkt?", fragte Lauer.

„Schwer zu sagen."

Lauer informierte den Arzt, dass der Tote am Vortag beschattet und nach der Mittagszeit noch lebend gesehen worden war.

„Zum Erfrieren braucht es Zeit, auf jeden Fall dürfte der Tod erst einige Zeit nach Mitternacht eingetreten sein."

Adelmann verabschiedete sich.

„Näheres später. Nach der Obduktion."

Susanne schaute sich jetzt Stephan Peters genau an. Dann ging ein Ruck durch sie. Sie trat ganz nahe an den Toten und deutete mit dem Finger auf Peters, fast berührte sie die Daunenjacke.

„Diese Jacke, ich habe sie gestern gesehen. In der Augustaanlage. In der Otto-Beck-Straße. Da war die Jacke schmutzig. Heute ist sie noch abgewetzt, aber sauber. Und Peters Haare sind frisch gewaschen. Gestern waren sie fettig und verklebt."

„Gut beobachtet, Susanne, du überprüfst alle Waschsalons in der Innenstadt und der näheren Umgebung. Ist Peters dort gestern Mittag aufgetaucht? Vielleicht gibt es eine einfache Erklärung für die saubere Jacke. Und im Herschelbad fragst du nach, ob er gestern dort ein Bad genommen hat. Wo gibt es in Mannheim noch öffentliche Bäder? Weiß das jemand?"

Niemand antwortete.

„Es könnte sein", spekulierte Susanne, „dass Peters uns gestern nicht die Wahrheit gesagt hat. Dass er den Mörder kannte. Dass er auf eigene Faust losgezogen ist. Dass er den Mörder getroffen hat."

„Und der hat ihn sich vom Hals geschafft", spann Lauer den Faden weiter.

„Peters erpresst den Mörder, das lässt der sich nicht gefallen. Und, rums, schon hat Clement einen Serienkiller."

„Wann fängt eine Serie an?", fragte Susanne.

„Schluss mit diesen Spekulationen!", fuhr Meißner dazwischen. „Wir sind an einem Tatort, besser am Fundort einer Leiche. Hier zählen Fakten. Und im Augenblick spricht nichts für eine unnatürliche Todesart. Spekulieren können wir später. Im Präsidium lasse ich gerne mit euch die Gedanken strömen. Jetzt geht es ausschließlich um Fakten. Die beiden Penner, die Peters gefunden haben, müssen vernommen werden."

„Dann fängst du am besten damit an", sagte Lauer.

zwölf

Brainstorming in L 6

Es war für Lauer ein Unding. All die Anglizismen! In diesem Punkt war er regelrecht allergisch. Vor allem bei der Deutschen Bahn. „Meeting Point". „Call a bike". „Kiss & Ride".

„Kiss and Ride?", hatte Lauer nachgefragt. „Rotlichtviertel am Bahnhof?"

„Nein, damit ist die Kurzzeitparkzone gemeint", hatte Meißner erklärt.

Selbst „Hotline" und „Brainstorming" waren Lauer suspekt. Und so saßen Susanne, Meißner und Lauer jetzt in ihrem Büro im 3. Stock in L 6 und ließen die Gedanken strömen. Lauer und Meißner machten das gerne, wenn sie noch am Anfang einer Ermittlung standen. Alles, was einem einfällt, durch den Kopf geht, auch auf den ersten Blick unsinnige Schlussfolgerungen. Einfach alles herauslassen. Und es kam vor, dass diese Gedankenspielerei sie auf die richtige Spur brachte. Aber heute glich der Gedankenstrom eher einem dürftigen Rinnsal. Sie drehten sich im Kreis, wiederholten die Hypothesen, die sie am Frachtzentrum schon aufgestellt hatten. Sie kamen nicht voran. Von einem waren alle überzeugt, ohne darüber zu sprechen: Alle gingen davon aus, dass Peters ermordet worden war. Obwohl Adelmann in die andere Richtung tendiert hatte.

Erste Vermutung: Peters hat ihnen nicht die Wahrheit gesagt. Er hat den Mann, der die Leiche zum Wasserturm brachte, gekannt. Folglich sind die Beschreibung und die Nummer des Autos falsch. Die Aussage des Herrn Ungstein stützte diese These.

Zweite Vermutung: Peters hat versucht, mit dem Mörder Kontakt aufzunehmen, er hat ihn getroffen und erpresst. Dafür musste er sterben.

Folgender Ablauf war denkbar: Der Tote am Wasserturm wurde ermordet, weil der Mörder einen triftigen Grund hatte. Vielleicht hasste er den Ermordeten, vielleicht gab er ihm an irgendetwas die Schuld. Oder Geld spielte eine Rolle. Oder Eifersucht. Peters musste sterben, weil er etwas gesehen hatte und den Mörder erpressen wollte. Er war Augenzeuge, als die erste Leiche entsorgt wurde. Ein emotionaler Mord und ein rationaler Mord, die beide eng zusammenhingen?

„Zumindest Clement dürfte beruhigt sein. Kein Serienkiller! Wie kann man nur auf so eine Idee kommen?", sagte Lauer. „Die natürliche Todesursache wäre ihm natürlich am liebsten."

„Nichts als Spekulation", sagte Meißner. „Wir wissen nichts, gar nichts. Vielleicht haben die beiden Morde nichts miteinander zu tun. Vielleicht, auch das ist im Moment nicht vollkommen ausgeschlossen, ist Peters ja doch eines natürlichen Todes gestorben. Ja, wer sagt uns überhaupt, dass der Mann, der die Leiche am Wasserturm deponiert hat, der Mörder ist. Unsere Überlegungen haben keinerlei Substanz."

„Stimmt, Julian. Genau daran hängt es. Solange wir nicht die Identität des Wasserturmtoten kennen, kommen wir keinen Schritt weiter", sagte Lauer.

„Gedankenfluss, das Wort gefällt mir besser", sagte Susanne, die sich die ganze Zeit an der Diskussion nicht beteiligt hatte.

„Sag mal, wo bist du mit deinen Gedanken?", fragte Meißner.

Auf die Veröffentlichung des Fotos im regionalen Fernsehen hatten sich zwar etliche Leute gemeldet, die vorgaben, den Toten zu kennen, eine Identifikation war noch nicht gelungen. Der abenteuerlichste Anruf kam von einem 20-jährigen Mann, der behauptete, der Tote sei sein vor fünf Jahren während einer Amazonasreise tödlich verunglückter Onkel. Er habe schon immer an eine Wiedergeburt geglaubt. Aus der Mitschrift des Anrufs war nicht ersichtlich, ob der Onkel oder der Anrufer an die Wiedergeburt glaubte.

„Wiedergeburt im gleichen Körper", sagte Susanne. „Was es nicht alles gibt!"

Auch die Vernehmung der beiden Obdachlosen, die Stephan Peters gefunden hatten, brachte nicht den Durchbruch, erhärteten jedoch die Vermutung, dass Peters mehr gesehen, als er der Polizei gegenüber preisgegeben hatte.

„Am Montagmorgen so gegen zehn haben wir ihn am Hauptbahnhof getroffen. Er ist gerade von der Polizei gekommen. Aber die Bullen, tut mir leid, das waren seine Worte, die Bullen hat er verarscht, hat er uns erzählt. Ganz geheimnisvoll hat er getan. ‚Ich glaube, ich habe das große Los gezogen. Ab heute beginnt mein neues Leben.' Hat er wörtlich gesagt. Wir haben uns lustig gemacht über ihn. Richtig böse ist er geworden. ‚Nichts gebe ich euch ab!', hat er getönt. Und ist verschwunden. Richtung Tattersall. Das war das letzte Mal, wo wir ihn gesehen haben, lebend, natürlich. Den ganzen Montag ist er uns nicht mehr über den Weg gelaufen, auch abends nicht. Tolles neues Leben!"

Die Aussage wirkte glaubhaft, die beiden ließen sich nicht aufs Glatteis führen, passender Vergleich, fand Susanne, verwickelten sich auch bei Nachfragen nicht in Widersprüche.

Alle Anwohner rund um den Friedrichsplatz waren inzwischen befragt. Herr Ungstein blieb der einzige Zeuge. Stephan Peters kannten einige der Befragten vom Sehen, in den letzten Tagen hatte ihn niemand bewusst in der Nähe des Wasserturms wahrgenommen.

„Es bleibt dabei, wir kommen nur weiter", sagte Lauer, „wenn wir wissen, wer der Tote am Wasserturm ist."

„Wie wahr", kommentierte Meißner.

Es klopfte und Frau Werner streckte ihren Kopf herein. Dieses Klopfen würde in der Geschichte des Wasserturmmordes als der Augenblick eingehen, in dem Bewegung in den Fall gekommen war.

„Da draußen ist eine Frau, die glaubt, unseren Toten zu kennen."

„Was heißt ‚glauben'?", fragte Meißner.

„Wir müssen wissen und nicht in den Wind glauben", konnte sich Lauer nicht verkneifen. Wenigstens ersparte er den Anwesenden den Hinweis, von wem das Zitat stammte.

„Sie ist sich nicht sicher."

„Aber sie hält ihn nicht für die Wiedergeburt des Weihnachtsmannes."

Meißner bereute seinen Spruch umgehend. Frau Werner wurde beiseitegeschoben, die Tür ging weit auf.

„Ich bin zwar nicht mehr die Jüngste, aber im Kopf funktioniert es noch ganz gut", sagte eine ältere Frau, die sich breitbeinig und mit den Händen in den Hüften im Türrahmen platziert hatte.

„Kommen Sie bitte herein", sagte Lauer, stand auf, ging um den Schreibtisch herum und schob den Besucherstuhl zurecht.

„Ich habe eine Aussage zu machen. Der Mann in der Zeitung, das könnte Herr Lauinger sein, der wohnt im selben Haus wie ich. Alles Eigentumswohnungen."

„Der Reihe nach", sagte Lauer. „Ihr Name, Ihre Anschrift."

Frau Metzger, geborene Haberland, seit Jahren verwitwet, ihr Mann früher Rektor an der Tulla Realschule, sie selbst 1928 geboren.

„Alle Achtung", entfuhr es Meißner. „Ich hätte Sie jünger geschätzt."

„Ihre Meinung interessiert nicht, junger Mann", wischte Frau Metzger Meißners Kompliment zur Seite.

Sie sei am Paul-Martin-Ufer wohnhaft, in Neuostheim, Vier-Familienhaus, frisch renoviert, unverbaubarer Blick auf den Neckar. Stolz sprach aus jedem ihrer Worte.

Als Rektorenwitwe hat sie eine schöne Pension, dachte Lauer.

Lauinger, Peter Lauinger, Anfang 50, er wirke älter, ein angenehmer Nachbar, freundlich, ruhig, höflich. Er habe stets gegrüßt, sich Zeit für einen Plausch genommen.

„Und wenn er verreist war, habe ich in seiner Wohnung nach dem Rechten gesehen, gelüftet, die Blumen gegossen, den Kanarienvogel versorgt."

Frau Metzger seufzte. Wann sie ihren Nachbarn zuletzt gesehen habe, wollte Meißner wissen.

„Gesehen? Ein, zwei Tage vor Weihnachten. Lassen Sie mich nachdenken. Das muss der 22. gewesen sein, ja, genau, ein Montag. Herr Lauinger war auf dem Weg zur Arbeit. Früher hat er bei der Deutschen Bank gearbeitet. Mein Mann hielt große Stücke auf ihn. Vor sechs, sieben Jahren hat er sich selbstständig gemacht. Vermögens- und Anlageberatung. Zuverlässig, seriös."

„Woher wissen Sie das, Frau Metzger?", fragte Lauer. „Hat er Sie beraten?"

„Früher, als er noch bei der Bank angestellt war. Damals hatten mein Mann und ich diesen Eindruck gewonnen."

„22. Dezember. Das ist mehr als zwei Wochen her", sagte Susanne. „Haben Sie sich keine Sorgen gemacht?"

„Nein, wieso? Einen Tag später, am Dienstagabend, hat Herr Lauinger angerufen und gesagt, dass er in Urlaub fliege, überraschend. Spontanentschluss. Bangkok, Last-Minute-Flug. Ich habe mich gewundert, weil er ein gewissenhafter, genauer Mensch war. Früher hat er immer rechtzeitig Bescheid gesagt. Also, das war schon ein wenig ungewöhnlich. Vielleicht hat er ja jemanden kennengelernt, habe ich für mich gedacht. Er lebte allein. Und er suchte schon lange eine Frau. Auch über Partnervermittlungen. Hat er mir verraten."

„Hat er Ihnen gesagt, wann er zurückkommt?", fragte Susanne.

„Er sei eine Weile weg, hieß es am Telefon, auf jeden Fall bis über Neujahr. Aber er melde sich."

„Und das ist Ihnen nicht seltsam vorgekommen?", fragte Meißner.

„Jetzt, wo Sie fragen, sicher. Aber damals. Schließlich habe ich den Schlüssel zu seiner Wohnung. Es war alles geregelt. Wenn ich jetzt nachdenke, kommt mir manches seltsam vor. Kleinigkeiten. Man könnte auch von Ungereimtheiten sprechen."

Frau Metzger brach ab.

„Ungereimtheiten?", fragte Lauer.

„Bis heute keine Ansichtskarte. Dabei schreibt er immer, immer an den ersten Tagen seines Urlaubs wirft er die Karte ein. Aber vielleicht dauert die Post ja so lange, Bangkok. Dann lag sein Reisepass auf dem Schreibtisch. Braucht man für Thailand nicht einen Reisepass? Und das Futter für den Kanarienvogel ist ausgegangen. Das ist noch nie vorgekommen. Herr Lauinger war da sehr korrekt, pedantisch, wie ich schon sagte. Und ob er vor seinem Abflug zum Packen nach Hause gekommen ist, das kann ich nicht sagen. Sein Koffer liegt auf jeden Fall noch auf dem Schrank im Schlafzimmer."

Lauer fragte die Frau, wie sicher sie sei, dass es sich bei dem Toten in der Zeitung um Ihren Nachbarn handele. Frau Metzger ließ sich lange Zeit mit der Antwort.

„Vom Verstand her ziemlich sicher", sagte sie schließlich. „Vom Gefühl her weniger. Wer tut so einem netten Herrn etwas derart Böses an?"

„Sie haben einen Schlüssel zu seiner Wohnung?", fragte Lauer.

„Selbstverständlich, das sagte ich bereits."

87

„Dann fahren wir zu Ihnen und schauen uns die Wohnung Ihres Nachbarn an."

Frau Metzger war mit dem Taxi gekommen. Lauer hielt ihr die Beifahrertür des Dienstwagens auf, als sein Handy klingelte. Susanne saß auf dem Rücksitz. Meißner wollte sich mit Frau Dr. Langner in Verbindung setzen. Vielleicht gab es schon Informationen zur Obduktion. Lauer schaute auf das Display seines Handys. Hanne!

„Ja, ich habe wenig Zeit. Einsatz."

„Ich muss Sie sprechen, Leo. Dringend! Es geht um Ihren Toten im Fernsehen. Ich kenne ihn!"

dreizehn

Wenn es keine Umstände macht

Es war schockierend. Da stand dieser heruntergekommene Kerl vor meiner Tür und fragte mich nach meinem Sohn. Dabei hatte ich den Typen nie zuvor gesehen. Sie glauben nicht, wie getroffen ich war. Ich schlug die Tür zu. Sank im Flur auf die Knie.

„Geht es Ihrem Jungen wieder gut."

Dieser Satz, der mich erschütterte. Dann das erneute Klingeln, durchdringend, lauter werdend. Zumindest bildete ich es mir ein. Der Ton breitete sich in meinem Kopf aus, nahm Besitz von mir. Ich riss die Tür auf. Schrie den Kerl an.

„Ich habe Sie gesehen. Heute Nacht. Am Wasserturm."

Der Ton in meinem Kopf verstummte. Stille. Es ging nicht um meinen Jungen. Es ging um mich. Der Kerl, was hatte er vor? Wollte er mich erpressen? Natürlich! Was sonst? Ein wenig Wärme. Etwas zum Essen. Eine heiße Dusche. Ein frisch bezogenes Bett.

„Wenn es keine Umstände macht."

Immer dieser Satz, dieser unverschämte Satz, der mich zur Weißglut trieb. Nur keine Umstände! Natürlich machte der Penner mir Umstände. Brachte mein Leben durcheinander, das sich, so hoffte ich, endlich wieder beruhigen würde. Keine Umstände! Jede seiner Bitten, die er ach so demütig vortrug, ach was, von wegen Bitten, Forderungen waren das, Befehle. Jede seiner Forderungen war eine Frechheit, eine Unverschämtheit. Ich wäre am liebsten auf ihn losgegangen, hätte ihm mit dem Schürhaken, den ich später im Wohnzimmer in der Hand hielt, den Schädel eingeschlagen. Aber dann sah ich sofort das schreckliche Loch im Schädel vor mir, hörte das Geräusch, als der Hammer auf die Schädeldecke getroffen war. Ich zwang mich zur

Ruhe. Ich durfte nicht voreilig handeln. Ich musste mehr wissen. Vielleicht würde sich alles in Wohlgefallen auflösen. Obwohl mir mein Gefühl eher das Gegenteil sagte. Was wusste der Kerl? Was hatte er gesehen? Was wollte er von mir? Erst wenn alles auf dem Tisch lag, konnte ich über mein weiteres Vorgehen entscheiden. Also spielte ich auf Zeit. Ich habe vernünftig gehandelt, das sehen Sie doch auch so. Ich kochte Kaffee, schnitt ein Stück Speck und eine Zwiebel klein, kippte Olivenöl in die Pfanne, Speck und Zwiebel dazu, ließ vier Eier in die Pfanne rutschen. Spiegeleier mit Butterbrot, das hatte er sich gewünscht.

„Dazu ein Bier, wenn es keine Umstände macht."

„Ich bitte Sie", sagte ich scheinheilig.

Beim Essen erzählte er mir nach und nach, was er gesehen hatte. Welche Schlussfolgerungen er zog. Es blieb nicht bei einem Bier. Ich sorgte dafür, dass ständig Nachschub bereitstand. Mir wurde klar, dass er mich in der Hand hatte. Zum Verdauen einen Obstler. Ich schenkte mehrmals nach. Ich an seiner Stelle wäre längst abgefüllt gewesen. Aber dieser Penner hielt sich erstaunlich gut. Zum Nachtisch gab es ein Eis, nein, nicht aus der Tiefkühltruhe, die stand blitzblank geputzt im Keller. Ein Eis aus dem neuen Gefrierschrank. Während er das Eis verschlang, bezog ich das Bett im Gästezimmer frisch. Danach meckerte er, dass es in diesem Haus nicht einmal eine Badewanne gebe. Er duschte. Mir kam es wie eine Ewigkeit vor. Dabei war es gerade erst 15 Uhr. In der Zwischenzeit war das Waschprogramm, das sich abmühte, seine armseligen Kleider vom gröbsten Schmutz zu befreien, mehr als zur Hälfte abgelaufen. Dann testete er das Bett, natürlich in meinem Schlafanzug. Aber zum Schlafengehen sei es ja noch zu früh. Ein wenig entspannen, Radio hören, das sei seine große Leidenschaft, alle Achtung, dachte ich. Eine Tasse Tee, bevorzugt grünen, einen Bademantel, wenn es keine Umstände mache. Allein für diesen Satz, glauben Sie mir, hat er es verdient.

90

Er lümmelte in meinem Sessel, legte seine Füße auf die Glasplatte des Wohnzimmertischs. Damit hatte ich meine Frau in den Wahnsinn treiben können. Früher. Als Jens noch da war. Als wir noch eine glückliche Familie waren. Ich schaltete die Anlage ein. SWR2. Ich höre keinen anderen Sender. Klassik.

„Schön", sagte mein ungebetener Gast.

Und nach wenigen Takten Musik sagte er: „Ludwig van Beethoven, Sinfonie Nummer drei, die Eroica, Es-Dur, Opus 55, zweiter Satz, der Trauermarsch, Adagio assai ."

Alle Achtung, dachte ich. Mein Penner ist kein Kulturbanause.

„Ich habe als kleiner Junge angefangen, Klavier zu spielen, müssen Sie wissen", sagte der Penner. „Ich habe Musik studiert, eine glänzende Karriere stand mir bevor. Aber wie das ist, Frauen, Alkohol, Abstürze. Sie sehen, was aus mir geworden ist."

Ich räumte das Geschirr in der Küche in den Geschirrspüler, schrubbte die Pfanne und setzte Wasser auf. Und dachte nach. Zermarterte mir das Gehirn. Wie konnte ich ihn loswerden? Mit Geld? Sicher, eine Möglichkeit. Aber wenn das Geld aufgebraucht war, würde er wieder vor der Tür stehen und neue Forderungen stellen. Wieder und wieder! Sagen Sie selbst: Hätte ich anders handeln können? Es gab diese einzige Möglichkeit. Es gab nur diese einzige Möglichkeit. Das wurde mir klar, als ich die Pfanne abtrocknete. Ich ging ins Bad, versorgte mich mit dem Nötigen, goss das heiße Wasser über die grünen Teeblätter und präparierte das Getränk. Ich war nicht kleinlich. Er hatte sich auf das Sofa gelegt und die Augen geschlossen. Ich goss den Tee ein und kippte ordentlich Zucker dazu.

„Sie glauben nicht, wie ich mich auf das Frühstück freue", sagte er und setzte sich auf.

Ich hatte richtig gehandelt. Vielleicht ging es ihm nicht einmal um Geld. Vielleicht wollte er bei mir einziehen.

Ein warmes Dach über dem Kopf, Rundumversorgung. Schutz vor dem eiskalten Winter. Klar, der Kerl wollte sich bei mir einnisten, wollte sich hier breitmachen, wollte leben wie die Made im Speck.

„Köstlich, der Tee!"

Ich holte seine Kleider aus dem Wäschetrockner und legte sie auf den Hocker im Wohnzimmer.

„Eine Wärmflasche, das wäre wahrlich ein Glück", sagte er und er sprach so leise, dass ich Mühe hatte, ihn zu verstehen. Er war auf das Sofa zurückgesunken.

„Ich habe studiert, müssen Sie wissen, früher, Musik."

Das wusste ich bereits. Es waren die letzten verständlichen Worte, die er herausbrachte. Der Tee tat seine Wirkung. Aber das werden Sie ja alles bei der Obduktion herausgefunden haben. Ich zog dem Kerl den Schlafanzug aus, stopfte ihn in den Mülleimer. Die Spritze hatte ich schon aufgezogen. Ich dosierte ausreichend. Dann zog ich dem Penner seine gewaschenen Kleider an. Keine leichte Aufgabe. Zum Glück waren sie wenigstens sauber. Und so schwer wie dieser Betrüger, dieser Abschaum, war er auch nicht. Ich schleifte ihn in den Keller. Die Tiefkühltruhe würde ich ein zweites Mal reinigen müssen. Aber diesen Umstand nahm ich, das können Sie mir glauben, gerne in Kauf. Als ich den Deckel der Truhe schloss, schaute ich auf die Uhr. Es war kurz nach 16 Uhr. Ich hatte genügend Zeit.

92

vierzehn

Lauer & Hanne

Es ist, vom Ende her gesehen, alles klar und einfach. Hanne Seeigel-Müller, allein der Name hätte Lauer zu denken geben müssen. Aber die Drähte der Alarmanlage waren durchgepetzt. Und Lauer höchstpersönlich hatte Hand angelegt, mit Begeisterung und schon bei ihrem ersten Treffen am Sonntagabend, als er und Hanne sich beim Turbodating gegenübergesessen hatten. Zu seiner Verteidigung sei fairerweise erwähnt, dass Hanne, wie bei solchen Treffen üblich, ein Namensschild nur mit ihrem Vornamen getragen hatte.

So kam es, dass Lauer an diesem Mittwochmorgen arglos und zufrieden, geradezu glücklich erwachte, noch bevor der Radiowecker sich um 5:59 Uhr einschaltete und die Nachrichten auf SWR2 ankündigte. Zu diesem Zeitpunkt wusste Lauer noch nicht, dass dieser 7. Januar 2009 der kälteste Tag des noch kurzen Jahres werden würde. 8:41 Uhr, Mannheim-Seckenheim, minus 12,3 Grad Celsius. Aber, um ehrlich zu sein, im Moment war Lauer das egal. Er spürte den warmen Körper neben sich und hörte das Kratzen des Katers vor der Tür. Dass die Krise den deutschen Arbeitsmarkt erfasst hatte, Anstieg der Erwerbslosen auf 3,102 Millionen, dafür hatte Lauer kein Ohr. Und dass die Zahl der Kurzarbeiter stark zugenommen hatte, auch diese Meldung bekam er nicht mit. Lauer war mit seinem schlechten Gewissen beschäftigt. Schließlich hatte Hanne darauf bestanden, den Kater auszusperren. Sie leide an einer leichten Katzenhaarallergie, von der Lauer die ganze Nacht über nichts bemerkt hatte. Der Kater war Lauer in jenen heißen Julitagen im Sommer 2007 zugelaufen und Lauer hatte sich an ihn gewöhnt, ihn liebgewonnen. Der Kater tat ihm jetzt leid, aber Hanne stand an erster Stelle. In Gedanken ging er den Tag, die anstehenden Aufgaben und Termine durch. Um halb neun die unvermeidliche Dienstbesprechung. Um vierzehn Uhr eine Pressekonferenz. Die würde er versäumen müssen, leider, sagte Meißner, zum Glück, war Lauers Standpunkt. Fabian flog gegen 14:30 Uhr nach Sydney ab und Lauer hatte versprochen, ihn zum Flughafen zu bringen.

„Nach tagelangen Angriffen auf den Gazastreifen stimmt Israels Regierung der Errichtung eines Versorgungskorridors für die dortige Zivilbevölkerung zu."

Hanne drehte sich von Lauer weg. Dass seit Beginn der Armeeoffensive am 27. Dezember 2008 mehr als 600 Menschen im Gazastreifen gestorben waren, das hörte Lauer nicht mehr.

Dass er und Hanne im Bett gelandet waren, in Lauers Bett in der Mutterstadter Straße auf der Rheinau, war ganz natürlich und unverkrampft vonstattengegangen. Nach den Tränen und dem Gespräch im Café Prag, Lauers Lieblingscafé in Mannheim, hatte Hanne ihren Kopf an seine Schulter gelegt.

„Ich möchte, dass wir zu dir fahren", hatte sie gesagt.

Lauer schlug die Bettdecke zurück und öffnete vorsichtig die Schlafzimmertür. Er wollte verhindern, dass der Kater einen Durchbruch versuchte. Doch der war verschwunden. Wahrscheinlich hatte er sich durch die Katzenklappe in der Küche in den Garten verzogen. Obwohl er am liebsten auf einem Heizkörper lag und bei der Kälte nur nach draußen ging, wenn es nicht zu vermeiden war. Lauer ging ins Bad und drehte die Heizung auf. In der Küche warf er einen Blick auf das Außenthermometer am Fenster. Er musste ein zweites Mal hinschauen, um die Temperaturanzeige zu entdecken. Er schaltete den Kaffeeautomaten an und ging zurück ins Bad.

Gestern am frühen Nachmittag. Das Vierfamilienhaus am Paul-Martin-Ufer. Frau Metzger, die die Tür ihres Nachbarn aufschließt. Schon als Lauer über die Schwelle trat, wusste er, dass Peter Lauinger der tiefgefrorene Tote vom Wasserturm war. Er hatte noch keinen Beweis, sein Gefühl sagte ihm jedoch, dass sie in ihren Mordfällen einen großen Schritt weitergekommen waren. Auf der Kommode im Wohnzimmer stand ein Foto, goldener Rahmen. Ein jugendlich wirkender Mann, eine alte Frau im Gartenstuhl.

„Herr Lauinger und seine Mutter. Vor vier Jahren ist sie gestorben. Er hat an ihr gehangen", sagte Frau Metzger.

Lauer musste an seine Mutter denken, er hatte sie Weihnachten besucht. Wie immer hatte sie ihm Vorwürfe gemacht, sich zu wenig um sie zu kümmern. Und am Neujahrsmorgen hatte er sie angerufen und ihr ein gutes neues Jahr gewünscht. Sie hatte auf Vorhaltungen verzichtet, was Lauer überraschte.

„Vielleicht wird es ja ein gutes Jahr", hatte sie zum Schluss gesagt und Lauer war verwirrt gewesen, weil er anderes erwartet hatte.

Er betrachtete das Foto. Die Haare des Mannes waren zwar noch dunkel, nicht so grau wie bei der Leiche, aber er erkannte den Toten vom Wasserturm sofort. Er zeigte Susanne das Foto. Sie nickte.

„Hatte Herr Lauinger Angehörige?", fragte Lauer Frau Metzger.

„Herr Lauinger lebte alleine. Er hatte keine Verwandten, es gibt keine Kinder. Als seine Mutter gestorben war, sagte er zu mir: ,Jetzt bin ich ganz allen.'"

Lauer rief in L 6 an und bestellte die Kriminaltechnik nach Neuostheim. Er nahm das Foto aus dem Rahmen und steckte es ein. Die Wohnung war eine geräumige, edel eingerichtete Vier-Zimmerwohnung, ein großes Ess- und Wohnzimmer, eine mit den neuesten Elektrogeräten

95

ausgestattete Küche, ein exklusives Bad, ein Schlafzimmer mit Zugang zum Balkon, der nach Süden ging, ein Arbeitszimmer, vollgestellt mit Bücherregalen, hauptsächlich Belletristik, Klassiker der Weltliteratur, wie Lauer sah, meist in Leder eingebunden, Kirschholzschreibtisch mit glänzender, vollkommen leerer Schreibplatte, ein schwerer, rotbrauner Ledersessel mit passendem Hocker.

„Sein Lieblingsplatz", sagte Frau Metzger und deutete auf den Sessel. „Hier saß er abends oft und schmökerte. ‚Meine Oase', sagte er immer."

Lauer fiel auf, dass in dem Zimmer keinerlei Akten oder Unterlagen zu sehen waren. Kein Computer, kein Drucker, nichts. Er fragte Frau Metzger, ob ihr Nachbar das Arbeitszimmer nicht zum Arbeiten genutzt habe.

„Woher denn! Der hatte doch sein Büro in den Quadraten", sagte sie.

Natürlich wusste sie die Adresse, die Susanne mitschrieb. Lauer trat auf den Balkon. Im Frühling und im Sommer konnte man es hier aushalten.

„Sie werden Ihren Nachbarn identifizieren müssen", sagte Lauer. Frau Metzger sagte nichts, an ihrem Blick sah er, dass ihr die Vorstellung nicht gefiel.

„Ich schicke morgen einen Streifenwagen vorbei. Der fährt Sie nach Heidelberg in die Rechtsmedizin. Zehn Uhr? Ist das in Ordnung?"

Natürlich war es in Ordnung. Susanne und Lauer verabschiedeten sich. Als sie das Haus am Paul-Martin-Ufer verließen, fuhr das Auto der Kriminaltechnik vor. Lauer setzte Susanne zusammen mit Lauingers Foto im Polizeipräsidium in L 6 ab und fuhr zum Café Prag weiter. Susanne sollte das Foto mit dem Namen an die Presse geben. Dazu ein Aufruf an die Öffentlichkeit, wie immer halt.

Wer hat diesen Mann am letzten Wochenende gesehen? Wer hat ihn seit Weihnachten gesehen? Oder so. Das Übliche.

Lauer wollte nach dem Badetuch greifen. Die Tür des Bads wurde geöffnet. Den kalten Lufthauch spürte er sogar hinter dem Duschvorhang. Er hielt in der Bewegung inne. Der Vorhang wurde zur Seite geschoben.

„Du willst doch nicht schon aufhören?", sagte Hanne. „Jetzt geht es erst richtig los."

Sie stieg in die Wanne, zog den Vorhang zu und drehte die Dusche auf.

Als Lauer kurz nach 17 Uhr ins Café Prag in den E-Quadraten kam, hatte Hanne schon auf ihn gewartet. Ihre Augen waren verweint. Sie saß an dem Zweiertisch direkt neben der Tür. Wenn Lauer sich später an das Treffen im Café Prag erinnerte, fielen ihm immer zuerst seine kalten Füße ein. Bei jedem Öffnen der Tür schwappte ein Schwung eiskalter Luft über ihn und Hanne her. Und dieser Durchzug war viel unangenehmer als der Luftzug im Bad am nächsten Morgen sein würde.

„Es ist schrecklich", sagte Hanne.

Lauer winkte dem Besitzer, einem Griechen mit dem Namen Adonis und mit klassischen Gesichtszügen.

„Herr Kommissar, welch seltener Besuch."

„Die Arbeit, Adonis!"

„Die Arbeit, Leo, klar. Das Übliche?"

„Das Übliche."

„Und für deine nette Begleitung auch?"

Lauer nickte. Das Übliche war ein doppelter Espresso, serviert mit einem Glas Leitungswasser. So war das im Café Prag üblich.

„Ich kenne den Toten vom Wasserturm", sagte Hanne. „Kannte", verbesserte sie sich. „War das ein Schock, als ich das Bild im Fernsehen gesehen habe."

„Peter Lauinger?"

„Woher weißt du das?"

Schwang da eine Spur Enttäuschung in der Stimme mit? Vielleicht täuschte sich Lauer auch. Das Du war ihm

97

nicht entgangen. Er überlegte, ob er es thematisieren sollte. Warum? Es hatte so vertraut geklungen. Und er machte sich immer viel zu viele Gedanken. Er erzählte Hanne von der Nachbarin, die den Toten identifiziert hatte.

„Frau Metzger?"

„Du kennst sie?"

Hanne kannte sie, Hanne kannte das Haus am Paul-Martin-Ufer, Hanne kannte die Wohnung, Hanne kannte den Balkon, das Schlafzimmer.

„Woher kanntest du Lauinger?"

„Woher kenne ich dich?"

Wieder so ein eiskalter Luftzug.

„Mannheim-flirtet.de?"

„Was sonst?"

Die Antwort verwirrte Lauer. In welcher Beziehung hatte Hanne zu Peter Lauinger gestanden? Wie gut hatte sie ihn gekannt? Zumindest musste sie bei ihm ein- und ausgegangen sein. Lauer gefiel die Vorstellung nicht. Hanne wischte sich mit dem karierten Bundeswehrtaschentuch, das Lauer ihr gereicht hatte, über die Augen. Er unterdrückte seine Fragen.

„Es ist schrecklich!"

Dann lachte sie plötzlich laut auf. Lauer sah sie verständnislos an.

„Lauer und Lauinger, das hört sich so konstruiert an!"

Lauer entschloss sich, jetzt doch einige seiner Fragen loszuwerden. Er wollte wissen, wie sie Lauinger kennengelernt habe, wann das gewesen sei, was sie alles von ihm wisse, ob sie noch in Kontakt mit ihm gestanden habe. Jede noch so kleine Kleinigkeit sei wichtig, könne den Ermittlungen helfen.

„Nicht jetzt", blockte Hanne ab. „Später, ich muss den Schock erst verarbeiten. Es ist schrecklich."

Langsam reagierte Lauer allergisch auf dieses Es-ist-schrecklich! Aber er sagte nichts. Er spürte, dass er sich im Moment mit der Befragung zurückhalten musste.

98

Der Tod des Peter Lauinger ging Hanne augenscheinlich nahe. Er vereinbarte mit ihr, dass sie morgen ins Präsidium kommen solle, irgendwann im Lauf des Vormittags. Dabei vergaß er, dass er ab dem späten Vormittag mit Fabian unterwegs sein würde.

„Das passt mir", sagte Hanne. „Da kann ich mir Zeit nehmen."

Lauer fragte nicht nach und erfuhr somit nicht, von was sich Hanne Zeit nehmen konnte. Im Moment war ihm das egal, denn Hanne legte gerade ihren Kopf an seine Schulter und sagte: „Ich möchte, dass wir zu dir fahren."

Und Lauer verlangte vom griechischen Adonis die Rechnung.

Fast wäre Lauer an diesem Mittwochmorgen zu spät zur Dienstbesprechung um 8:30 Uhr gekommen. Er schaffte es gerade noch auf den allerletzten Drücker. Aber es war nicht schneller gegangen. Nur das Frühstück war zu kurz gekommen. Und die morgendliche Lektüre des Rhein-Neckar-Anzeigers war ganz ausgefallen.

fünfzehn

Spekulationen

Es gab Punkte bei der Besprechung, die keine Brisanz hatten. Susannes Bericht, dass Stephan Peters in keinem Waschsalon in der Innenstadt, der Schwetzinger Vorstadt und der Oststadt gesichtet worden war, gehörte dazu. Auch in keinem öffentlichen Bad und in keiner Anlaufstelle für Obdachlose war er am Montag aufgetaucht. Also musste er woanders seine Sachen und sich selbst gewaschen haben. Bei seinem Mörder?

„Das ist zu viel Spekulation", fuhr Clement, der Leiter des Dezernats 11, dazwischen. „Noch spricht nichts für ein Verbrechen. Und so lange gehen wir von einer natürlichen Todesursache aus."

Es war der Tonfall, der Lauer störte. Aber, wenn er ehrlich war, störte ihn jeder Ton, den Clement von sich gab. Dann ging plötzlich die Tür auf, ohne dass jemand angeklopft hatte. Polizeipräsident Faulhaber rauschte ins Zimmer und legte den Rhein-Neckar-Anzeiger mitten auf den Tisch.

„Serienkiller in Mannheim?", prangte in großen Buchstaben auf der Titelseite.

„Zwei Opfer in 24 Stunden – der Eiskiller legt ein beachtliches Tempo vor", las Lauer weiter. „Wer ist das nächste Opfer?"

„Dabei wissen wir ja wirklich nicht mal, ob Peters nicht schlicht und einfach erfroren ist", sagte Meißner leise zu Lauer.

„Ein Serienkiller!", sagte Faulhaber und Lauer hörte nichts von einem Fragezeichen. „Und das in unserem Mannheim!"

Fehlt nur noch, dass er von Mannem spricht, dachte Lauer.

„Der gute Ruf unserer Stadt steht auf dem Spiel! An die Arbeit, Leute!"

Und schon war Faulhaber wieder verschwunden und mit ihm die Beschaulichkeit der Besprechung.

Eiskiller! Anglizismen, dachte Lauer.

„Die Lage ist ernst", sagte Clement. „Unser Polizeipräsident bringt es genau auf den Punkt."

Floskeln, dachte Lauer, enthielt sich jedoch einer Meinungsäußerung. Im Gegensatz zu Faulhabers Ansicht, die er sich sonst zu eigen machte, tendierte Clement weiterhin dazu, dass Peters schlicht und einfach erfroren sei. Zumindest solle man den Obduktionsbericht abwarten und keine voreiligen Schlüsse ziehen. Lauer war überrascht, schließlich vertrat sein direkter Vorgesetzter damit eine andere Meinung als der Polizeipräsident.

„Wie kommt die Presse überhaupt dazu, solche Spekulationen anzustellen?"

Clements Frage stand im Raum.

„Irgendjemand muss der Presse Informationen zugespielt haben."

Meißners vorsichtiger Einwand, dass die Journalisten vielleicht nur eins und eins zusammengezählt hätten. Schließlich sei es doch komisch, dass ausgerechnet der einzige Augenzeuge, der den Mörder am Wasserturm beobachtet hatte, nicht einmal 24 Stunden später selbst tot sei. Meißner wies noch auf die Unterschiede bei beiden Fällen hin, der Tote vom Wasserturm sei erschlagen worden, höchstwahrscheinlich, der Obdachlose sei erfroren.

„Kollegen", sagte er. „Vielleicht musste der Obdachlose sterben, weil er am Wasserturm den Mörder gesehen und eventuell erkannt hat. Sonst würde er noch leben."

„Sollten wir nicht die Ergebnisse der Obduktion abwarten, anstatt zu spekulieren?", fragte Clement. „Ich warte auf die Fakten."

101

Lauer musste an die Werbung des Polit-Magazins denken.

„Fakten! Fakten! Fakten!", sagte er leise vor sich hin.

Clement ignorierte den Ausspruch. Er beendete die Diskussion und verkündete, dass für 14 Uhr eine Pressekonferenz angesetzt war.

„Das bringt nichts. Wir haben nichts an der Hand", sagte Lauer.

„Wir müssen die Presse beruhigen", sagte Clement und deutete auf den Rhein-Neckar-Anzeiger.

„Und womit beruhigen?", fragte Lauer.

„Mit Fakten! Fakten! Fakten!", sagte Clement.

Da Manfred Kern, der Pressesprecher, krank war, entschied Clement, dass Lauer teilnehmen sollte.

„Kommt nicht in Frage", platzte es aus Lauer heraus und er erzählte etwas von Überstunden abfeiern, von einem unaufschiebbaren persönlichen Termin, längst angemeldet und auch genehmigt. Meißner entschärfte die Situation, indem er sich bereit erklärte, an Lauers Stelle an der Pressekonferenz teilzunehmen. Lauer, der wusste, wie sehr Meißner solche Termine hasste, dankte im Stillen seinem Kollegen.

„Sie sollten ab und zu daran denken, wer Sie bezahlt", konnte sich Clement eine Spitze in Lauers Richtung nicht verkneifen.

Nachdem die bisher nicht gerade üppigen Informationen über Peter Lauinger zusammengetragen waren, entzündete sich die Diskussion am weiteren Vorgehen, insbesondere an der Frage, welche Schwerpunkte in den Ermittlungen gesetzt werden sollten. Clement plädierte dafür, die berufliche Seite in den Mittelpunkt zu stellen. Lauer widersprach.

„Der Schlüssel im Mordfall Lauinger könnte bei seinen Damenbekanntschaften liegen. Mannheim, Singlebörse."

Er fasste sein Wissen zusammen und versuchte, die Kollegen zu überzeugen, die Partnervermittlung ins Zentrum ihrer kriminalistischen Arbeit zu stellen. Meißner schlug vor, beide Aspekte, Berufliches und Privates, unter die Lupe zu nehmen. Dieser Vorschlag wurde als vernünftig angesehen, auch Lauer stimmte zu. Innerlich stellte er sich stur. Er nahm vor, sich auf die Singlebörse zu konzentrieren.

Meißner wollte ausloten, welche Möglichkeiten es gab, an Informationen der Singlebörse zu kommen. Notfalls wollte er sich mit der Staatsanwaltschaft in Verbindung setzen. Susanne sollte sich um die Zeugin Hanne Seeigel-Müller kümmern, die für den Vormittag vorgeladen war. Oberkommissarin Meyers würde Lauingers Singlebörsen-Aktivitäten unter die Lupe nehmen. Und zwei Kollegen sollten das berufliche Umfeld durchleuchten. Sie wurden mit einem Team der Kriminaltechnik zu Lauingers Büro in den Quadraten geschickt.

Lauer musste sich beeilen, wenn er nicht zu spät zu Fabian kommen wollte. Und er war spät dran. Aber er hatte nicht mit Frau Werner gerechnet.

„Haben Sie das von Herrn Kern gehört?", fragte sie ihn.

„Dass er krank ist?"

„Warum er krank ist."

Und so erfuhr Lauer, dass Manfred Kern sich mit einem Wattestäbchen, einem einfachen, profanen Stäbchen, das Trommelfell verletzt hatte.

„Ein Loch im Trommelfell. Schrecklich, finden Sie nicht auch. Stellen Sie sich vor, ein Pressesprecher, der nichts hört."

Wenn Lauer gedacht hatte, er sei damit entlassen, musste er feststellen, dass er sich getäuscht hatte. Er sah Frau Werner in die Augen, er sah den Schalk aufblitzen und er wusste, dass er nicht entkommen konnte. Frau Werner erzählte vollkommen unvermittelt von zwei jungen Fischen, die vor sich hin schwammen.

Fische, dachte Lauer. Was soll das? Er wusste aber auch, dass jeder Einwand, jeder Protest alles verzögern würde. Also schwieg er.

„Da treffen sie einen älteren Fisch, der in die entgegengesetzte Richtung schwimmt. Der nickt den beiden jungen Fischen zu und sagt: ‚Guten Morgen, Leute, wie ist das Wasser?' Da die Fische gerade von einem Schwarm überholt wurden, waren sie nicht sicher, ob sie gemeint waren. Schließlich fiel die Frage: ‚Wasser? Was zum Teufel ist Wasser?'"

Lauer, der schon mehrmals auf die Uhr geschaut hatte, wollte nur weg und sich keine seltsamen Geschichten über junge und alte Fische anhören, Geschichten, die er noch dazu nicht verstand.

„Wer fragt das?", sagte Lauer, der Frau Werner nicht mehr richtig zugehört hatte. Er wusste sofort, dass er einen Fehler gemacht hatte.

„Der Steinbeißer-Karl! Wer denn sonst, Herr Lauer?", sagte Frau Werner zufrieden. „Wieder ein Punkt für mich."

Lauer konnte nicht anders, er musste mitlachen. Seit einiger Zeit machte Frau Werner sich ein Spiel daraus, ihm Geschichten zu erzählen. Genau genommen, seit sie auf dem Flohmarkt eine antiquarische Biografie über Fritz Wunderlich aufgestöbert hatte, immer noch ihr musikalischer Schwarm, auch wenn er nicht mehr ganz so oft im Büro lief. Mit ihren Geschichten wollte sie Lauer zu der Frage „Wer?" provozieren. Lauer kannte das Spiel, fiel in seiner Unkonzentriertheit aber trotzdem jedes Mal darauf hinein.

Wunderlich, hatte Frau Werner in dem Buch gelesen, führte seinen Freund Hermann Prey mit dem Spiel immer wieder aufs Glatteis. Nur ein einziges Mal, so stand es zumindest in der Biografie, schaffte es Prey, den Spieß umzudrehen.

„Irgendwann werde ich Sie auch drankriegen, Frau Werner", sagte Lauer. „Das verspreche ich Ihnen. Und wenn es nur ein einziges Mal ist. Jetzt muss ich los. Dringend!"

sechzehn

Abflug

Es war das erste Mal, dass Lauer Fabians Mutter wiedersah. Seit jenen Tagen im heißen Juli 2007, als sie zu Lauer ins Präsidium gekommen war. Völlig unerwartet, nachdem er viele Jahre keinen Kontakt mit ihr gehabt hatte. Aufgelöst hatte sie ihm vom Verschwinden ihres zweiten Sohnes berichtet. Eine Entführung, wie sie gesagt hatte.

„Keine Anzeige, bitte keine Anzeige, auf keinen Fall. Das musst du mir versprechen, Leo."

Lauer hatte es versprochen und sich, wie er später fand, von ihr um den Finger wickeln lassen. Er hatte auf eigene Faust ermittelt und sich einen Verweis eingehandelt. Dabei war er noch mit einem blauen Augen davongekommen, wie Meißner gemeint hatte. Die ganze Entführung war wie das Hornberger Schießen ausgegangen. Sybille Geerdt, Fabians Mutter, hatte das Lösegeld auf das Konto des Entführers überwiesen. Wo hatte es dies bei einer Entführung schon einmal gegeben? Es stellte sich heraus, dass der mutmaßliche Entführer ein Bekannter Sybilles war, der das Elektrogeschäft ihres verstorbenen Ehemannes übernommen und in den Ruin geführt hatte. Sybille hatte die Anzeige zurückgezogen, aber die Staatsanwaltschaft hatte Anklage erhoben. Es kam zum Prozess. Aufgrund all dieser Besonderheiten, Lauer fand den Begriff Ungereimtheiten zutreffender, war der geständige Täter zu einer, wie der Rhein-Neckar-Anzeiger anprangerte, „lächerlich geringen Strafe" verurteilt worden.

„Neuerdings besucht Sybille diesen Typen regelmäßig im Knast", hatte Fabian Lauer vor Weihnachten erzählt. Sybille Geerdt bei der Personenkontrolle im Café Landes, wie das Mannheimer Gefängnis im Volksmund hieß, Lauer konnte es sich nicht vorstellen.

Lauer drückte auf den Klingelknopf.

„Gut siehst du aus!"

Nein, diese Floskel würde er sich heute verkneifen. Es verging einige Zeit, bis die Tür aufging.

„Schön, dich zu sehen, Leo. Gut siehst du aus."

Sybille streckte ihm ihre Hand entgegen.

„Komm rein!"

„Keine Zeit, bin spät dran. Im Präsidium ist der Teufel los gewesen, bin kaum weggekommen."

Wie damals im Juli 2007 war auch heute Lauer von der Frau, mit der er vor einer Ewigkeit zusammen gewesen war, beeindruckt. Aber das Kapitel war vorbei. Auch ohne die Bekanntschaft von Hanne.

„Die Birne ist geschält", hätte sein Großvater in so einer Situation gesagt und vom selbst gemachten Rotwein nachgeschenkt. Gerne würde er heute von dem Wein probieren. Damals, als Jugendlicher, hatte Lauer den Wein einfach nur sauer gefunden. Aber sein Weingeschmack hatte sich geändert. Der süßliche Krimrotwein „Rubin", zu Beginn seiner Laufbahn sein Lieblingswein, war ihm schon lange zuwider. Keine Ahnung, warum ihm sein Opa August gerade jetzt einfiel. Sein Opa war vor vielen Jahren gestorben, Lauer musste Anfang 20 gewesen sein.

Zum Glück kam Fabian.

„Spät dran, Leo!"

Fabians Abschied von seiner Mutter zog sich trotzdem in die Länge. Später im Auto auf dem Weg zur Autobahn saßen Lauer und sein Sohn schweigend nebeneinander. Lauer genoss die Stille.

„Du meinst, es ist richtig, was du machst?", fragte Lauer endlich. Sie hatten Lorsch schon passiert.

„Was ist richtig? Was ist falsch?"

Lauer fragte nicht nach. Er verstand vieles an seinem Sohn nicht. Erst die ewige Studiererei. Dann doch noch der Abschluss.

107

„Nur für dich", hatte Fabian gesagt. „Unterrichten, ich weiß nicht, ob das das Richtige ist für mich."

Dann im Januar 2008 der Aufbruch nach Australien. Überstürzt, fand Lauer. Noch dazu mit einer jungen Frau, die sein Sohn gerade mal vier Wochen vorher kennengelernt hatte.

„Work and Travel", vier, fünf, sechs Wochen jobben, schuften, meist als Erntehelfer, harte, körperliche Arbeit, dann reisen, kreuz und quer durch das Land, bis das Geld knapp wurde. Dann wieder jobben. War das nicht wie von der Hand in den Mund?, fragte sich Lauer. Letzten Dezember nun die überraschende Rückkehr. Und jetzt der erneute Aufbruch, dieses Mal ohne die Freundin, die Lauer kein einziges Mal zu Gesicht bekommen hatte. War sie überhaupt noch Fabians Freundin? Sein Sohn wich Fragen aus.

„Vielleicht kommt sie nach. Vielleicht auch nicht. Mal sehen."

Auch wenn Lauer Fabians Entscheidungen nicht nachvollziehen konnte, fühlte er sich ihm näher und vertrauter als zu der Zeit, als Fabian noch studiert und sich bei seinem Vater nur gemeldet hatte, wenn er knapp bei Kasse gewesen war. In dem Jahr in Australien war Fabian erwachsener geworden. Er ruht in sich, dachte Lauer. Dieses Mal wollte er sich nach einem Job in Australien umsehen.

„Irgendwas mit Eventmanagement", sagte Fabian jetzt. „Ich habe da Kontakt zu einigen Musikern und Bands. Konzerte, Vermarktung, Marketing, das liegt mir, glaube ich."

Wieder war Lauer überrascht. Bei ihrem letzten Gespräch hatte Fabian vom Unterrichten gesprochen und dass er sich bei deutschen Schulen beworben hatte. Jetzt Eventmanagement. Wieder so ein Anglizismus! Ohne Studium, ohne Ausbildung? Lauer behielt den Einwand für sich. Fabian würde seinen Weg gehen. Da war er sich sicher.

„Ich schlage mich schon durch, Leo. Keine Angst, ich werde dir nicht mehr auf der Tasche liegen."

Richtung Frankfurt war viel Verkehr, wie immer um die Mittagszeit, wie immer zu jeder Tageszeit, aber sie kamen voran. Fabian wollte nicht, dass Lauer ihn zum Einchecken begleitete. Sie verabschiedeten sich auf dem Parkplatz, kurz und schmerzlos.

„Lass von dir hören", rief er Fabian nach.

Als er seinen Sohn aus den Augen verloren hatte, stieg er in sein Auto, drehte den Zündschlüssel und wischte sich eine Träne aus dem Augenwinkel.

Auf der Höhe von Darmstadt, Lauer stand seit einer guten Viertelstunde im Stau, klingelte sein Handy. Er kramte in der Jackentasche. Telefonieren beim Autofahren! Und das als Polizeibeamter! Aber es ging ja sowieso nur zentimeterweise voran. Meißner, las er auf dem Display.

„Mann, Leo, was bin ich vielleicht geladen. Die Vorladung heute, du weißt doch, die Zeugenaussage."

Lauer wusste es nicht.

„Wir haben vor Weihnachten darüber geredet. Der Prozess. Gerald Kollnig, der junge Mann aus Wallstadt."

Jetzt machte es bei Lauer klick. Kollnig, Anfang 20, ein Doppelmörder. Eine Freundin erwürgt, weil sie nicht mit ihm schlafen wollte. Einen wildfremden polnischen Erntehelfer erschossen, weil er kurz vorher von einem anderen, einem Porschefahrer, geschnitten worden war.

„Ich erinnere mich, Julian."

„Du glaubst nicht, was da heute los war im Gericht. Der Verteidiger, ein aufgeblasener Angeber, gegeltes, nach hinten gekämmtes Haar, stellt das Geständnis infrage. Massive Vorwürfe an unsere Adresse. Geständnis erzwungen, stundenlange Psychoverhöre, den Rechtsbeistand verweigert."

109

„Aber der wollte doch keinen Anwalt", unterbrach Lauer den Redefluss.

„Klar, das weißt du, das weiß ich. Der Typ von Anwalt verbiegt alles. Hinterfragt alles. Leo, in solchen Momenten hasse ich unseren Beruf."

Leo verstand seinen Kollegen.

„Das ist noch nicht ausgestanden. Er will auch dich als Zeuge laden lassen."

Lauer war von der Vorstellung nicht begeistert.

„Und die Pressekonferenz?"

„Nicht der Rede wert. Das Übliche. Erzähle ich dir morgen."

Es ging gar nichts mehr. Stillstand.

„Ach, falls du noch nach L 6 kommst, auf deinem Schreibtisch liegt ein Brief, seltsam, anonym. Ich werde nicht richtig schlau daraus. Vielleicht ein Spaß, ein Trittbrettfahrer. Wer weiß? Da gesteht einer einen Mord, der Jahrzehnte zurückliegt."

„Julian, die Spuren müssen ..."

„Du bist nicht von Volltrotteln umgeben. Auf deinem Schreibtisch liegt natürlich die Kopie. Übrigens, die Obduktionsberichte sind noch nicht da. Und auch die DNA-Auswertung der Rechtsmedizin fehlt."

Lauer wollte die Verbindung trennen, als Meißner noch etwas einfiel.

„Da war heute so eine Zeugin da, Doppelname, irgendwas mit See. Susanne hat das Protokoll aufgenommen. Die Frau hat ständig nach dir gefragt. Komisch, die Frau, meint Susanne."

Jetzt beendete Lauer das Gespräch wirklich. Er änderte seine Planung. Er würde nicht direkt nach Hause fahren, sondern noch in L 6 vorbeischauen. Hanne? Komisch? Wie kam Susanne zu dieser Einschätzung? Morgen früh würde er mit ihr darüber reden.

siebzehn

Auge in Auge

Es ging auf die Sechs zu, als Lauer endlich in L 6 einlief. Der Stau auf der Autobahn. Zentimeterweise war es vorwärtsgegangen. Vorwärts! Was für ein Hohn! Nach einer guten Stunde war er auf Höhe von Zwingenberg. Er merkte, dass er hungrig war. Also verließ er die Autobahn, fuhr auf gut Glück und landete in einer Pizzeria mit dem Namen *Bella Italia*. Er ließ sich weder vom Namen noch von der altbackenen Einrichtung abschrecken. Im Grunde war ihm beides egal. Er hatte nur Hunger. Im Lokal war es fast leer und Lauer bestellte eine Pizza und einen Beilagensalat, dazu einen offenen Primitivo aus dem Holzfass, direkt aus Sizilien importiert, hob der Wirt hervor, vom Schwager, versteht sich. Der Wein war sicher keine umwerfende Entdeckung, aber solide und fruchtig. Lauer trank ihn gern. Der Salat war mit Olivenöl und Essig, mit Pfeffer und Salz angemacht.

„Insalata", sagte der Wirt, der sich als Natale vorstellte, „kommt von ‚sale', für die alten Römer musste der Salat gut gesalzen sein."

Ein richtiger Knaller war die Pizza, sparsam belegt, kross und knusprig. Lauer konnte sich nicht daran erinnern, je zuvor eine so überzeugende Pizza serviert bekommen zu haben. Höchstens am Gardasee in der Pizzeria in Brenzone, aber das war schon viele Jahre her und Lauer hatte manchmal den Verdacht, dass er durch den zeitlichen Abstand die Brenzone-Pizza hochstilisierte. Hochsterilisierte, sagte er in Gedanken und sah den italienischstämmigen Fußballer vor sich, der in einem Interview die beiden Wörter verwechselt hatte. Unter den 70-er Jahre Keramiklampen wurde im *Bella Italia* in Zwingenberg eine authentische italienische Küche aufgetragen. Lauer tätschelte seinen Bauch und verzichtete auf das Dessert, das Natale ihm wärmstens empfohlen hatte.

„Wenigstens einen Grappa", sagte Natale und setzte sich zu Lauer an den Tisch. Er schenkte großzügig ein.

„Ich habe schon viele Jobs gehabt", sagte der Wirt. „14 Jahre auf dem Bau. Mal dies, mal das. Am liebsten aber koche ich."

„Das schmeckt man", sagte Lauer und deutete auf den ausgestopften Fuchs, der auf dem Fernseher stand. Natale lachte.

„Hieß früher *Zum Fuchsbau*."

„*Bella Italia* klingt besser", sagte Lauer und legte die Hand auf sein Schnapsglas, um zu verhindern, dass Natale nachschenkte. Lauer versprach wiederzukommen.

Zurück auf der Autobahn ging es jetzt zügiger voran. Noch einmal überlegte Lauer, ob er nicht direkt nach Hause fahren sollte, aber dann war er zu neugierig darauf, was sich während seiner Abwesenheit in L 6 den Tag über getan hatte. Es war nicht auszumachen, wie oft Lauer schon die Stufen in L 6 hochgegangen war, im Sommer war es stickig und schwül, im Winter zugig und kalt. Lauer hatte Gewohnheiten. Er hielt stets inne auf den letzten Stufen, nicht weil er außer Atem war. Er warf einen Blick nach unten ins Treppenhaus. Dabei dachte er nichts, er ließ die Tiefe auf sich wirken. Dann gab er sich einen Ruck und ging nach oben. Vielleicht war Susanne ja noch da. Die traf er zwar nicht mehr an, aber Frau Werner saß noch an ihrem Schreibtisch.

„Eine Viertelstunde früher und Sie hätten mir beistehen können", sagte sie, als Lauer das Büro betrat. Ein alter Mann sei durch die Flure geirrt, habe an alle möglichen Türen geklopft. Er wolle sich beschweren. Sie hatte sich um ihn gekümmert. Die Geschichte des alten Mannes kam Lauer seltsam vor. Und wenn sie so stimmte …

Sonntagabend sei er in eine Polizeikontrolle geraten. Alkohol. Obwohl er niemals auch nur einen einzigen Schluck trinke, wenn er Auto fahre. Da sei er eisern. Aber das könne die Polizei ja nicht wissen. Der Streifenbeamte habe auf dem Test bestanden. 0,0 Promille.

„Sehen Sie, Herr Wachtmeister", habe er gesagt. Der Polizist, ein unangenehmer Zeitgenosse in den Augen des alten Mannes, habe keine Ruhe gegeben. Statt sich zu entschuldigen, habe er ihn weiter drangsaliert, die Autopapiere verlangt und sein Auto durchsucht, ach was, richtiggehend gefilzt. Im Koffer habe er zwei Flaschen Whiskey gefunden, mit ‚ey' am Ende, weil es sich um irischen Whiskey gehandelt habe, Single Malt Whiskey, zwanzig Jahre im alten Sherryfass gelagert, eine Rarität. Übrigens, die Flaschen waren ungeöffnet gewesen. Der Wachtmeister habe den Whiskey beschlagnahmt.

„Wie bitte?"

Lauer fehlten die Worte.

„Sie haben richtig gehört, Chef", sagte Frau Werner. „Beschlagnahmt!"

„Mit welcher Begründung?"

„Gefahr im Verzug."

Lauer war jetzt wirklich sprachlos. Es dauerte einige Sekunden, bis er sich gefasst hatte.

„Wer war dieser Trottel?"

„Den Namen kannte der alte Mann nicht", sagte die Sekretärin. „Übrigens: höflich und gebildet, der alte Herr. Herr Magin, so heißt er, war jedoch so geistesgegenwärtig und hat sich die Nummer des Einsatzwagens gemerkt. Die Beschreibung des Polizisten, die mir Herr Magin gegeben hat, ließ mich aufhorchen. Ich hatte gleich einen Verdacht. Ich habe den Wagen überprüft. Zur fraglichen Zeit hatte Frühauf Dienst."

„Sagen Sie ihm morgen früh Bescheid, ich will ihn in meinem Büro sehen, vor der Besprechung."

113

Lauer saß eine Zeit lang an seinem Schreibtisch, da bemerkte er Frau Werner, die in der Tür stand.

„Chef", fing sie an. Lauer merkte an der Art, wie sie das „Chef" betonte, dass sie etwas auf dem Herzen hatte, was ihr unangenehm war.

„Ich weiß, es geht mich nichts an. Und kritisieren will ich Sie auch nicht. Aber wäre es nicht besser, wenn Sie Frühaufs Vorgesetzten informieren würden?"

„Vermutlich wäre es besser, das stimmt schon. Aber einen Kollegen verpetzen, das fällt mir immer schwer. Ich möchte mir zuerst Frühaufs Version anhören. Dann sehen wir weiter."

„Wie Sie meinen, Chef. Auf Ihrem Schreibtisch liegt ein Schreiben, das hier eingegangen ist. Herr Meißner meint, Sie sollten sich das anschauen."

Frau Werner wollte die Tür zuziehen, hielt jedoch in der Bewegung inne.

„Noch was, Frau Werner?"

„Nichts Wichtiges. Eine Zeugin, mir fällt der Name nicht ein, so ein Doppelname."

Lauer wusste den Namen, verriet ihn aber nicht.

„Worum geht es?", fragte er mehr beiläufig.

„Susanne war leicht irritiert. Die Zeugin tue auf der einen Seite vertraut, auf der anderen Seite kam es Susanne so vor, als ob sie nicht mit der Wahrheit herausrücke. Mehr so ein Gefühl, hat Susanne gesagt."

„Fakten zählen, nicht Gefühle."

Lauer merkte sofort, dass er zu schroff geklungen hatte.

„Ich werde mich morgen darum kümmern. Danke, Frau Werner", schob er nach. Frau Werner zog wortlos die Tür zu und Fritz Wunderlich, der gerade noch Lauers Büro beschallt hatte, war nur noch wie hinter einer Wattewand zu hören.

„Arrivederci, bella Italia" von Robert Stolz aus der Operette „Signorina", eine Aufnahme aus dem Jahr 1955.

114

Durch Frau Werners musikalische Vorlieben war Lauer notgedrungen zum Experten geworden.

„Bella Italia"! Schon wieder, dachte Lauer. Er zog das *Bella Italia* in Zwingenberg dieser Schnulze vor. Eindeutig!

Ganz oben auf seinem Schreibtisch lag ein Fresszettel.

„Hanne Seeigel-Müller! Chef, wir müssen über diese Frau reden! Susanne."

Lauer zerknüllte den Zettel und warf ihn in den Papierkorb. Er durchwühlte den Papierstapel, fand keinen Obduktionsbericht, weder vom Toten am Wasserturm noch vom Obdachlosen.

Wird langsam Zeit, sagte er sich.

„Morgen um Obduktionsbericht kümmern", schrieb er auf einen gelben Haftzettel. Als nächstes fiel ihm ein Blatt mit der kleinen, akkuraten Handschrift seines Kollegen Meißner in die Hände. Darüber hatte Meißner vorhin am Telefon gesprochen.

„Hallo, Leo! Hat zwar nichts mit unserem aktuellen Fall zu tun, dürfte dich aber interessieren. Erinnerst du dich an den anonymen Brief vom Juni 2007? DJ Ötzi und sein Auftritt auf dem Maimarktgelände, siehe Anlage eins."

Meißner war in der Tat ordentlich und korrekt, fast penibel, dachte Lauer, der hätte gut Buchhalter werden können. Lauer zog die Heftklammer ab und blätterte die Seiten, die Meißner angeheftet hatte, durch.

„23. Juni 2007 – DJ Ötzi in Mannheim. Das REWE Familyfest machte zum ersten Mal Station."

Klar, Familyfest, was sonst, dachte Lauer. Family!

„Doch der Spaß wurde vom Wetter getrübt. Ohne Schirm lief nichts. Kurz nach 13 Uhr betrat der Stargast die Showbühne und brachte die Massen zum Schunkeln. Beim Megahit ,Anton aus Tirol' holte er die ganz Kleinen auf die Bühne. Und bei ‚Ein Stern' sang das Publikum lautstark mit."

Lauer wunderte sich über Meißners Detailverliebtheit. Er selbst wäre nie auf die Idee gekommen, einen Zeitungsartikel beizulegen. Lauer erinnerte sich an die Veranstaltung, die unter starkem Polizeischutz über die Bühne gegangen war. Im Vorfeld war ein Schreiben bei der Polizei eingegangen, in dem der Künstler bedroht worden war. Meißner hatte dieses Schreiben, das in Großbuchstaben getippt war, beigeheftet.

„WIR WOLLEN DEN DJ ÖTZI HIER NICHT HABEN. DIESEN NESTBESCHMUTZER! WENN DER AUF DIE BÜHNE GEHT, WIRD ER ABGEKNALLT! DANN HAT SEIN LETZTES STÜNDLEIN GESCHLAGEN. WEG MIT DEM! DER GEHÖRT HIER NICHT HIN!"

Der Eingangsstempel trug das Datum des 18. Juni 2007. Lauer war verwirrt. Hatte Frau Werner nicht von einem Schreiben gesprochen, das vor wenigen Tagen eingegangen war? Meißner präsentierte ihm jetzt olle Kamellen aus dem Jahr 2007. Er hatte, weiß Gott, Wichtigeres zu tun. Lauer erinnerte sich genau an den Vorgang. Die Veranstaltung war ohne Störungen abgelaufen. Vorher war es in L 6 zu Diskussionen gekommen. Absage des Konzerts? Benachrichtigung der Presse über den Drohbrief? Das Bekennerschreiben totschweigen? Faulhaber hatte seine Meinung durchgesetzt, keine Unterrichtung der Öffentlichkeit. Lauer hatte in diesem Fall den Polizeipräsidenten unterstützt. Die Presse hätte alles aufgebauscht und schlimmer gemacht. Warum wärmt Meißner das jetzt wieder auf?

„Du fragst dich sicher, warum ich den alten Fall, der letztendlich gar kein Fall geworden war, hervorkrame."

Meißner konnte Gedanken lesen.

„Der Reihe nach!"

Meißner berichtete von einem neuen, anonymen Brief, der vor wenigen Tagen im Präsidium eingegangen sei. Poststempel vom Briefzentrum Mannheim. Lauer wusste, dass das nichts zu bedeuten hatte. Selbst Briefe aus dem Saarland wurden in Mannheim bearbeitet. Der handschriftliche Brief fand sich ebenfalls im Anhang, fein säuberlich nummeriert als Anlage drei.

„Sehr geehrte Damen und Herren!

Ich habe ein Geständnis zu machen. Ich bin alt und krank und halte Rückschau auf mein Leben. Mit einer Sache komme ich nicht klar. Ich habe einen Menschen getötet. Das konnte ich nie vergessen. Mein ganzes Leben hat es mich verfolgt."

Wen wundert es, dachte Lauer.

„Wie oft wollte ich mich stellen, habe es aber nicht geschafft.

Ich habe Angst vor dem Gefängnis, habe Angst, dass ich dort sterbe, ich bin alt und krank. Aber ich will mein Gewissen erleichtern.

Anfang der siebziger Jahre war ich viel unterwegs und habe ein Mädchen aus Mannheim per Anhalter mitgenommen. Sie war etwa 15. Es war kurz vor Augsburg. Sie war von zu Hause ausgerissen, hatte einen Freund in München besucht und wollte zurück nach Hause. Ich weiß nicht, was über mich gekommen ist. Ich war wie von Sinnen. Ich bereue aus tiefstem Herzen."

Wenn es so einfach wäre! Lauer legte die Kopie des Briefes zurück auf den Schreibtisch.

Was soll das?, fragte er sich. Bereuen? Aus tiefstem Herzen? Und das alles anonym!

„Ich habe im Internet recherchiert und auch bei den Kollegen in Augsburg angerufen. Die Fakten passen. Augsburg, September 1971. Lydia Schweitzer, eine 14-jährige Schülerin aus Mannheim, vergewaltigt, dann erdrosselt. Oder umgekehrt. War nicht mehr feststellbar. Die Leiche wurde Wochen später in einem Wäldchen bei Augsburg gefunden. Den Mörder konnte man nie stellen. Trotz Sonderkommission, trotz ‚XY-ungelöst‘."

Schön und gut, dachte Lauer, oder schlecht.

„Und jetzt, Leo, halte dich fest. Auf dem handschriftlichen Geständnis fanden sich DNA-Spuren. Und diese Spuren sind in der BKA-Datenbank gespeichert. Auf dem DJ Ötzi-Brief fanden sich die gleichen DNA-Spuren. Müssen wir morgen besprechen. Gruß Julian."

Lauer ging zum Fenster und öffnete es. Er zog die eiskalte Abendluft tief ein. Warum gesteht einer fast 40 Jahre später einen Mord? Und bleibt bei seinem Geständnis anonym! Und was hatte es zu bedeuten, dass auf dem Drohbrief die gleichen DNA-Spuren gefunden worden waren? Es klopfte. Frau Werner.

„Ich mach Feierabend."

Lauer nickte ihr zu.

„Rätselhaft", murmelte er vor sich hin, als Frau Werner schon weg war.

„Absolut rätselhaft!"

Er machte das Fenster zu und setzte sich hinter den Schreibtisch. Der Tote im Becken hinterm Wasserturm. Der Obdachlose auf der Rampe des alten Postfrachtzentrums. Eine 14-jährige Schülerin aus Mannheim, in der Nähe von Augsburg im Jahr 1971 erdrosselt. 1971, wie alt war er damals gewesen? 12 Jahre. Gymnasium in Frankenthal. Quinta oder Quarta? Er wusste es nicht zu sagen. Lauer, ein kleiner Junge mit kurzen Haaren. Ordentlicher, kerzengerader Scheitel. Hosen mit Bügelfalten. An mehr konnte sich Lauer nicht erinnern. Klassenkameraden? Lehrer? Fehlanzeige. Bis auf ihren alten Mathelehrer. Spindeldürr und riesengroß. Die linke Hand in die Anzugsjacke geschoben. Es ging alles durcheinander. Ein angedrohter Mordanschlag auf den DJ Ötzi. Ein Auftrittsverbot hätte Lauer gereicht. Sein witzig gemeinter

Einwurf auf einer Einsatzbesprechung im Juni 2007 hatte Lauer einen bitterbösen Blick des Polizeipräsidenten eingebracht.

Lauer schaute auf die Uhr. Kurz nach 19 Uhr. Er fühlte sich müde und ausgelaugt, konnte keinen klaren Gedanken mehr fassen. Jetzt ein Glas Rotwein trinken. Hanne im Arm. Die Sonate für Klavier und Violine Nr. 4 in c-moll von Johann Sebastian Bach, gespielt von Glen Gould und Yehudi Menuhin. Lauer wählte Hannes Nummer. Er klingelte mehrmals durch und Lauer wollte schon auflegen.

„Ja", meldete sich Hanne dann doch und ihre Stimme hörte sich an, als sei sie außer Atem.

„Hallo", sagte Lauer. „Lust auf einen schönen, gemütlichen Abend mit mir?"

„Im Prinzip gerne. Aber für heute Abend habe ich was vor. Verabredung, mannheim-flirtet.de, du verstehst."

„Verstehen? Nichts verstehe ich. Du machst da einfach so weiter, obwohl …"

„Jetzt mach mal halblang. Die Verabredung war lange ausgemacht, Leo Lauer. Kann es sein, dass du klammerst? Nur weil wir beide miteinander geschlafen haben, muss ich nicht alles über den Haufen werfen und zu Hause wie das Kaninchen vor der Schlange vorm Telefon sitzen und darauf warten, dass du dich endlich erbarmst und mir mitteilst, dass du zufällig jetzt Zeit hast."

Lauer schluckte. Warum war das Leben so verflixt kompliziert, fragte er sich.

Laut sagte er: „Entschuldige. Du hast natürlich recht. Vielleicht morgen Abend?"

„Morgen könnte passen", sagte Hanne und legte auf. Kurze Zeit später klingelte es auf Lauers Handy.

„Was ich dir noch sagen wollte: Die Nacht mit dir war schön."

Bevor er etwas erwidern konnte, hatte Hanne aufgelegt.

Wer bin ich? Wer ist diese Frau, diese Hanne Seeigel-Müller? Um was geht es überhaupt? Habe ich verlernt, wie eine Beziehung funktioniert? War ich zu lange allein? So viele Fragen. Es kommt darauf an, die Form zu wahren. Es geht schlicht und einfach darum, wie man am besten die Form wahrt. Kommt es wirklich darauf an, auf die Form?

Lauer stemmte das schwere Eingangsportal des Polizeipräsidiums auf. Die kalte Luft staute sich zwischen den Häusern. Lauer genoss die Kälte. Auf der Bismarckstraße war wenig Verkehr. Als er an einer Ampel am Schloss halten musste, fiel sein Blick auf den Plakatständer.

„Kool Savas – Tot Oder Lebendig-Tour, 7. Januar 2009, 20 Uhr, Alte Feuerwache."

Hätte er gewusst, was ihn musikalisch erwartete, er hätte nicht den spontanen Entschluss gefasst, das Konzert zu besuchen. Aber das Motto rührte ihn an. Tot oder lebendig. Es war noch etwas Zeit und er parkte am Hermann-Heimerich-Ufer und schlenderte die Neckarpromenade bis zur Feuerwache. Die Januarluft pustete seinen Kopf frei. Im Feuerwachen-Café überlegte er, ob er ein Weizenbier bestellen sollte. Er entschied sich für ein Pils, das er im Stehen an der Theke trank. Weizenbier. Früher hat es das nur im Sommer gegeben, dachte er. Die Zeiten ändern sich. Er stellte sich in die Schlange an der Kasse. Er kam sich deplatziert vor, lag deutlich über dem Altersdurchschnitt. Aber das war ihm egal. Jetzt allein in seiner kalten Wohnung auf der Rheinau, das ging gar nicht. Nicht nach dem Reinfall am Telefon mit Hanne. Und vielleicht würde ja das Konzert ihn auf andere Gedanken bringen. War das Gespräch mit Hanne ein Reinfall gewesen? Vielleicht hatte sie ja recht. Vielleicht klammerte er wirklich. 26 Euro an der Abendkasse. Happig! Das sind 52 Mark, sagte sich Lauer. Es kam nicht mehr oft vor, dass er von Euro nach D-Mark umrechnete. Erwarte-

120

te er zu viel? Steigerte er sich in diese Beziehung mit Hanne hinein? Idealisierte er alles? Er hatte so viele Jahre, von flüchtigen Bekanntschaften abgesehen, beziehungslos gelebt. War es für Hanne gar keine Beziehung? Lediglich ein lockeres Spielchen?

„Wir müssen über diese Frau reden!"

Susannes Zettel.

Vom ersten Ton an wusste Lauer, dass er im falschen Konzert gelandet war. Rap war nicht sein Ding. Und auf deutschen Rap stand er schon gar nicht.

„Jeder kennt mich und weiß, ich bin 'ne Legende, ob tot, oder tot, oder tot, oder lebendig."

Lauer fragte sich, ob es einen Makel darstellte, diese Legende nicht zu kennen. Trotzdem blieb er bis zur Pause.

Er hatte sich einen seltsamen Beruf ausgesucht. Zwei Männer, die er nicht kannte. Den ersten hatte er zum ersten Mal gesehen, als der schon tot gewesen war. Der andere, ein Penner, ein armer Hund, war ihm vor Jahren über den Weg gelaufen. Er hatte ihn gleich wieder vergessen, ihn aus seinem Gedächtnis gestrichen, sich erst an ihn erinnert, als er ihn am Wasserturm im Streifenwagen gesehen und vernommen hatte. Zwei ihm unbekannte Männer. Beide tot. Der eine ermordet, erschlagen und eingefroren. Der andere vielleicht in der kalten Januarnacht erfroren, obwohl Lauers Instinkt ihm sagte, dass mehr hinter Peters Tod steckte. Und er, Lauer, wühlte im Leben dieser toten Männer herum. Musste sich durch Berge von Dreck und Indiskretionen kämpfen. Musste jedem Hinweis nachgehen und war er noch so absurd und an den Haaren herbeigezogen. Lauer war in Gedanken versunken. Er lief die Schafweide entlang, vorbei am Forum der Jugend, vor Jahren hatte er dort ein Theaterstück über das frühere KZ in der Schule in Sandhofen gesehen, vorbei an der Werner-von-Siemens-Schule. Plötzlich bemerkte er in den Augenwinkeln ein Tier, das keine zehn Meter von ihm entfernt über den Gehweg lief. Eine Katze, dachte er. Dann blieb das Tier am Randstein stehen. Der Verkehr auf der mehrspurigen Straße war dicht, trotz der fortgeschrittenen Stunde. Jetzt sah Lauer, dass es keine Katze war. Es war ein Fuchs, der regungslos dastand und mit scheinbar stoischer Geduld den Verkehr beobachtete. Es sah aus, als warte er auf eine Lücke, um die Straße ohne Gefahr überqueren zu können. Weit und breit war keine Lücke auszumachen. Schließlich wurde es dem kleinen Fuchs zu bunt. Er schüttelte seine Pfote und drehte sich um. Jetzt schaute er in Lauers Richtung. Der Fuchs erstarrte in der Bewegung, die linke Vorderpfote einige Zentimeter über den Gehwegplatten. Lauers Augen und die Augen des Fuchses trafen sich. Der Fuchs hielt Lauers Blick stand. In den Fuchsaugen lag keinerlei Verwunderung, keine Überraschung, keine Angst. Nach einer Ewigkeit, zumindest kam es Lauer so vor, wandte der Fuchs den Blick ab und setzte seinen Weg fort, betont langsam. Er überquerte den Gehweg in der gleichen Richtung, aus der er gekommen war, bog dann in die Straße ein, die zum Parkplatz der Heinrich-Lanz-Schule führt und die die Schafweide mit dem Heinrich-Heimerich-Ufer verbindet. Lauer schaute dem Tier nach. Ein Fuchs mitten in Mannheim! An einer vielbefahrenen Straße! Lauer schüttelte den Kopf. Sicher, in Mannheim gab es unzählige Kaninchen, auf der Wiese vor dem Planetarium und natürlich auch auf der Neckarwiese. Auch Eichhörnchen waren in den Wohngebieten keine Seltenheit. Und Ratten waren Lauer auch schon öfter über den Weg gelaufen. Aber ein junger, selbstbewusster Fuchs, der keine Scheu vor Menschen hat! Um zu seinem Auto zu gelangen, musste Lauer den gleichen Weg wie der Fuchs gehen. Er wusste, dass sich unter dem Parkplatz der Schule ein Tiefbunker befand, ein Bunker für die Bewohner der Neckarstadt-Ost. Am Gestrüpp

122

vor der Heinrich-Lanz-Schule sah er ein letztes Mal das Füchslein. Von Weitem sah er schon sein Auto. Neben seinem Fabia glaubte er einen Hasen sitzen zu sehen. Keine schlechte Gegend für einen Fuchs, dachte er.

achtzehn

Der Tod ist ein Freund

Es ist ein Schmerz. Ein Schmerz, der bei mir ist, der mich begleitet. Ein Schmerz, der mich verfolgt, der alles verändert.

Der Tod ist ein Schmerz, der bei mir ist, der mich begleitet, wo ich auch hingehe. Ein Schmerz, der mich überallhin verfolgt. Der Tod ist ein Schmerz, der sich an meine Fersen geheftet hat, der beständig hinter mir herschleicht, der alles zudeckt, der allem seinen Ton aufdrängt.

Der Tod eines Kindes ist ein Schmerz, der mich nicht loslassen wird, der mich niemals verlassen wird, der Besitz von mir ergriffen hat, von jeder Faser meines Körpers. Der Tod meines Sohnes ist ein Schmerz, der mein Denken beherrscht, der mich besetzt hält bis in alle Ewigkeit.

Der Tod meines Kindes. Der Tod von Jens.

Sie wissen nicht, was es heißt, ein Kind verloren zu haben. Was es heißt, danebenzustehen, nicht eingreifen zu können, nichts tun zu können. Und doch immer zu zweifeln, ob du wirklich alles getan hast. Ob du nicht mehr hättest tun können.

Der Tod ist endgültig und geht doch immer weiter, Augenblick für Augenblick, Tag für Tag. Der Tod ist ein Schmerz, der nicht loslässt, der nicht nachlässt. Die Zeit heilt alle Wunden, heißt es so schön. Nichts heilt die Zeit. Der Tod eines Kindes ist eine offene Wunde, die ewig bleibt.

Der Tod ist ein Schmerz, der zu dir hält, der treu ist. Meine Frau hat nicht die Kraft aufgebracht, zu mir zu halten. Ingrid ist geflohen vor dem Schmerz. Sie weiß nicht, dass es sinnlos ist zu fliehen, weil du dem Schmerz nicht entkommen kannst. Meine Frau hat mich verlassen. Ist zu ihren Eltern geflohen. Aber das habe ich Ihnen ja schon erzählt. Unsere Beziehung hat den Tod von Jens nicht verkraftet. Ich habe meinen Sohn verloren. Ich habe meine Frau verloren. Geblieben ist mein Schmerz. Der Schmerz ist mein Freund. Und ein Freund hilft dir. Der Schmerz hat mir geholfen. Ich habe zwei Menschen getötet, jawohl! Ich bereue nichts. Um den Penner tut es mir leid, das gebe ich zu. Aber warum hat er sich eingemischt?

Meine Schuld? Wie oft habe ich mir diese Frage gestellt. Und jedes Mal entgleist mir meine Mimik, presse ich meine Hand vor den verzerrten Mund. Ekel. Ich empfinde Ekel vor mir selbst. Meine Schuld! Könnte Jens noch leben, wenn ich anders gehandelt hätte? Wenn ich diesen Mann nicht kennengelernt hätte? Sie brauchen mich nicht zu belehren. Ich weiß, wie er heißt. Ich kann seinen Namen nicht in den Mund nehmen. Akzeptieren Sie das bitte! Wäre Jens noch am Leben, wenn ich mich nicht hätte beschwatzen lassen von dem Kerl? Wenn ich auf meine Frau gehört hätte? Wenn ich ihre Einwände nicht vom Tisch gewischt hätte? Wenn ich nicht all unsere Ersparnisse aufs Spiel gesetzt hätte? Ich weiß keine Antworten auf diese Fragen. Und es ist dieser Zweifel. Er frisst mich auf, lässt mich nicht zur Ruhe kommen.

Der Tod meines Sohnes ist ein Schmerz, der mir bleibt, ist alles, was mir bleibt. Der Schmerz ist mein Freund.

neunzehn

DNA-Spuren

Es sollte alles andere als ein normaler Tag werden. Lauers Morgenritual lief immer gleich ab: Früchtetee, Käsebrot, Marmeladenbrot, zum Abschluss Honigbrot, begleitet von der Lektüre des Rhein-Neckar-Anzeigers. An diesem Donnerstagmorgen war es durcheinandergewirbelt worden. Er hatte sich den Tee eingeschenkt, Kaffee gab es erst im Büro, als das Telefon klingelte. Hanne, hoffte er, es war aber seine Schwester. Sie rief ihn selten an und Lauer konnte sich nicht erinnern, dass sie sich jemals zu so früher Stunde gemeldet hatte. Zudem war es noch nicht einmal lange her, dass sie sich gesehen hatten. Den zweiten Weihnachtsfeiertag verbrachte er traditionsgemäß mit seiner Schwester und deren Mann bei der Mutter in der Pfalz. So auch letztes Weihnachtsfest.

„Hallo, Martina, das ist eine Überraschung."

„Leo. Was Schreckliches ist passiert."

Lauer zuckte zusammen. Vor vielen Jahren, als sein Vater verstorben war, hatte sich seine Mutter mit genau diesen Worten am Telefon gemeldet, morgens um halb sechs.

„Was Schreckliches ist passiert."

„Was Schreckliches? Mutter, ist ihr was zugestoßen?"

„So könnte man es ausdrücken."

Der Tonfall seiner Schwester ließ Lauer stutzen. Es schien nicht um Leben und Tod zu gehen. Ein Unterton hatte sich eingeschlichen, den Lauer an ihr nicht kannte und den er anfangs nicht einordnen konnte. Seine Schwester war immer die Ruhe in Person. Das war es. Er spürte eine Unruhe, ja fast Aufregung in ihrer Stimme. Seine Schwester war acht Jahre älter als er. Ihre Mutter war noch blutjung gewesen, als sie Martina bekommen hatte.

„Ist sie im Krankenhaus? Jetzt rück schon raus mit der Sprache!"

„Eher schlimmer!"

„Sag endlich, was los ist, Martina!"

Lauer verlor die Geduld.

„Unsere Mutter, die langsam aber sicher auf die 80 zugeht, hat sich einen Freund zugelegt."

„Einen Freund? Aber an Weihnachten …"

„Da hatte sie ihn noch nicht. Sie hat ihn erst letzten Freitag beim Seniorennachmittag kennengelernt. Zehn Jahre jünger ist er, stell dir das vor."

„Aber, Martina, das ist doch …"

Lauer konnte seinen Gedanken nicht zu Ende bringen.

„Genau! Eine Katastrophe ist das. Und über Fasching wollen sie verreisen. Nach Oberammergau. Stell dir das vor! Da war sie immer mit Vater die letzten Jahre vor seinem Tod."

Endlich gelang es Lauer, den Wortschwall seiner Schwester zu durchbrechen.

„Wir sollten doch froh sein, wenn es ihr gut geht, wenn sie glücklich ist, wenn sie ein Ziel hat, wenn sie unternehmungslustig ist. Da ist ein Freund geradezu ideal."

„Leo, hast du Vater vergessen?"

Lauer dachte an seinen Vater, manchmal sogar jeden Tag, obwohl er schon vor fast zwanzig Jahren gestorben war. Lauer hatte ein kompliziertes Verhältnis zu seinem Vater gehabt, der ihn oft und ausgiebig bei jeder Kleinigkeit kritisiert und ihm den, wie er sagte, Fehltritt mit Fabian niemals verziehen hatte. Obwohl Fabian das einzige Enkelkind war, hatte sich sein Vater geweigert, ihn zu akzeptieren.

„Mutter behauptet zwar, sie würden sich jeder ein Einzelzimmer nehmen in Oberammergau, aber das spielt keine Rolle."

Martina ließ sich nicht von ihrer Meinung abbringen. Sie fand das Verhalten der Mutter abartig, sie mochte sich

127

nicht vorstellen, dass ihre Mutter mit diesem Typen … An dieser Stelle redete sie nicht weiter und die Stille wirkte auf Lauer wie Hammerschläge.

„Hast du ihn gesehen?"

„Leider, als ich Mutter am Sonntag die Haare gemacht habe, hat es geklingelt."

„Und, wie ist er?"

„Wenn ich ehrlich bin, ganz nett an sich, aber nicht als Freund unserer Mutter. Verstehst du das? Das ist ein Betrüger, vermutlich ein Heiratsschwindler, der es auf Mutters Geld abgesehen hat. Leo, wir müssen Obacht walten lassen!"

Wahrscheinlich betrachtete seine Schwester das Geld der Mutter als ihr eigenes. Und da konnte ein Freund gefährlich werden. Und wenn es nur bedeutete, dass ihre so sparsame Mutter jetzt freigiebiger mit ihrem Geld umging und sich ab und zu was leistete. Es ging noch eine ganze Weile hin und her, bis Lauer das Gespräch mit einem Hinweis auf seinen Arbeitsbeginn endlich beenden konnte, nicht ohne seiner Schwester versprochen zu haben, sich um Mutter zu kümmern. Noch lange nachdem er den Hörer aufgelegt hatte, saß Lauer da und war irritiert.

„Obacht walten lassen."

Er konnte sich nicht daran erinnern, dass jemand in einem Gespräch mit ihm diesen Ausdruck gebraucht hatte. Und dass gerade seine Schwester diese Redensart benutzte, brachte ihn noch mehr durcheinander.

Um halb acht kam Lauer in der Dienststelle an. Polizeihauptmeister Frühauf wartete vor der Tür.

„Sie wollten mich sprechen, Herr Hauptkommissar. Frau Werner wollte nicht mehr sagen."

„Kommen Sie rein, Frühauf. Einen Kaffee kann ich Ihnen nicht anbieten. Unsere Sekretärin ist noch nicht da."

Frühauf setzte sich Lauer gegenüber und wie er in seinem Stuhl lümmelte, kam es Lauer unpassend und irgendwie überheblich vor.

„Sie können sich vorstellen, warum ich mit Ihnen sprechen möchte?"

„Keine Ahnung, nicht die blasseste."

„Ist das Ihr Ernst, Frühauf? Das kann ich nicht glauben."

Ein Ruck ging durch Lauer, er richtete sich auf, drückte die Brust heraus und saß jetzt steif da.

„Wenn Sie bitte zur Sache kommen würden, ich bin im Dienst."

„Was würde Ihr Vorgesetzter beim Oststadt-Revier wohl von Ihnen halten, Frühauf, wenn ich ihm von irischem Whiskey erzählen würde?"

„Daher weht der Wind, Kollegen verpfeifen."

„Sie vergreifen sich im Ton, Frühauf. Sie sitzen hier keinem Kumpel gegenüber. Der Rentner war hier, Herr Magin, und hat sich beschwert. Was ist an der Sache dran?"

Frühauf hob beschwörend die Hände.

„Aufgebauscht, der hat das aufgebauscht. Alkoholkontrolle vor Silvester, wie immer. Sie wissen, wie viele Verrückte mit Alkohol im Blut unterwegs sind."

„Der Mann, Frühauf, hatte keinen Tropfen Alkohol getrunken."

„Stimmt", sagte Frühauf und seine Stimme klang eine winzige Spur kleinlaut.

„Und warum haben Sie den alten Herrn danach nicht einfach weiterfahren lassen, ohne weitere Schikanen?"

„Sie haben ja recht, Chef."

„Nennen Sie mich nicht so, ich bin nicht Ihr Chef."

„Der alte Kerl hat mich provoziert, von wegen, er hat es ja gleich gewusst, das Pusten hätten wir uns sparen können, ich hätte ihm glauben sollen, dadurch wären Kosten gespart worden, Verschwendung von Steuergeldern. Und lauter so einen Schwachsinn."

„Und da haben Sie einfach sein Auto durchsucht?"

„Richtig. Und so bin ich auf die beiden Flaschen gestoßen."

„Die Sie dann beschlagnahmt haben?"

„Stimmt. Ich weiß, das war nicht ganz korrekt. Aber der Kerl hat provoziert."

„Haben Sie ihm wenigstens eine Quittung ausgestellt?"

Frühauf schwieg.

„Jetzt sagen Sie schon!"

Frühauf schüttelte den Kopf.

„Also nicht einmal eine Quittung?"

„Der war so aufgebracht, der hat nach keiner verlangt. Einen kurzen Moment habe ich noch überlegt, ihn wegen Beamtenbeleidigung anzuzeigen."

„Ich bin sprachlos, Frühauf", sagte Lauer. „Sie bringen das umgehend und voll und ganz wieder in Ordnung."

„Aber ..."

„Kein Aber, Frühauf, Sie bringen das in Ordnung und melden mir Vollzug!"

So kam es, dass Lauer an diesem Donnerstagmorgen den Rhein-Neckar-Anzeiger an seinem Schreibtisch im Präsidium studierte und nicht wie normalerweise zu Hause am Frühstückstisch. Aber, wie gesagt, heute war kein normaler Tag.

„Jetzt ist es amtlich. Der Staat steigt bei der Commerzbank ein. Unter dem Druck der Finanzkrise übernimmt der Bund 25 Prozent plus eine Aktie der Commerzbank und beteiligt sich erstmals direkt an einer großen Privatbank in Deutschland. Im Gegenzug stellt der staatliche Rettungsfonds SoFFin für das zweitgrößte Kreditinstitut eine weitere Kapitalspritze von 10 Milliarden Euro zur Verfügung, um damit die Übernahme der Dresdner Bank und weitere Belastungen abzusichern."

Lauer nippte an seinem Kaffee, den Frau Werner ihm inzwischen gebracht hatte. 10 Milliarden! Ihn schwindelte, wenn er versuchte, sich die Höhe der Geldspritze vorzustellen. Der Staat unterstützte eine marode Bank, die sich bei der Übernahme eines Konkurrenten übernommen hatte! Die Profite werden privat abgeschöpft, die Verluste trägt die Allgemeinheit. Auch eine Form von Sozialismus, dachte Lauer und blätterte weiter. In was für Zeiten leben wir?

„Europa im Griff des Winters: Am Funtensee bei Berchtesgarden wurden minus 34,6 Grad Celsius gemessen, wie der Wetterexperte Jörg Kachelmann erklärte."

Endlich eine Meldung, die Lauer verstand, die er nachvollziehen und einordnen konnte.

„Ganz Mitteleuropa leidet unter der winterlichen Kälte."

Wie wahr, wie wahr, dachte Lauer. Und er hätte es sicher noch ein drittes Mal gedacht, wäre nicht Frau Werner in der Tür erschienen.

„Kurz vor halb neun, Chef."

Lauer faltete die Zeitung zusammen und legte sie auf den Schreibtisch.

„Ja, ja, der hat uns im Würgegriff", sagte er mehr beiläufig.

„Wer?", fragte Frau Werner.

„Wer wohl, Frau Werner? Der Steinbeißer-Karl natürlich!"

Die morgendliche Besprechung begann zäh. Sie drehten sich mit ihren Ermittlungen im Kreis. Die Durchsicht der Aktenordner aus Lauingers Büro war noch im Gange. Die Arbeit wurde dadurch erschwert, dass keinerlei Daten elektronisch gespeichert waren. Lauinger musste eine große Abneigung gegen moderne Technik gehabt haben. In seinem Büro in den Quadraten befanden sich weder ein Computer noch ein Laptop. Irgendwie machte ihn das in Lauers Augen ein wenig sympathisch. Eine Durchsicht der Kontobewegungen hatte keine Auffälligkeiten ergeben. Lauinger hatte gut verdient, sehr gut, er hatte satte Prämien erhalten. Aber, soweit sie den Überblick hatten, hatten seine Kunden ebenfalls profitiert. Bis vor acht Jahren, Frau Metzger hatte fast richtig getippt, war er noch als Kreditberater bei der Deutschen Bank angestellt gewesen. Dann hatte er sich selbstständig gemacht. Freier Anlageberater, der auf Provisionsbasis arbeitete. Bisher waren die Kollegen, die sich durch die Vorgänge wühlten, noch auf kein Motiv gestoßen, das einen Mord gerechtfertigt hätte.

Die Staatsanwaltschaft hatte, wenn auch nach langen Diskussionen, einer Durchsuchung der Räume der Singlebörse zugestimmt. Der Beschluss lag vor und Lauer wollte sich mit Susanne nach der Besprechung darum kümmern.

Auch bei dem Obdachlosen gab es keine neuen Erkenntnisse. Die Obduktionsberichte lagen noch nicht vor. Lauer versprach, sich darum zu kümmern. Clement hatte seine Strategie beibehalten. Das Wort „Serienkiller" war tabu.

„Wir gehen, solange wir keine anderen Fakten haben, davon aus, dass der Obdachlose eines natürlichen Todes gestorben ist."

„Wie meinen Sie das?", fragte Lauer, nicht um einen konstruktiven Beitrag zu liefern, sondern eher, um Clement in die Enge zu treiben.

„Na, ja, er ist erfroren."

„Das wäre aber schon ein großer Zufall", meldete sich Susanne.

„Es liegt kein Obduktionsbericht vor, also gehen wir davon aus, dass der Obdachlose eines natürlichen Todes gestorben ist."

Dann kam der anonyme Brief auf die Tagesordnung und Meißners Vorschlag, vor Ort in Augsburg zu ermitteln, sorgte für allgemeine Verwunderung. Clement war strikt dagegen, unnötige Spesenausgaben, eine klare Ablehnung. Meißner gab keine Ruhe, verwies auf die Statistik, ein ungelöster Fall, noch dazu ein Mord an einem Mädchen, das alles vor dem Hintergrund eines sexuellen Missbrauchs. Lauer konnte Meißners Argumentation nicht nachvollziehen.

„Julian, was soll das?"

Clement wollte gerade zum nächsten Tagesordnungspunkt übergehen, als ihm ein Zettel gereicht wurde. Lauer nahm das Erstaunen in Clements Blick als Erster wahr. Meißner verteidigte immer noch seine Idee von einer Dienstreise nach Augsburg. Ausflug, sagte sich Lauer. Clement wedelte wie wild mit dem Zettel und schnitt Meißner autoritär das Wort ab.

„Kollegen und Kollegen!"

Lauer musste an den großen Vorsitzenden denken, der seine Reden immer mit einem „Genossen und Genossen!" begonnen hatte.

„Kollegen und Kollegen! Ich darf um Ihre volle und ungeteilte Aufmerksamkeit bitten. Ich habe die Ergebnisse einer DNA-Analyse bekommen. Das lässt den Vorschlag unseres Kollegen Meißner in einem anderen Licht erscheinen."

Clement machte eine Kunstpause und die Ruhe, die er sich damit verschafft hatte, wurde von Gemurmel vertrieben.

„Kollegen, ich bitte um Konzentration", versuchte er erneut, sich Aufmerksamkeit zu verschaffen. „Das Kriminaltechnische Institut beim Landeskriminalamt Stuttgart hat das Kreppband untersucht, das Band, mit dem unser Mordopfer Lauinger gefesselt war."

Warum kann unser Vorgesetzter partout nicht die üblichen Abkürzungen benutzen? Lauer fragte sich das jedes Mal.

„Die Ergebnisse stellen, wie soll ich mich ausdrücken, eine Sensation dar, das ist das passende Wort."

133

Schauspieler, dachte Lauer, Aufschneider, will die Spannung hochkitzeln.

„Jetzt sagen Sie schon, was die KTI herausgefunden hat."

Lauer war dabei, die Fassung zu verlieren. Die Form wahren, sagte er sich. Später musste er sich eingestehen, dass ihr Chef keineswegs zu viel versprochen hatte. Das, was die Kollegen in Stuttgart herausgefunden hatten, war tatsächlich eine Sensation. Die DNA-Spuren von neun verschiedenen Personen konnten an dem Band nachgewiesen werden, ohne die DNA des Mordopfers, wohlgemerkt. Und zwei der Spuren konnten zugeordnet werden, das war die zweite Sensation.

„Bernd Schenk", sagte Clement. „Kleiner Gauner, einschlägig vorbestraft. Sitzt seit Ende November in U-Haft in der JVA im Herzogenried."

„Wie soll das gehen?", fragte Meißner. „Im Knast kann er den Lauinger ja schlecht umgebracht haben."

„Scharfsinnig kombiniert, Meißner", sagte Clement. „Als Mörder können wir Schenk ausschließen. Aber die Frage, wie seine DNA an das Kreppband gekommen ist, die dürfte interessant sein und die Antwort wird uns vielleicht weiterbringen. Die Antwort zu finden, das ist unsere Aufgabe."

Lauer war nicht erpicht darauf, dem Café Landes einen Besuch abzustatten, aber es ließ sich wahrscheinlich nicht vermeiden. Die zweite Übereinstimmung schlug wie eine Bombe ein. Die DNA, die sich an den anonymen Briefen befand, war identisch mit einer DNA-Spur am Kreppband. Lauer dachte sofort an das Phantom von Heilbronn. An 40 Tatorten war die DNA einer weiblichen Person gefunden worden. Die Tatorte lagen in Baden-Württemberg, in Rheinland-Pfalz, im Saarland und in Österreich. Die Fälle, unter denen sich sechs Morde befanden, reichten bis ins Jahr 1993 zurück. Der spektakulärste Fall war die Ermordung einer Polizistin in Heilbronn im

April 2007. Aber auch Einbrüche in Schrebergartenhäuschen und andere Bagatelldelikte tauchten in den Ermittlungsakten auf. Als die Mannheimer Polizei im Oktober 2008 gerufen wurde, als zwei Männer in Streit geraten waren, fanden sich an der Wohnungstür ebenfalls DNA-Spuren des Phantoms von Heilbronn.

„Und, jetzt lassen Sie noch eine Katze aus dem Sack, das Phantom von Heilbronn hat sich doch bestimmt auch am Kreppband verewigt", sagte Lauer.

„Kollegen und Kollegen", sagte Clement zum wiederholten Mal und versuchte, das Stimmendurcheinander zu übertönen. „Etwas mehr Ernsthaftigkeit von unseren erfahrenen Kollegen wäre doch angebracht."

Lauer hielt Clements Blick stand.

„Ich will nicht sagen, dass das der Durchbruch ist", fuhr Clement fort, „aber, da müssen Sie mir alle zustimmen, es ergeben sich neue Perspektiven. Es besteht zumindest die theoretische Möglichkeit, dass der Mörder der Schülerin in den Siebziger Jahren auch der Mörder unseres Wasserturmtoten ist."

Eine gewagte Spekulation, dachte sich Lauer. Und wo, bitte, bleibt die Faktenbasis?

„Der Vorschlag unseres Kollegen Meißner, in Augsburg vor Ort Informationen einzuholen, erscheint mir jetzt in einem anderen Licht."

Lauer glaubte, nicht richtig gehört zu haben.

„Meißner, wann können Sie fahren?"

„Sofort, im Prinzip!"

Lauer suchte Susannes Blick. Als sie sich anschauten, verzog Lauer sein Gesicht zu einer Grimasse. An Susannes Reaktion erkannte er, dass sie ihn nicht verstanden hatte.

zwanzig

Ernesto Nägele

Es war alles viel unkomplizierter, als er gedacht hatte. Lauer klingelte im dritten Stock in dem Mietshaus in der Seckenheimer Landstraße und wartete zusammen mit Susanne und zwei Polizisten in Uniform darauf, dass sich die Tür öffnete. Über dem Klingelknopf stand, mit Tesafilm festgeklebt, www.mannheim-flirtet.de. Darunter Ernesto Nägele. Ein vergilbter Zettel. Wenig repräsentativ. Nach einer Ewigkeit ging die Tür auf. Ein Mann Anfang 40, mit ungekämmten, abstehenden Haaren, mit Boxershorts und T-Shirt bekleidet, in der Hand eine Zigarette, stand ihnen gegenüber. Ein kleiner Mann, ging es Lauer durch den Kopf, höchstens 1,60 Meter. Und er machte einen zerknitterten Eindruck.

„Was wollen Sie?"

Wortlos hielt ihm Susanne den Durchsuchungsbefehl der Mannheimer Staatsanwaltschaft und ihren Polizeiausweis hin.

„Was verschafft mir die Ehre?"

Der Mann war weder überrascht noch erschrocken.

„Dürfen wir vielleicht erst einmal hereinkommen?", fragte Lauer. Der kleine Mann grinste ihn an und Lauers Grundsympathie, die er kleinen Männern entgegenbrachte, verpuffte auf der Stelle.

„Müssen Sie ja wohl, wenn Sie meine Wohnung und die Geschäftsräume durchsuchen wollen."

Geschäftsräume! Von wegen! Lauer hatte helle, großzügige Räume erwartet, designermäßig eingerichtet, repräsentativ halt. Die Wirklichkeit war eng und dunkel und renovierungsbedürftig. Eine billige, schmuddelige Wohnung mit Möbelstücken, die aussahen, als seien sie auf dem Flohmarkt und beim Sperrmüll zusammengesucht worden. Auch in Bezug auf Sauberkeit machte die Wohnung keinen einladenden Eindruck, wobei Lauer keine hohen Ansprüche stellte.

„Bei uns spielt sich alles im Netz ab. Kein Kunde kommt hierher", sagte der kleine Mann, der Lauers Gedanken zu erraten schien.

„Ihr Name?", fragte Susanne.

„Ernesto Nägele, steht auf dem Klingelschild draußen."

Auf dem Fresszettel, dachte Lauer.

„Ernesto?", vergewisserte sich Lauer.

„Ernesto, so haben mich meine Eltern getauft und so steht es in meinem Ausweis. Wenn Sie ihn sehen wollen … Also, was wollen Sie, liebe Polizei?"

Lauer missfiel die ironische Art ihres Gegenübers immer mehr.

„Peter Lauinger, der Name sagt Ihnen etwas?", fing Susanne an.

Ernesto Nägele schüttelte den Kopf.

„Sie kennen Ihre Kunden nicht?"

Wieder schüttelte Nägele den Kopf.

„Sie lesen keine Zeitung?", bohrte die junge Kommissarin nach.

Erneutes Kopfschütteln. Susanne fasste kurz und knapp die Informationen zusammen, wobei sie sowohl die Todesart als auch den Fundort der Leiche aussparte. Sie stellte klar, dass es um die Kontakte Lauingers innerhalb der Singlebörse ging. Zur Abwechslung nickte Ernesto Nägele einmal.

„Warum sagen Sie das nicht gleich?"

Lauer hatte den Eindruck, als sei der kleine Mann irgendwie erleichtert.

„Kein Problem", sagte Nägele, „hab ich gleich, ist alles im Computer, dauert keine zehn Minuten. Ihre beiden Hilfssheriffs", Nägele deutete auf die beiden Streifenbeamten, „hätten Sie ruhig zu Hause lassen können."

Nägele setzte sich an den Computer, der bereits eingeschaltet war, und hackte in rasender Geschwindigkeit auf die Tastatur ein. Lauer zog einige Aktenordner aus dem Regal und durchblätterte sie. Susanne stand hinter Nägele und ließ keinen Blick vom Monitor. Bis auf zwei Ordner stellte Lauer alle anderen wieder zurück ins Regal. Der Drucker fing an zu knacken und zu fiepen, dann spuckte er mehrere Blätter aus.

„Auch die Kontakte, die nicht zu einem tatsächlichen Treffen geführt haben?"

„Alles", sagte Lauer.

„Und von jedem die größte Portion", sagte Nägele.

Der Typ kommt sich noch lustig vor mit seinen dummen Sprüchen, dachte Lauer.

„Kredit verspielt", murmelte er.

„Was?", fragte Nägele.

„Nichts, gar nichts. Alles. Alles ausdrucken. Lauingers Profil, seine Kontaktaufnahme, die elektronischen, die wirklichen, die Turbodatingtermine, alles!"

„Aha, der Herr Kommissar kennt sich aus bei uns. Wie war doch gleich der Name?"

„Lauer", sagte Lauer kleinlaut.

„Lauinger und Lauer, Zufälle gibt es, Herr Kommissar", sagte Nägele und zog die Namen in die Länge. „Lauer, Leo Lauer? User bei mannheim-flirtet.de? Leopold2. Aber, aber, Herr Kommissar. Undercover unterwegs?"

„Ich denke, Sie kennen Ihre Kunden nicht", konterte Susanne und Lauer war froh über die Unterstützung. Doch dann schaute Susanne zu ihm herüber und ihr Blick sagte mehr als tausend Worte. Lauer wäre am liebsten im Boden versunken. Nägele reagierte auf Susannes Aussage nicht und tat, als sei er in die Arbeit am Computer vertieft. Wieder kamen Blätter aus dem Drucker.

„Hier, Herr Kommissar, alles über Peter Lauinger. Der liegt jetzt wie ein offenes Buch vor Ihnen. Das ist alles, was ich Ihnen bieten kann, mehr geht nicht."

Das mochte vielleicht sogar stimmen, aber Lauer hatte gegen den Betreiber der Singlebörse inzwischen eine solche Abneigung entwickelt, dass er aus reiner Schikane seine beiden Begleiter anwies, die zwei Ordner und einen Laptop, der zufällig auf dem Tisch stand, ins Präsidium zu bringen. Nägele setzte an zu protestieren.

„Susanne, würdest du dem Herrn bitte eine Quittung ausstellen?"

„Selbstverständlich, Chef!"

„Und Sie, Herr Nägele, Sie hören von uns. In den nächsten Tagen erhalten Sie eine Vorladung. Einen schönen Tag noch."

Der Mannheimer Akkusativ war ihm auf der Zunge gelegen, Lauer hatte den Impuls unterdrückt. Im Treppenhaus stellte Susanne Lauer zur Rede.

„Warum weiß ich nicht, dass mein Chef Kunde der Singlebörse ist, gegen die wir ermitteln?"

Lauer spielte den Zerknirschten.

„Ich kann's nicht fassen! Mein Chef beim Turbodating. Verdammt, warum haben Sie mir das nicht gesagt?"

„Ich verstehe, dass du wütend bist. Tut mir leid, Susanne. Aber ich dachte, wir wären schon beim Du?"

„Das Du geht mir noch nicht so leicht über die Lippen. Das dauert noch einige Zeit, bis ich mich daran gewöhnt habe. Ignorieren Sie es einfach, Chef, Entschuldigung, ignoriere es, Leo."

Lauer kramte nach seinem Handy und rief Frau Werner an. Er erfuhr, dass immer noch keine Obduktionsergebnisse vorlagen.

„Und der Rentner, Sie wissen schon, der mit den beschlagnahmten Whiskey-Flaschen, der war schon wieder da", sagte Frau Werner. „Er war aufgebracht, hat gedroht, an die Öffentlichkeit zu gehen. Ich konnte ihn kaum beruhigen."

Lauer versprach, sich darum zu kümmern, sobald er wieder in L 6 sei.

„Also, Susanne, dann auf nach Heidelberg zur Rechtsmedizin", sagte er, als sie das triste Mietshaus in Neuostheim verließen.

einundzwanzig

Obduktionsergebnisse

Es fiel Lauer leichter, das heikle Thema im Auto anzusprechen. So konnte er den Blickkontakt vermeiden.

„Gut, dass Sie, dass du das ansprichst. Die Frau hat sich seltsam verhalten."

„Inwiefern?", fragte Lauer nach, als sie das Ortseingangsschild von Wieblingen passierten.

„Wie soll ich das erklären? Es war mehr ein Gefühl."

Susanne schwieg. Erst als sie an einer Ampel anhalten mussten, redete sie weiter.

„Auf der einen Seite tat die Frau vertraut, sie erkundigte sich mehrmals nach dir, fragte, warum du nicht da seiest. Andererseits war sie reserviert, wenn es um das Mordopfer ging. Da musste ich ihr jede Information aus der Nase ziehen. Ich hatte den Eindruck, sie wollte möglichst wenig von ihrer Beziehung zu Peter Lauinger preisgeben. Als sie mitbekam, dass es ein Protokoll geben würde, wurde sie noch reservierter."

„Wie meinst du das mit der Beziehung?"

„Ein Beispiel: Ich bin nicht dahintergestiegen, wie nahe sich die beiden standen. Ich weiß nicht, ob sie miteinander geschlafen haben."

„Das geht uns nichts an."

„Chef, wir ermitteln in einem Mordfall. Natürlich ist dieses Detail von Bedeutung. Ich schnüffele nicht zum Vergnügen in der Privatsphäre von Zeugen herum. Was mir auch komisch vorgekommen ist: Sie betonte mehrmals, dass sie nichts mehr mit Lauinger zu tun gehabt habe."

Lauer lachte auf. Sein Lachen klang falsch.

„Nichts mehr mit ihm zu tun haben. Der Kerl ist tot."

Lauer spürte, wie Susanne ihn ansah. Er blickte starr geradeaus auf die Straße.

„Man könnte fast meinen, Sie wären eifersüchtig", sagte sie. „Der Kontakt war lange beendet, bevor Lauinger ermordet wurde. Das Ende der Beziehung ist auch so eine Sache. Frau Seeigel-Müller hat nicht damit rausgerückt, warum die Beziehung in die Brüche gegangen ist."

Sie waren in Heidelberg. Lauer setzte den Blinker und hielt direkt vor einem Kiosk.

„Die Currywurst ist hier klasse. Auch eine?"

Susanne nickte. Es dauerte einige Zeit, bis Lauer bestellen konnte. Mit zwei Currywürsten in der Hand kam er zum Auto zurück und drückte Susanne eine in die Hand.

„Guten Appetit."

„Haben Sie, hast du den Aufkleber am Kiosk gesehen? ‚Brot für die Welt, die Wurst bleibt hier.' Geschmacklos. Da sollte man nichts kaufen."

Lauer spießte ein Wurststück auf und tunkte es in die Curry-Ketchup-Soße.

„Du darfst das nicht so eng sehen, der Spruch war in den Achtzigern angesagt."

„Wenigstens schmeckt die Currywurst", sagte Susanne.

Als sie mit dem Essen fertig waren und den Abfall entsorgt hatten, fädelte sich Lauer in den Verkehr ein und rollte die Bergheimer Straße entlang. Kurz vor dem Bismarckplatz bog er nach links in die Schneidmühlstraße ab.

„Wo wollen wir parken?"

„Im Woolworth-Parkhaus", sagte Lauer, „das billigste in ganz Heidelberg, ein Euro die Stunde. Und wenn du bei denen einkaufst, ist die erste Stunde gratis."

Lauer zog den Parkschein. Die Schranke ging hoch. Als er das letzte Mal hier parken wollte, hatte ein heilloses Durcheinander geherrscht und Lauer hatte sich nach einer Parkalternative umsehen müssen. Ein Tourist hatte vergessen, dass auf seinem Autodach drei Fahrräder befestigt waren. Trotz der billigen Parkgebühren war das Parken für ihn zu einer teuren Angelegenheit geworden.

„Ganz schön eng hier", sagte Susanne.

„Ich kenne die Frau."

„Wie bitte?"

„Ich kenne Hanne Seeigel-Müller. Hab sie über die Singlebörse kennengelernt, mannheim-flirtet.de."

Susanne zog die Luft hörbar ein.

„Das ist jetzt nicht dein Ernst."

Es war das erste Mal, dass ihr das Du leicht über die Lippen kam.

Lauer erzählte, dass Fabian, sein Sohn, ihm einen Account bei der Mannheimer Singlebörse geschenkt und eingerichtet hatte. Er erzählte von Sonja4 und Regina47, erzählte vom Turbodating und Susanne kommentierte seine Erzählung an mehreren Stellen mit Lachen.

„Und wie nahe seid ihr euch gekommen, du und deine Hanne?"

„Schon nahe, halt. Wie soll ich mich ausdrücken?"

„Leo, du hörst dich an, wie Frau Seeigel-Müller gestern bei der Vernehmung."

„Spricht das jetzt für Hanne oder gegen uns?", fragte Lauer und schloss das Auto ab.

„Ich glaub's einfach nicht", sagte Susanne.

Sie standen vor der Tür und schauten die Wand hoch. Ein einstöckiger Vorbau vor einem achteckigen Turm mit Rundfenstern, Sockel und Fensterstürzen aus rotem Sandstein. Dahinter eine Kapelle, die jetzt als Bibliothek genutzt wurde. Eher wie eine mittelalterliche Burg als ein Institut für Rechtsmedizin, dachte Lauer, als Susanne und er vor dem Gebäude in der Voßstraße standen. Er drückte ein zweites Mal auf die Klingel.

„Immer schön langsam", schallte es ihnen aus der Gegensprechanlage entgegen.

„Lauer, Kripo Mannheim."

„Kommen Sie hoch, geradeaus durchgehen, immer geradeaus."

Susanne, die zum ersten Mal hier war, war überrascht, dass es nicht abwärtsging.

„Die Pathologie ist doch immer im Keller", sagte sie.

„Du meinst im Fernsehkrimi."

Schon auf der Treppe hatte Lauer den typischen Geruch in der Nase, nicht vorherrschend und penetrant, eher wie eine leise Drohung im Hintergrund.

„Damals in der Schimperstraße war der Geruch kaum zum Aushalten. Das hier ist ja regelrecht dezent", sagte Susanne, die anscheinend Lauers Gedanken lesen konnte.

„Der Geruch war anders", sagte Lauer und beließ es dabei. Sie kamen an zwei Büros vorbei, in denen sich kein Mensch befand. Die Tür, auf die sie zusteuerten, stand einen Spalt offen. Der Sektionssaal hatte keine Fenster und war hell erleuchtet, Neonröhren, Scheinwerfer auf Schwenkstativen. Mehrere Rollbahren aus Metall, alle leer, einige fest am Boden verschraubte Obduktionstische, Werkzeuge, wohin man sah. Messer, Sägen in verschiedenen Größen, Meißel, Metalltabletts zur Aufnahme von Organen, Ablaufrinnen, Gummischürzen an Haken an der Wand, Überschuhe, Handschuhe. Die Schöpflöffel in diversen Größen erinnerten Susanne an die Küche in Schwetzingen im Lokal ihrer Eltern. Für Lauer war der Sektionssaal ein Bild des Grauens. Er traute sich nur hierher, wenn es unvermeidbar war. Dr. Julia Langner winkte ihnen. Sie stand im hinteren Teil des Raumes zwischen zwei Obduktionstischen, die mit grünen Tüchern bedeckt waren.

„Sie können es nicht abwarten", sagte die Ärztin. „Mein Kollege Dr. Adelmann ist leider nicht da. Rückfall, sein Kreuz, Sie wissen ja. Er liegt flach. Sie müssen mit mir vorlieb nehmen."

Lauer kam sofort zur Sache: Todesursache des Obdachlosen, natürlich oder gewalttätig? Todeszeitpunkt bei beiden Opfern?

„Fangen wir mit dem Einfachen an", antwortete Julia Langner. „Der ältere Herr vom Wasserturm wurde

144

erschlagen, eindeutig. Ein Berstungsbruch, entstanden durch großflächige, stumpfe Gewalteinwirkung, Gestaltveränderung des gesamten Schädels, die Kugelform wird zum Ellipsoid."

„Tatwaffe?", fragte Lauer.

„Der Schlag wurde von hinten oben ausgeführt, wahrscheinlich saß das Opfer. Der Schlag traf mit großer Wucht auf die Schädeldecke. Die getroffene Fläche ist größer als 16 Quadratzentimeter. Ein schwerer Hammer, wie er zum Beispiel im Straßenbau verwendet wird. Aufgrund der Wucht der Verletzung gehe ich davon aus, dass der Täter mit aller Gewalt zugeschlagen hat und dass das Gerät mindestens ein Gewicht von einem Kilo hat, wahrscheinlich mehr."

„Todeszeitpunkt?"

„Da muss ich leider passen. Die Leiche war künstlich tiefgefroren, vielleicht in einer ganz profanen Haushaltstiefkühltruhe. Es ist uns nicht möglich, die Gefrierdauer festzustellen. Ich weiß, das stellt Sie vor Probleme."

„Eigentlich nicht", sagte Susanne. „Den Zeitpunkt, an dem das Opfer zuletzt gesehen wurde, können wir genau eingrenzen. Es handelt sich bei dem Mann übrigens um Peter Lauinger aus Mannheim, einen Vermögensberater."

„Wobei es ja nicht heißt, dass Zeitpunkt des Verschwindens und der Todeszeitpunkt gleich sind", sagte die Ärztin.

Susanne nickte.

„Was Sie weiter interessieren dürfte: Das Opfer, Herr Lauinger, war nicht alkoholisiert, aber gesundheitlich nicht in bester Verfassung. Die Leber angegriffen, der nichtalkoholisierte Zustand scheint nicht der Normalzustand gewesen sein. Und die Herzkranzgefäße sind, um es salopp auszudrücken, verkalkt. In nicht allzu ferner Zukunft wäre der arme Mann um eine Koronarangiographie nicht herumgekommen."

145

„Eine was?", fragte Lauer.

„Herzkatheter. Auf jeden Fall ist ihm eine Bypass-Operation erspart geblieben."

Lauer wunderte sich über den Humor der Ärztin.

„Dann zum Obdachlosen. Da ist die Sache, wie soll ich es sagen, ein wenig undurchsichtiger, verwirrender."

„Natürliche oder unnatürliche Todesursache?", unterbrach Lauer die Pathologin. Obwohl er es nicht beabsichtigte, hörte sich sein Einwand drängend an.

„Geduld, bitte, ich muss ausholen. Mein Kollege Dr. Adelmann, der das Opfer am Tatort untersucht hat, ging, das ist aus seinen Notizen zu ersehen, von einer natürlichen Todesursache durch Erfrieren aus. Wobei wir darüber streiten könnten, ob erfrieren natürlich ist. Was mich zuerst stutzig werden ließ, war die Tatsache, dass die Körpertemperatur, die mein Kollege am Tatort festgestellt hat, mit der Außentemperatur nicht korrelierte."

„Das heißt?", fragte Susanne.

„Die Körpertemperatur war für die bestehende Außentemperatur zu niedrig. Oder anders formuliert: Bei den in der Nacht vom Montag auf Dienstag herrschenden Temperatur hätte die Körpertemperatur des Opfers höher sein müssen."

„Das habe sogar ich verstanden", sagte Lauer. „Aber was bedeutet das?"

„Ganz einfach: Das Opfer muss künstlich gekühlt worden sein."

„Zum Beispiel in einer profanen Haushaltstiefkühltruhe", schlussfolgerte Susanne.

„Möglich."

„Also ist der Penner erfroren, aber nicht natürlich", sagte Susanne.

„Nein", antwortete die Ärztin. „Erfrieren kann ich als Todesursache definitiv ausschließen. Auch wenn Dr. Adelmann das anders gesehen hat."

Lauer und Susanne sahen sich an. Die Ärztin lächelte.

„Ich kann Ihr Unverständnis verstehen. Langsam. Und der Reihe nach. Alles, was ich Ihnen jetzt erzähle, geschieht unter Vorbehalt. Den endgültigen Obduktionsbericht kann ich Ihnen erst zukommen lassen, wenn ich mich mit Dr. Adelmann abgestimmt habe. Aber ich bin mir sicher , dass Friedrich mit meinen Schlussfolgerungen übereinstimmen wird."

Friedrich, dachte Lauer kurz. Er hatte den Eindruck, dass die Ärztin bei Clement in die Lehre gegangen sein musste. Im Auf-die-Folter-spannen war sie nicht zu schlagen.

„Das Opfer war alkoholisiert, zum Todeszeitpunkt ca. 1,6 bis 1,8 Promille, würde ich sagen. Dann habe ich eine hohe Konzentration von Luminal gefunden, auch als Phenobarbital bekannt, ein Barbiturat gegen Krampfanfälle, verschreibungspflichtig, nicht ungefährlich bei dauerhafter Einnahme, viele Hausärzte verschreiben das bei Epilepsie. Das Medikament wirkt auch gut gegen Schlafstörungen. Früher wurde es dafür auch verschrieben, heute wird es auch gerne bei Suiziden eingesetzt. Mindestens zehn Tabletten á 100 Milligramm, gemörsert, nehme ich an, die Tabletten waren vollständig aufgelöst, heimlich in ein Getränk gemischt, wahrscheinlich Bier oder Wein, beide Substanzen konnten im Magen nachgewiesen werden. Die Kombination mit Alkohol ist wegen einer Wirkungsverstärkung fatal."

„Stirbt man an zehn Schlaftabletten?", fragte Susanne.

„Wohl kaum. Aber daran ist er auch nicht gestorben. Ich habe eine weitere Substanz in seinem Körper entdeckt. Pancuronium, auch Pancuroniumbromid, ein Wirkstoff, der als Muskelrelaxans verwendet wird. Bei Verabreichung kommt es zu einer schlaffen Lähmung der willkürlich bewegbaren Muskeln. Der Arzneistoff wird vor allem bei Narkosen verwendet, eine maschinelle Beatmung ist erforderlich. In den USA wird Pancuronium mit zwei weiteren Substanzen bei der Hinrichtung durch die Giftspritze verabreicht. Seine Aufgabe ist hier, den Delinquenten zu paralysieren, wobei Atemlähmung, Atemdepression und Herzstillstand durch Sauerstoffmangel die Ursachen des Todes sind."

„Keine natürliche Todesursache?", fragte Lauer.

„Richtig, der Obdachlose wurde ermordet. Zuerst Alkohol, den dürfte er noch freiwillig zu sich genommen haben, vermischt mit dem Barbiturat. Als er dann weggetreten war, hat der Täter ihm eine gut dosierte Spritze mit dem Pancuronium, drei, vier Ampullen á vier Milligramm, gesetzt. Pancuronium wird normalerweise intravenös verabreicht, was ein Laie kaum schaffen wird. Es ist allerdings eine intramuskuläre Injektion möglich, am Oberarm oder am Oberschenkel, dafür benötigt man eine höhere Dosierung. In unserem Fall hat sich der Täter für den Oberarm als Einstichstelle entschieden. Hier sehen Sie: Ein kleines Hämatom am Oberarm. Nicht fachmännisch."

Die Ärztin packte das Leinentuch und schlug es zurück. Lauer war so überrascht, dass er nicht wegschauen konnte. Sein Blick blieb an dem Bluterguss hängen, den Julia Langner vorher beschrieben hatte.

„Einen Arzt halte ich als Täter eher für unwahrscheinlich."

„Das hilft uns nun wirklich weiter", sagte Susanne.

Lauer nickte innerlich. Clements Hoffnung war wie eine Seifenblase zerplatzt. Es gab zwei Morde und es gab wahrscheinlich einen Mörder. Da war Lauer sich sicher.

„Todeszeitpunkt?"

Die Ärztin ließ sich Zeit mit ihrer Antwort und deckte die Leiche umständlich wieder zu.

„Auch in diesem Fall nicht so einfach. Zwischen 18 und 22 Uhr am Montagabend. Nach der Spritze ist er in eine Kühltruhe gepackt worden. Druckstellen unter den Achseln, Hämatome an den Fersen. Möglicherweise hat ihn der Täter eine Treppe hinuntergeschleift. Wenn der arme Kerl Glück gehabt hat, ist er in der Tiefkühltruhe einfach erstickt, ohne vorher noch einmal aufzuwachen. Wenn nicht, möchte ich niemandem so einen Tod wünschen. Sie sind gelähmt, Sie können sich nicht bewegen, Sie bekommen keine Luft, Sie ersticken, Sie können nichts dagegen machen, obwohl Sie voll bei Bewusstsein sind, Sie können nicht um Hilfe rufen, Sie können sich nicht bewegen und, ich wiederhole mich, Sie sind bei Bewusstsein. Und zu allem Überfluss sind Sie auch noch in einer engen Truhe eingesperrt wie in einem Sarg. Stellen Sie sich das vor."

Lauer wollte sich das nicht vorstellen.

„Darf ich Sie zu einer Tasse Kaffee einladen? Wir haben einen nagelneuen Kaffeeautomaten, einen Vollautomaten, ein wahres Wunderding."

Lauer, der dem Geruch entfliehen wollte, wollte ablehnen, als er Susannes strahlendes Gesicht sah. Der Cappuccino schmeckte wirklich gut. Und im Grunde gab es fast etwas zu feiern. Sie wussten jetzt zweifelsfrei, dass sie es mit zwei Mordfällen zu tun hatten.

„Wie kommt jemand an dieses Muskelrelaxans?", fragte Susanne, während sie darauf warteten, dass der Kaffee abkühlte.

„Dafür sind eigentlich Sie zuständig", sagte Julia Langner. „Aber wenn Sie an meiner Meinung interessiert sind: Ein Arzt kommt an das Zeug ran. Ob eine illegale Beschaffung über das Internet möglich ist, dafür kenne ich mich in der Materie zu wenig aus. Jemand, der Zugang zu dem Stoff hat, könnte ihn unter der Hand verhökert haben."

„Wer?"

„Vielleicht ein Krankenpfleger, was weiß ich. Diese Medikamente sind zwar rezeptpflichtig, unterliegen in der Klinik aber keiner gesonderten Dokumentation. Somit kommen sowohl ein Krankenpfleger als auch ein Rettungssanitäter an diese Medikamente heran."

Ein Kaufhaus für arme Leute, dachte Susanne, als sie zusammen mit Lauer an der Kasse des Woolworth am Bismarckplatz wartete. Ein Kunststoffgeruch lag in der Luft. Schlimmer als in der Pathologie, dachte Susanne. Leute, die sich über die Wühltische hermachten und sich nicht entscheiden konnten. Eine niederdrückende Stimmung. Lauer hatte darauf bestanden, dort einzukaufen. Bei einem Einkauf im Wert von fünf Euro war die erste Parkstunde kostenlos. Lauer hatte lange im Sortiment gesucht. Zehn Billigbatterien, ein Extremkleber, der später nach dem ersten Gebrauch hart werden würde, und Filzgleiter für Möbel, acht Stück, alles zusammen 5,48 Euro. Nur langsam näherten sie sich der Kasse. Die Schlange war lang und Lauer hatte den Eindruck, als gehe es nicht voran. Zweite Kasse öffnen, lag ihm auf der Zunge, er unterdrückte den Impuls. Die Verkäuferin an der Kasse sah aus, als würde sie jeden Moment kollabieren. Schweiß stand auf ihrer Stirn, obwohl es in dem Kaufhaus alles andere als warm war, höchstens stickig. Lauer war froh, als er an die Reihe kam, bezahlen konnte und die Verkäuferin nicht vom Stuhl gefallen war.

„Jetzt wissen wir wenigstens, woran wir sind. Der Obdachlose wurde ermordet", sagte Lauer, als er und Susanne auf der Treppe zu den unteren Parkdecks unterwegs waren.

„Ich lade dich zum Essen ein. Und danach geht's ab ins Café Landes."

„Aber wir haben schon gegessen", protestierte Susanne.

„Du meinst die Currywurst? Die war doch nur für den hohlen Zahn."

zweiundzwanzig

Das Unglück kommt nie alleine

Es kommt nur einmal, das Glück, wenn überhaupt, höchstens zweimal. Wenn es zweimal kommt, dann liegt dazwischen eine lange Zeit. Anders ist es beim Unglück. Es kommt nie alleine und es kommt immer kurz hintereinander. Es gibt Menschen, die haben in ihrem Leben Glück noch nie wirklich empfunden. Die meisten Menschen sind ein einziges Mal glücklich in ihrem Leben, gut, vielleicht ein zweites Mal. So richtig glücklich, meine ich. Als unser Sohn geboren war, waren Ingrid und ich glücklich. Eine Art von Dauerglück könnte man es nennen. Wir waren nicht jeden Augenblick glücklich, das nicht. Aber unser Leben hatte sich verändert, unsere Grundeinstellung war eine andere. Unser Blick auf das Leben. Auf die Zukunft. Wir lebten nicht mehr vor uns hin. Unsere Arbeit, die bisher unser Leben beherrscht hatte, verlor an Bedeutung. Natürlich gab meine Frau ihre Arbeit auf, sie ist gelernte Steuerberaterin. Sie wollte in den ersten Jahren voll und ganz für Jens da sein. Jens. Unser Sohn. Wir hatten ein Ziel, etwas, für das es sich lohnte zu leben. Unser kleiner Sohn! Das erste Lächeln, die erste Erkältung, das erste gemeinsame Weihnachtsfest, der erste Zahn, der erste Geburtstag, die ersten Schritte. Die ersten Worte. „Mama" und „Papa". Wir waren glücklich. Wir waren eine kleine Familie und unsere Familie war glücklich. Wissen Sie, was das ist, Glück? Wann waren Sie zuletzt glücklich? So richtig, meine ich? Wir freuten uns auf jeden Tag mit unserem Sohn. Wir freuten uns auf die Zukunft. Wir hatten eine Perspektive.

Wir waren glücklich. Bis zu jenem Tag. Es war der 12. Februar 2008. Jens war fünf Jahre alt. Der Arzt teilte uns die Diagnose mit. Jetzt war es unwiderruflich. Drei Wochen vor diesem 12. Februar hatte es angefangen. Drei Wochen, in denen wir hin- und hertaumelten zwischen Hoffnung und Verzweiflung. Drei Wochen, in denen wir uns an jeden Strohhalm klammerten. Jens schielte, sah Doppelbilder. Das war am Anfang für ihn ganz lustig, zumindest lachte Jens, wenn er uns erzählte, was er sah. Wir gingen zum Arzt. Der beruhigte uns, Sehstörungen, kein Grund zur Besorgnis. Er schickte uns ins Theresienkrankenhaus. Kernspintomografie. Das Ergebnis war eindeutig. Ein Tumor. Zwei Möglichkeiten, klärte uns der Arzt auf. Ein Meningeom. Ich weiß nicht, ob Sie sich auskennen. Bei Kindern sehr selten. Meist gutartig, nur in den wenigsten Fällen bösartig. Trotzdem keine Entwarnung. Das Problem: Es wächst oft so schnell. Wenig Platz im Gehirn, ein nussgroßes Geschwulst kann zu bleibenden Schäden führen, kann das Gehirn „sprengen". Wenn das Meningeom ungünstig liegt, wird eine Operation gefährlich. Kollateralschaden. Lassen Sie sich das Wort auf der Zunge zergehen. Kollateralschaden. Ich kannte das Wort bisher nur in einem anderen Zusammenhang.

Zweite Möglichkeit: ein Astrozytom, ein hirneigener Tumor, der das Gehirn infiltriert, sich im Gehirn ausbreitet, nicht das Gehirn verdrängt. Meist bösartig, aber eine Operation ist nicht so schwierig, dafür tritt ein anderes Problem auf, erklärte uns der Arzt. Wie viel Gehirnmasse kann mit dem Tumor entfernt werden, ohne dass Schäden auftreten? Wir waren von diesen angeblichen Alternativen wie vor den Kopf gestoßen. Pest oder Cholera?

Die Untersuchungen begannen. Wenig hilfreiche Blutuntersuchungen, zumindest konnte ausgeschlossen werden, dass die Hormonproduktion der Hirnanhangsdrüse in Mitleidenschaft gezogen wurde. Der Arzt stellte den Befund dar, als handele es sich um einen Erfolg. Seine Erklärung, warum das positiv sei, haben weder meine

Frau noch ich verstanden. Wir waren inzwischen so deprimiert, dass wir nicht nachfragten. Um Sicherheit zu bekommen, war eine Gewebeuntersuchung nötig, eine stereotaktische Punktion. Die hierzu erforderliche Gewebeprobe sollte im Rahmen einer Biopsie entnommen werden. Eine Gewebeentnahme, das hört sich harmlos an. Eine Gewebeentnahme aus dem Schädel eines Fünfjährigen, können Sie sich das vorstellen? Ein Loch wird durch den knöchernen Schädel gebohrt. Ein Loch im Kopf! Mithilfe einer Nadel wird Gewebe aus dem Gehirn entnommen. Versuchen Sie sich das vorzustellen! Wir waren verzweifelt. Wir hofften. Jens war tapfer. Wir hofften auf ein gutartiges Meningeom, das sich unkompliziert entfernen ließ. Dann kam der 12. Februar 2008. Ich werde diesen Tag niemals in meinem Leben vergessen. Das Ergebnis: Ein Meningeom, schon an sich bei Kindern selten. Bösartig! Äußerst selten! Der Tumor sitze direkt hinter dem Sehnerv. Eine Operation riskant, unverantwortlich. Schwere Funktionseinbußen seien zu befürchten. Wieder sprach der Arzt von Kollateralschaden. Nicht kalkulierbare Risiken! Erblindung! Schädigung des Gehirnstamms! Immerhin das Atem- und Kreislaufzentrum! Gehirnschaden! Unkalkulierbar alles! Der Arzt weigerte sich zu operieren. Wir zogen weitere Spezialisten hinzu, einen Neurochirurgen aus Hamburg, einen aus München. Die Diagnose unverändert. Zu riskant, unverantwortlich, eine Operation ausgeschlossen. Also wurde eine Strahlentherapie als Behandlungsschwerpunkt gewählt. Das volle Programm. Ganzhirnbestrahlung. Dann präzise Radiochirurgie zum Einbringen kleinster Teilchen, die nur die unmittelbare Umgebung des Tumors bestrahlten. Das Ergebnis war niederschmetternd. Für die Zeit der Bestrahlung war das Wachstum des Tumors gestoppt, unmittelbar nach Absetzen der Therapie wuchs der Tumor weiter. Wir versuchten alles. Fuhren mit ihm nach Frankfurt. Dort wurde Jens mit dem Gamma-Knife bestrahlt, ein neues Gerät zur gezielten Bestrahlung. In Deutschland gibt es nur wenige dieser Apparate. Dazu erhielt Jens hoch dosiertes Kortison gegen den Hirndruck, das beginnende Hirnödem und die Kopfschmerzen sowie ein Antiepileptikum gegen die Krampfanfälle. Das Wachstum verlangsamte sich. Zumindest redeten meine Frau und ich uns das ein. Vier stationäre und zwei ambulante Chemos, Jens wurde schlapper und blass, seine Haare fielen aus, aber er blieb der witzige und gut gelaunte Junge, den wir so liebten. Voller Stolz trug er die rot-blau-gestreifte Wollmütze, die seine Oma für ihn gestrickt hatte. Jens kämpfte.

Ich recherchierte im Internet und stieß auf eine Klinik in den USA, die sich auf aussichtslose Operationen spezialisiert hatte. Wir wollten nicht aufgeben, solange es noch den Hauch einer Chance gab. Jens' Sehkraft ließ nach, der Hirndruck quälte ihn. Und der Tumor wuchs. Jens musste sich täglich mehrmals erbrechen, es kam zu Aussetzern beim Atmen, weil der Tumor auf das Atemzentrum drückte. Lars, sein bester Freund, besuchte ihn fast jeden Tag im Krankenhaus. Irgendwann Ende September konnte er es nicht mehr ertragen, Jens zu sehen. Für unseren Sohn ein weiterer Tiefschlag. Am 19. Oktober ging es Jens so schlecht, dass er auf die Intensivstation verlegt werden musste. Dort trat kurzzeitig eine Besserung ein, zwei Tage später war uns klar, dass Jens sterben musste. Er selbst verlor darüber kein Wort, an seinem Blick sahen wir, dass er es ahnte, dass er es wusste.

Dann musste Jens beatmet werden. Im künstlichen Koma lag er noch acht Tage. Während dieser Zeit war Ingrid ununterbrochen bei ihm. Ich besuchte Jens morgens und abends, so oft ich konnte. Am 3. November 2008 abends um 21:32 Uhr starb unser einziger Sohn Jens.

154

dreiundzwanzig

Einschub

Es war immer dasselbe. Wenn Lauer vor dem Tor der Justizvollzugsanstalt stand, musste er jedes Mal den Kopf einziehen. Der Beamte an der Pforte begrüßte ihn wie einen alten Bekannten.

„Zu dem Schenk wollen Sie, Herr Hauptkommissar? Dann mal viel Spaß."

Der Beamte grinste. Lauer kam es bedeutungsvoll vor.

„Sie müssen sich zur Krankenstation begeben. Unser Insasse wurde heute Morgen eingewiesen."

Wieder ein Grinsen. Was dieses Grinsen zu bedeuten hatte, würde sich bald aufklären. Frau Werner hatte Lauer und Susanne angemeldet. Bernd Schenk war sofort bereit, mit ihnen zu reden. Sie folgten der Beamtin, die sie zur Krankenstation führte. Dort saßen sie im Empfangsraum und warteten. Nach zehn Minuten ging die Tür auf. Den Arzt kannte Lauer. Sie begrüßten sich mit Handschlag. Schenk trug einen weißen Frotteebademantel und bewegte sich seltsam steifbeinig.

„Schön, Sie hier zu sehen", sagte der Arzt. „Ausgerechnet den Schenk wollen Sie sprechen, ausgerechnet heute."

Und wie der Beamte am Eingang grinste der Arzt Susanne und Lauer an. Lauer wunderte sich.

„Ich hoffe, Ihr Patient ist nicht ernsthaft erkrankt", sagte Lauer.

„Das soll er Ihnen am besten selbst erzählen", sagte Dr. Drees. Lauer war der Name eingefallen. „Auf jeden Fall ist er ohne Einschränkung vernehmungsfähig. Worum geht es?"

„Das kann ich nur Ihrem Patienten sagen."

„Okay, ich lasse Sie allein. Wenn was ist, sagen Sie dem Krankenpfleger Bescheid. Der ruft mich."

„Setzen Sie sich", sagte Lauer, setzte sich an den Tisch im Besprechungsraum, an dem Susanne schon Platz genommen hatte.

„Ich bleibe stehen", sagte der Mann im Bademantel.

Lauer war verwirrt und folgte einem Impuls und stand ebenfalls auf.

„Wie Sie wollen, auch wenn es im Sitzen gemütlicher und ungezwungener wäre", sagte Lauer. „Reden wir halt im Stehen miteinander."

„Für mich ist es im Stehen auf jeden Fall gemütlicher", sagte Bernd Schenk und grinste.

„Verdammt", sagte Lauer. „Alle grinsen uns an, der Beamte am Eingang, Ihr Arzt und jetzt Sie. Gibt es einen Grund?"

„Nein, nein", sagte der Mann im Bademantel. „Aber im Moment habe ich Probleme mit dem Sitzen. Und der Grund ist ein wenig delikat. Ich möchte nicht darüber reden. Wenn Sie das verstehen."

„Ich verstehe gar nichts", sagte Lauer und setzte sich. „Aber gut, bleiben Sie stehen, behalten Sie den Grund von mir aus für sich, beantworten Sie bitte meine Fragen wahrheitsgemäß."

„Nur wenn ich mich nicht selbst belasten muss. Ich weiß nicht, was Sie wollen. Die Ermittlungen sind längst abgeschlossen. Alles liegt bei der Staatsanwaltschaft. Ich warte darauf, dass mein Prozess endlich anfängt", sagte Schenk und in seiner Stimme lag eine gewisse Ungeduld.

„Es geht um den Toten am Wasserturm", griff Susanne den Faden auf.

„Der Mord am Wasserturm?"

„Genau der. Sie wissen Bescheid?"

„Ich bin zwar im Knast, aber nicht auf dem Mond. Mord? Es geht um Mord? Sie wollen mir doch keinen

156

Mord anhängen. Was rege ich mich auf. Ich habe ja ein wasserdichtes Alibi. Schließlich sitze ich schon einige Zeit hier in U-Haft."

„Wir wollen Ihnen keinen Mord anhängen. Wir brauchen Ihre Hilfe", sagte Susanne und Lauer wunderte sich, wie die junge Kommissarin es schaffte, für ein günstiges Gesprächsklima zu sorgen. „Der Tote vom Wasserturm war an Armen und Beinen mit einem Kreppband gefesselt. Und an dem Klebeband fanden sich DNA-Spuren. DNA-Spuren, die eindeutig Ihnen zugeordnet werden konnten."

Susanne machte eine Pause. Am Gesichtsausdruck des Untersuchungshäftlings sah Lauer, dass dieser sprachlos war. Nach einer langen Pause kam eine Reaktion.

„Meine DNA-Spuren bei dem Toten am Wasserturm? Was erzählen Sie da?"

„Es gibt keinen Zweifel. Wir fragen uns, wie kommen die Spuren dahin?", sagte Lauer.

„Sie machen Witze. Sie wollen mich reinlegen. Ich sage nichts mehr."

Das günstige Klima war mit einem Schlag weggewischt.

„Wir wollen Sie nicht reinlegen, wir verdächtigen Sie nicht. Wir sind selbst ratlos. Und wir hoffen, dass Sie uns weiterhelfen können", sagte Susanne. „Kannten Sie den ermordeten Peter Lauinger?"

„Der Name sagt mir nichts."

Lauer legte ein Foto Lauingers auf den Tisch. Schenk betrachtete sich das Bild lange und genau. Lauer sah, dass es in dem Mann arbeitete. Er beugte sich vor, stöhnte auf, griff sich an den Rücken, dann nach dem Foto, betrachtete es nochmals genau und legte es wieder zurück auf den Tisch. Noch immer arbeitete es in ihm. Gleich wird er den Kopf schütteln, sagte sich Lauer und war sicher, dass der Häftling abstreiten würde, Lauinger zu kennen.

157

„Der kommt mir bekannt vor", sagte Schenk endlich zu Lauers Überraschung.

„Was heißt das?", fragte Susanne.

„Ich bin ihm schon mal begegnet, aber ich weiß noch nicht so richtig, wo ich ihn hinstecken soll."

„Überlegen Sie in Ruhe. Es wäre unheimlich wichtig, wenn Sie uns weiterhelfen könnten."

„Was springt für mich heraus?"

„Sie stehen nicht zum ersten Mal vor Gericht", sagte Lauer. „Sie wissen, wie das abläuft. Dann werden Sie wissen, dass bei uns die Gerichte unabhängig sind."

„Aber Sie könnten uns behilflich sein, einen brutalen Mörder zu finden und seiner gerechten Strafe zuzuführen", sagte Susanne und Lauer fand, dass das pathetisch klang. Aber es wirkte.

„Ich glaube, mich an den Mann zu erinnern. Ich habe im September einen Computerkurs angefangen, irgendein Datenbankprogramm. Aber der Kurs war langweilig. Ich bin zwei- oder dreimal hingegangen und habe dann abgebrochen. War unterfordert. Dieser tote Mann war auch in dem Kurs. Der hatte von Computern keinerlei Ahnung."

„Ein Gauner bildet sich am PC fort", murmelte Lauer vor sich hin.

„Wo war der Kurs? Welches Programm?", fragte Susanne.

„Abendakademie, wie das Programm hieß, habe ich vergessen."

„Herr Schenk, wir danken Ihnen. Sie haben uns sehr geholfen", sagte Lauer. So wie er es sagte, klang es ironisch, und wenn er ehrlich war, war es auch so gemeint. Er klingelte.

„Man tut, was man kann."

Ein Wärter kam ins Zimmer und führte den Häftling ab. Schon an der Tür blieb Schenk stehen und drehte sich um.

158

„Die DNA-Spuren."

„Ja", sagte Lauer.

„Ich hab da am PC gesessen und natürlich die Tastatur bedient. Können die Spuren nicht von daher kommen?"

Als Lauer nicht reagierte, verließ Schenk endgültig den Raum. So wie er aus dem Zimmer ging, war sein unnatürlicher Gang noch auffallender. Auch der Wärter grinste Lauer und Susanne zu.

„Das bringt uns weiter", sagte Susanne, als sie das Besprechungszimmer der Krankenstation verließen. Auf dem Flur trafen sie den Arzt.

„Was ist mit dem Typen los?", fragte Lauer, den Susannes Aussage verunsichert hatte. „Warum läuft der so stocksteif herum? Und kommen Sie mir jetzt nicht mit dem Arztgeheimnis."

„Mit dem müsste ich in der Tat kommen. Aber im Vertrauen gesagt und nur wenn Sie versprechen, es nicht an die große Glocke zu hängen. Der Schenk hat einen Stimulator im Anus."

„Bitte?"

Lauer war ehrlich entsetzt oder ein guter Schauspieler.

„Unser Freund hat sich einen Stimulator, Sie kennen die Dinger, Beate Uhse, mehr sage ich nicht, unser Freund hat sich so ein Ding in den Hintern geschoben und dabei hat er zu weit geschoben. Und jetzt ist es weg, voll und ganz reingeflutscht."

„Sachen gibt es", sagte Lauer.

„Es gibt noch viel mehr", sagte Dr. Drees. „Vor Monaten hatten wir einen, der hat einen runden Holzeierbecher an einer Schnur eingeführt und dann hat sich der Knoten gelöst und die Schnur ist ohne den Eierbecher herausgekommen. War ,ne knifflige Angelegenheit, das Ding herauszuholen."

„Und wie wollen Sie den Stimulator ans Tageslicht holen?", fragte Lauer.

159

„Mit viel handwerklichem Geschick. Wenn wir Glück haben, können wir eine Operation vermeiden."

„Einen Eierbecher kann ich mir ja noch vorstellen", sagte Susanne.

„Du kannst dir was vorstellen?", unterbrach Lauer seine Kollegin.

„Lass mich ausreden. Einen Eierbecher kann ich mir im Gefängnis noch vorstellen. Aber wie kommt ein Häftling an einen Stimulator?"

„Tja, das herauszufinden, dafür sind Sie, die Polizei, zuständig", sagte der Arzt und verabschiedete sich von Susanne und Lauer.

vierundzwanzig

Nostalgie

Es ging auf Mitternacht zu. Lauer steckte den Schlüssel ins Schloss seiner Wohnungstür, der Ärmel rutschte hoch, sein Blick fiel auf seine Armbanduhr und er war überrascht, dass es schon so spät war. Hätte ihn jemand nach der gefühlten Zeit gefragt, er hätte 21 Uhr geantwortet, höchstens eine halbe Stunde später. Aber es war so eine Sache mit den gefühlten Einschätzungen. Die gefühlte Temperatur. Der gefühlte Kontostand. Die gefühlte Liebe. Wunsch und Wirklichkeit stimmten oft nicht überein. Im Flur blinkte das Lämpchen des Anrufbeantworters. Lauer drückte die Taste und hängte seinen Mantel an die Garderobe.

„Sie haben eine neue Nachricht. Heute um 20:27 Uhr. Hier Ihre neuen Nachrichten: ‚Hallo, Leo, hab dich nicht erreicht, hatte Sehnsucht nach dir heute Abend. Wenn es bei dir nicht zu spät wird, ruf zurück. Bis 22 Uhr bin ich wach. Hab morgen einen wichtigen und anstrengenden Tag. Ich freue mich, wenn du noch anrufst, Hanne.'"

Das hatte sich erledigt. Lauer warf einen Blick ins Wohnzimmer. Eng zusammengerollt auf dem Sofa lag der Kater. Er hatte keinen besonderen Namen. Lauer nannte ihn einfach Kater. Im heißen Sommer 2007 war er ihm zugelaufen, hatte erst nur ab und zu vorbeigeschaut, sich abends auf dem Balkon füttern lassen und war, als der Herbst kam und die Nächte kälter wurden, stillschweigend bei ihm eingezogen. Lauers Verhältnis zu Katzen war früher eher ein angespanntes gewesen. Als Lauer klein gewesen war, hatte seine Mutter über die Nachbarkatze geschimpft, weil sie ihr Geschäft in seinem Sandkasten verrichtet hatte. Und sie hatte die Katze mit seltsamen Lauten verjagt, wenn sie sich in der Nähe des Sandkastens gezeigt hatte. Ob Mutters Verhalten dazu

beitrug, dass der kleine Leo einen regelrechten Reinlich-
keitstick bekam, lässt sich nicht mehr nachprüfen. Jedenfalls kam er alle fünf Minuten angelaufen und ließ sich
die Hände waschen. Seine Mutter hatte ihm von einer
Stadt in Flandern erzählt, die Bewohner warfen Katzen
jeden Winter massenhaft vom Stadtturm.

„Das sollten die mal bei uns machen! Das wäre was
Vernünftiges, was die Politiker beschließen könnten",
sagte seine Mutter. Lauer wusste nicht, was Politiker
waren, seine Meinung über sie war seit seiner frühesten
Kindheit negativ geprägt und hatte sich im Laufe der
Jahre nur unwesentlich geändert. Anders bei Katzen.
Er hatte sich früher nie vorstellen können, eine Katze zu
haben, doch er gewöhnte sich an den Kater. Er wusste
nicht, wie alt er war, nicht mehr der jüngste, das auf jeden Fall.

„Hallo, Kater", rief Lauer, der Kater regte sich nicht.
Anfangs wollte Lauer das Tier nicht im Schlafzimmer
haben, der Kater hatte sich schnell durchgesetzt. Meist
schlief er am Fußende des Bettes. Er war nicht aufdring-
lich, haarte nur mäßig und störte Lauers Kreise nicht.
Nur morgens, wenn es auf die Sechs zuging, meldete
er sich, schnurrte laut, umrundete Lauer im Bett immer
wieder und forderte mit mehrmaligem Miauen einen gefüllten Napf. Dabei machte er keinen Unterschied zwischen Werktagen und Sonn- und Feiertagen. Der Kater
und Lauer kamen gut miteinander aus. Lauer konnte sich
ein Leben ohne ihn nicht mehr vorstellen. Die Nacht von
Dienstag auf Mittwoch, als Hanne bei ihm übernachtet
hatte, war die erste Nacht seit Langem gewesen, in der
Kater aus dem Schlafzimmer ausgesperrt gewesen war.
Vielleicht war er noch beleidigt und würdigte Lauer deshalb keines Blickes.

Nach dem Besuch im Café Landes hatte Lauer Susanne
zum Bahnhof gebracht, sie noch zu einer Tasse Kaffee

eingeladen und hatte, nachdem ihr Zug nach Schwetzingen eingefahren war, einen Abstecher ins Polizeipräsidium gemacht. Er grüßte den diensthabenden Kollegen an der Pforte. Frau Werner war schon weg. Auf seinem Schreibtisch fand er zwei Nachrichten, die sie so platziert hatte, dass er sie sehen musste. Die erste Nachricht war ein handschriftlicher Zettel der Oberkommissarin Meyers. Wie hieß sie eigentlich mit Vornamen? Lauer konnte es nicht sagen, obwohl er sie schon Jahre kannte und mit ihr in einigen Fällen auch enger zusammengearbeitet hatte.

Komisch, dachte er.

„Hallo, Herr Kollege!"

Lauer musste lächeln, als er das Komma hinter dem „Hallo" las. Meißner hatte sich vor langer Zeit aufgeregt, weil er, Lauer, nie ein Komma hinter die Anrede setzte. Er hatte steif und fest behauptet, dass das Komma obligatorisch sei. Lauer hatte widersprochen, Meißner hatte in seiner Pedanterie bei der Duden-Redaktion angerufen und triumphierend Lauer das Ergebnis seiner Nachforschungen mitgeteilt.

„Das Komma muss stehen, Herr Kriminalhauptkommissar!"

Damals waren sie noch per Sie gewesen. Lauer machte sich einen Spaß daraus und ließ auch in Zukunft das Komma weg. Meyers musste entweder von Meißner bekehrt worden sein oder sie war in Zeichensetzung sattelfest.

„Ich habe die ersten Frauen, die sich mit Lauinger über die Singlebörse getroffen haben, heute vernommen. Es zeichnen sich Gemeinsamkeiten ab. Alle sind nicht gut auf unser Mordopfer zu sprechen, einige sind richtig wütend auf ihn, andere eifersüchtig. Ich weiß nicht, ob wir bei dieser Spur zu Ergebnissen kommen. Ein mögliches Mordmotiv sehe ich nicht. Mehr morgen früh bei der Besprechung."

„Liebe Oberkommissarin, keine voreiligen Schlüsse! Wut und Eifersucht sind allemal ein überzeugendes Mordmotiv", sagte Lauer laut zu sich selbst.

Bei der zweiten Nachricht auf seinem Schreibtisch handelte es sich um den Computerausdruck einer Mail an ihn. Frau Werner wusste, dass Lauer es mit der Pflege seines E-Mail-Accounts nicht zu ernst nahm und seine Mails nicht regelmäßig abrief. Also druckte sie ihm wichtige Nachrichten einfach aus und legte sie ihm auf den Schreibtisch. Nachrichten, die sie für wichtig empfand. Die Mail war am selben Tag verfasst, genau um 17:13 Uhr. Die Absenderadresse kannte Lauer nicht, vera.simons@web.de, aber, das wurde ihm schnell klar beim Lesen, sie stammte von Meißner.

„Hallo, Leo, bin gut in Augsburg angekommen. Um eine Unterkunft musste ich mich nicht kümmern. Das spart Spesen! Clement wird es freuen. Ich bin bei einer alten Schulkameradin untergekommen. Bei den Kollegen in Augsburg habe ich mich gemeldet. Morgen um halb neun habe ich einen Termin im dortigen Polizeipräsidium. Ich halte dich auf dem Laufenden. Was tut sich bei unseren beiden Fällen? Ist die Todesursache im Fall des Obdachlosen geklärt? Ich hoffe, dass ich am Montag wieder im Dienst in Mannheim bin. Vielleicht bleibe ich das Wochenende noch in Augsburg. Grüße Julian"

Warum hat Julian mir diese Mail geschrieben?, fragte sich Lauer. Was will er mir sagen? Nichts Neues über den uralten Fall, so viel stand fest. Will er mir sagen, dass er bei einer alten Bekannten untergekommen ist? Warum sollte er mir das mitteilen? Will er mir sagen, dass es in seiner Ehe Probleme gibt? Lauer wusste, dass Meißners Frau im Juli 2007 ein ungeborenes Kind verloren hatte. Waren sie über den Verlust hinweggekommen? Wie stand es um ihre Beziehung? Meißner war viel an der Fahrt nach Augsburg gelegen, erinnerte sich Lauer. Es klopfte an der Tür zu Frau Werners Büro. Lauer stand

164

auf, ging ins Nebenzimmer und öffnete die Tür zum Flur. Ein älterer Mann stand mit dem Rücken zur Tür und war im Begriff, wieder zu gehen.

Warum habe ich nicht noch ein wenig länger gezögert, sagte sich Lauer.

„Sie wünschen?"

Der Mann schnellte mit einer Wendigkeit herum, die Lauer ihm nicht zugetraut hätte. Wie ein gelenkiger Stepptänzer, dachte er.

„Ist ja doch jemand da. Und ich dachte schon, der Portier unten am Empfang hätte mich auf den Arm genommen", sagte der ältere Herr. „Darf ich hereinkommen?"

„Natürlich", sagte Lauer und machte eine einladende Handbewegung. „Lassen Sie mich raten, Sie sind Herr Magin und kommen ..."

„Richtig, Ihre Sekretärin hat Sie informiert. Und ich komme, um mich zu beschweren. Zum wiederholten Mal."

Lauer bot dem Mann einen Stuhl in Frau Werners Büro an.

„Mit einem Kaffee kann ich leider nicht dienen. Aber vielleicht ein Glas Wasser?", sagte er.

„Danke, danke, Kaffee ist Gift für mich. Ich bin schon zufrieden, wenn mir jemand zuhört und mich ernst nimmt."

„Erzählen Sie, Herr Magin."

Das ließ sich Herr Magin nicht zweimal sagen. Lang und breit und mit vielen Ausschmückungen berichtete er von der Alkoholkontrolle und den folgenden Ereignissen. Ab und zu schüttelte Lauer den Kopf und sagte: „Das gibt es nicht."

„Doch, doch", sagte Herr Magin dann jedes Mal und fuhr mit seiner Erzählung fort. Lauer kannte, abgesehen von manchen Details, das, was Magin ihm da erzählte, bereits. Nur das letzte Kapitel brachte Neues. Und für Frühauf stellte es kein Ruhmesblatt dar.

165

„Klingelt der Lümmel gestern Abend bei mir zu Hause und hält mir zwei Flaschen Paddy hin."

Lauer war vor einigen Jahren im Februar in Irland gewesen, billig mit Ryan Air nach Dublin, Mietwagen, einige Tage im Süden in Wexford am Meer, dann noch ein Wochenende in Dublin auf den Spuren von James Joyce, der Linksverkehr ungewohnt, zugegeben. Aber nach einer Woche war Lauer, wieder zu Hause in Mannheim, in den ersten Kreisverkehr fast von links eingefahren. In den Pubs hatte er zum Abschluss eines jeden Abends, nach etlichen Guinness, immer einen Whiskey von Paddy getrunken.

„Jetzt sagen Sie bitte nichts gegen Paddy. Ich mag den", sagte er zu dem alten Mann.

„Ich will Ihnen nicht zu nahe treten", gab dieser zurück. „Nichts gegen Paddy. Aber eine Flasche bekommen Sie für unter 20 Euro. Und mein beschlagnahmter Single Malt, Direktimport noch dazu, war ein Vielfaches wert. Es ist eine bodenlose Unverschämtheit von diesem unmöglichen Streifenbeamten, mich so hereinlegen zu wollen."

Lauer konnte nicht anders, er musste Herrn Magin recht geben.

„Was tun?", fragte er.

Herr Magin ließ sich mit seiner Antwort Zeit.

„Mir geht es nicht um die zwei Flaschen Whiskey. Ich möchte, dass dieser Rüpel einen Denkzettel verpasst bekommt."

Jetzt war es an Lauer nachzudenken.

„Da dürfte es, Herr Magin, nur eine einzige Möglichkeit geben, eine Dienstaufsichtsbeschwerde", sagte er schließlich.

„Einverstanden", sagte der ältere Herr, „leiten Sie alles in die Wege. Ich verlasse mich auf Sie. Und wenn am Ende die Gerechtigkeit gesiegt hat, lade ich Sie zu einem Whiskey ein, zu einem richtig guten!"

Warum Lauer von L 6 nicht direkt nach Hause gefahren war, konnte er nicht erklären. Er ärgerte sich jetzt, den Anruf von Hanne hätte er nicht verpasst und der Abend wäre weniger deprimierend verlaufen. So war er einer spontanen Entscheidung gefolgt, hatte das Schild des „Alten Relaishauses" in der Relaisstraße gesehen, hatte in einer Seitenstraße geparkt und war die Stufen zur Gaststube hinuntergegangen. Angeblich das älteste Haus auf der Rheinau. Um 1750 ließ der Kurfürst die Chaussee von Mannheim zum Schwetzinger Schloss bauen. In Rheinau wurde ein Relaishaus errichtet, eine Umspannstation. Hier hatte der Kurfürst auf seinem Weg vom Mannheimer Schloss in seine Sommerresidenz in Schwetzingen die Pferde gewechselt. Ein dunkler Raum, kleine Fenster mit abgetönten Scheiben, eine niedrige Decke von Holzbalken durchzogen. Lauer zog unwillkürlich den Kopf ein. Der Wirt nickte ihm zu und verzog keine Miene. Nur wenige Gäste waren da, kurz vor 20 Uhr, die beste Kneipenzeit. An der Theke saß ein Mann in Lauers Alter, vor sich ein halb volles Weizenbier. Der Mann war anscheinend mit dem Barhocker verwachsen. Eine ältere, korpulente Frau schien sich mit ihrem deutlich jüngeren Begleiter zu streiten. Zumindest ließen ihre Mimik und ihre Gestik diesen Schluss zu.

„Willy, noch zwei Export und zwei Klare", rief der jüngere Mann dem Wirt zu. Seine Stimme hörte sich fröhlich an, gar nicht so, als ob er einen Streit ertragen müsste.

Warum heißen die Wirte immer Willy, fragte sich Lauer. Oder bilde ich mir das nur ein?

Vier Männer am Tisch in der Ecke spielten Karten. Lauer war es nicht klar, ob sie Skat oder Schafskopf spielten. Sein Vater hatte ihm Schafskopf beigebracht. Zusammen mit seinem Cousin, der sonntags immer zu diesem Zweck nach dem Mittagessen gekommen war, hatten sie zu dritt um Geld gespielt. Pfennigeinsätze. Vater hatte ihm und dem Cousin das Geld zugeteilt und am Ende des Spiels war Vaters Gewinn, meist gewann er, zwischen Lauer und seinem Cousin Klaus aufgeteilt worden. Lauers Schwester Martina hätte gerne mitgespielt, protestierte jeden Sonntag, weil sie mit Mutter zusammen den Abwasch erledigen musste.

„Schafskopf ist nichts für Mädchen", sagte Vater und wischte den Protest von Lauers Schwester vom Tisch und Lauer hatte danebengesessen und sich ein Grinsen verkniffen.

Ein Jugendlicher warf Geldstücke in einen Spielautomaten, der nach einigen Minuten eine ansehnliche Menge an Münzen ausspuckte.

„Trinkt ein Cola den ganzen Abend und räumt den Automaten leer", sagte der Wirt und nahm Lauers Bestellung entgegen.

„Pils oder Weizen?", fragte er zurück.

„Pils, was denn sonst!", gab Lauer zurück.

Erdbeeren aß man im Mai und vor allem im Juni. Auch Spargel hatten ihre Zeit. Weizenbier gab es im Sommer. Das war das Besondere. Für Lauer war es eine Unsitte, dass Weizenbier inzwischen das ganze Jahr über angeboten wurde. Weizenbier hatte seine Zeit, wie Spargel und Erdbeeren ihre Zeit hatten. Und der Januar, noch dazu ein so eiskalter wie dieses Jahr, war keine Weizenbierzeit, ganz gewiss nicht. Der Wirt wischte über den Tisch, an den Lauer sich gesetzt hatte, dann stellte er das Pils vor ihn hin.

„Lange nicht mehr hier gewesen", sagte der Wirt. Es war eine Feststellung. Lauer nickte und nippte am Bier. Er wunderte sich, dass der Wirt sich an ihn erinnerte. Es war Jahre her. Der Wirt machte einen Strich auf Lauers Bierdeckel. Es sollten noch einige Striche werden an diesem Abend. Lauers genoss es, dasitzen zu können, nichts sagen zu müssen, in Ruhe über Gott und die Welt nachdenken zu können. Egal worüber er nachdachte, er kam immer wieder zurück auf Peter Lauinger, der ein gefrag-

168

ter Datingpartner bei der Singlebörse gewesen war und der trotzdem ein so schreckliches Ende mit einem Loch im Kopf und zwischengelagert in einer Tiefkühltruhe gefunden hatte. Kam immer wieder zurück auf Stephan Peters, der nicht erfroren war, sondern auf nicht weniger brutale Art und Weise vom Leben in den Tod befördert worden war. Kam zurück auf Hanne und die gemeinsame Nacht mit ihr, die Lauer zuerst glücklich gemacht hatte, die ihn jedoch jetzt mehr und mehr verunsicherte. Die Luft in der Wirtsstube wirkte alt und verbraucht. Kalten Rauch glaubte Lauer zu riechen, obwohl es schon seit Langem ein Rauchverbot gab. Lauer fühlte sich nicht wohl in der Kneipe und trotzdem genoss er die Atmosphäre, suhlte sich in der Stimmung, die hier herrschte. Er kam sich vor wie eine Insel, eine Insel isoliert vom Rest der Welt. Jeder hier war eine Insel. Der Wirt, die vier Schafskopfspieler – Lauer wusste jetzt, dass sie keinen Skat klopften, denn alle vier spielten bei jedem Spiel mit – der Jugendliche am Spielautomaten, die alte Frau und ihr junger Begleiter. Jeder war eine Insel. Jeder isoliert vom anderen, jeder für sich allein mit seinen Gedanken. Selbst der Wirt, der beim ersten Bier noch einige Worte an Lauer gerichtet hatte, stellte die folgenden Pils wortlos auf den Tisch und machte den Strich auf dem Bierdeckel. Um kurz nach elf winkte Lauer dem Wirt, gab ihm ein großzügiges Trinkgeld. Dass es zu hoch war, sah er am Blick des Wirtes. Lauer hob die Hand in Richtung der Kartenspieler, doch die waren in ihr Spiel vertieft. Dann verließ er die Gaststube. Er ging zu seinem Auto, ließ es stehen und entschloss sich, die paar Meter zu Fuß zu gehen. Die eiskalte Luft würde ihm gut tun.

„Hab morgen einen wichtigen und anstrengenden Tag."

Der Satz auf dem Anrufbeantworter. Hannes Stimme, so nah und doch so weit weg. Der Satz ging ihm nicht aus

169

dem Kopf. Lauer konnte nicht einschlafen. Was wusste er von der Frau, die er beim Turbodating kennengelernt hatte, die er im Café Prag getroffen, mit der er eine Nacht verbracht hatte. Was wusste er von ihr? War sie ihm nicht fremd?

„Oh Lord, help me to walk another mile, just one more mile. I'm tired of walking all alone."

Die Worte und die Töne, die Lauer hörte, kamen nicht aus seiner Kompaktanlage im Schlafzimmer. Johnny Cash saß auf einem Hocker neben seinem Bett, die Gitarre in der Hand spielte er nur für ihn.

„I never thought I needed help before, thought I could get by by myself."

Lauer hatte nie besonders auf Cash gestanden, zu viel Country, zu machohaft der Auftritt vor den Strafgefangenen in San Quentin. Vor ein paar Jahren war er auf die „Americans Recordings" gestoßen. Rick Rubin, als Produzent von Hip Hop und Metal bekannt, hatte 1994 Cash einen Plattenvertrag angeboten und mehrere Platten produziert, Cash mit Gitarre, seine brüchige, von der Krankheit gezeichnete Stimme. Lauer war im Innersten getroffen und hatte sich nach und nach alle CDs der Reihe gekauft.

„But now I know, I just can't take it anymore and I'm begging you please for help."

Auch nach Cashs Tod hatte Rubin Platten herausgebracht, unter anderem eine 5-CD-Box mit dem Titel „Unearthed", die Lauer sich selbst zu Weihnachten geschenkt hatte.

„Einen wichtigen und anstrengenden Tag."

Was arbeitete Hanne? Warum hatten sie noch nicht darüber geredet? Über seine Arbeit hatten sie mehrmals geredet, es war auch zu Spannungen gekommen, weil es schwierig war, eine Verabredung zu planen, gerade jetzt, wo er mitten in einer Mordermittlung steckte.

„When the last song is sung, will you meet me in heaven some day?"

Im Mai 2003 war Johnny Cashs Ehefrau June Carter gestorben. Bei ihrer Beerdigung saß Cash bereits im Rollstuhl. Einige Tage nach ihrem Tod ging Cash ins Studio und arbeitete weiter.

„Ich möchte Musik machen und arbeiten, so gut ich kann", soll er gesagt haben. „Sie würde das wollen und ich will es auch."

Und Cash war überzeugt, dass er June wiedersehen würde. Auf der Polizeischule hatte Lauer ein Kumpel gefragt, ob er an irgendetwas glaube.

„Ich glaube schon an etwas, aber an was, das weiß ich nicht", hatte er geantwortet.

In den Jahren bei der Polizei hatte Lauer, der früher Messdiener gewesen war, seinen Glauben verloren. Er glaubte nicht mehr an ein Leben nach dem Tod. Er hatte sich noch nie Gedanken gemacht, wen er gerne wiedersehen würde. Seinen Vater, der ihm immer vorgeworfen hatte, er habe zwei linke Hände. Lauer dachte fast jeden Tag an seinen Vater, obwohl er schon viele Jahre tot war. Doch was sollte er ihm sagen? Er wusste es nicht. Oder seine Oma, die ihm das Kartenspielen beigebracht hatte, „Sechsundsechzig" und „Bauer auf dem Land", die ihn als Kind nie hatte gewinnen lassen? Oder Ludwig, seinen besten Schulfreund, der sich mit Siebzehn die Schrotflinte seines Vaters in den Mund gesteckt hatte? Er wusste nicht einmal mehr, wie Ludwig ausgesehen hatte.

Was wusste er von Hanne? Er wusste nicht, wo und was sie arbeitete. Er wusste nicht, ob sie verheiratet gewesen war, ob sie Kinder hatte. Er wusste nicht einmal, wie alt sie war.

Dieses bittersüße Gefühl der Nostalgie, hervorgerufen von Cashs Liedern. Lauer hatte gelesen, dass Nostalgie in eher traurigen Gemütszuständen auftrete. Da war was dran, klar, Traurigkeit spielte eine Rolle, das Nachtrauern, das, was verloren ist, unweigerlich. Nichts ist mehr so, wie es gewesen zu sein scheint. Aber für Lauer hatte

171

Nostalgie stets auch eine positive Seite. Glück. Wärme. Heimat. Geborgenheit. Nostalgie, ein Schild gegen die Dunkelheit einer beginnenden Depression. Wenn du die Kraft aufbringst, dich mit Kopf und Herz an vergangene Zeiten zu erinnern, daran, dass es einmal besser war, dann heißt das doch, dass es wieder besser werden kann. Komisch, wenn er Musik hörte, waren diese nostalgischen Gefühle viel einfacher abzurufen.

„The wind cries Mary" von Jimi Hendrix.

„Stairway to heaven" von Led Zeppelin.

Schon wieder dieser Himmel.

Bob Dylan, die Stones, Leonhard Cohen, Mink DeVille.

Es gab so viele Songs und so viele Musiker, die bei Lauer nostalgische Gefühle auslösten. Vielleicht, dachte er, setzt die Musikindustrie Nostalgie gezielt ein, um ihren Umsatz zu steigern? Aber das war kein Gedanke, den Lauer jetzt vertiefen wollte.

„We'll meet again, don't know where, don't know when."

Ich muss mit Hanne reden, dachte er, bevor er einschlief. Dringend. Der Kater ließ sich im Schlafzimmer nicht blicken. Sollte er wirklich noch eingeschnappt sein? Was wusste er von Hanne?

„But I know, we'll meet again some sunny day."

Den letzten Refrain des letzten Liedes von Johnny Cash hörte er nicht mehr. Cash schaltete den kleinen Verstärker aus, packte seine Gitarre zusammen und ging leise aus dem Zimmer.

fünfundzwanzig

Ich bereue nicht

Es war für meine Frau und mich am schlimmsten zu sehen, wie unser Sohn sich in den letzten Wochen seines Lebens veränderte. Nach der finalen hoch dosierten Chemotherapie war er wie verwandelt. Aus einem fröhlichen, lustigen, kontaktfreudigen Jungen wurde ein stilles, in sich gekehrtes, ja, trauriges Kind. Wir erkannten Jens kaum wieder. Wir glaubten noch, das sei ein vorübergehender Zustand. Wir in unserer grenzenlosen, unsinnigen Hoffnung!

„Lasst mich in Ruhe!"

Wie oft sagte unser Sohn diesen Satz in seinen letzten Wochen. Leider respektierten wir ihn zu wenig und glaubten, wir müssten ihn aufheitern. Auch im Krankenhaus wurde er nicht in Ruhe gelassen, selbst dann nicht, als klar war, dass medizinisch nichts mehr zu machen war. Unser Sohn war in den letzten Wochen seines kurzen Lebens kein Kind mehr. Er kam mir weise und überlegen vor. Zwei Tage, bevor er beatmet werden musste, saß meine Frau an seinem Bett und weinte.

„Mama, du musst nicht weinen", tröstete er sie.

In diesem Augenblick kapierte ich, dass er auf das Sterben vorbereitet war. Er war viel weiter als wir, seine Eltern. Wir hofften noch auf ein Wunder, unser Sohn schien darauf zu warten, bis seine Zeit gekommen war. Als er auf die Intensivstation verlegt werden musste, wurde uns klar, dass es kein gutes Ende nehmen könnte. Der Arzt redete offen mit uns, sagte, es würde nicht mehr lange dauern. Vorher hatten wir, bei aller Angst, bei allem Zweifel, immer gehofft, dass Jens es schaffen würde. Jetzt bezogen wir das Schlimmste in unsere Überlegungen mit ein.

Wenn ich mir früher vorgestellt hatte, schreckliche Vorstellung, dass mein Kind sterben müsste, dann sollte es in meinen Armen sterben. Aber unser Sohn wollte es nicht. Er wollte keine Zärtlichkeiten, wollte keinen Körperkontakt. Für meine Frau war das hart. Sie ist darüber zerbrochen.

Dieser Zweifel! Diese unsinnige Hoffnung! Diese Ungewissheit! Dass Jens noch am Leben sein könnte! Dass wir nicht alles Menschenmögliche getan haben. Dass wir mehr für ihn hätten tun können!

David Piepgras, Doktor der Neurochirurgie. Einer der besten Neurochirurgen der Welt! In Minnesota, in Rochester arbeitet der Doktor an einer weithin bekannten Klinik. 4.000 Ärzte, 315.000 ambulante Behandlungen, die Zahlen sprechen für sich. Lauter Spezialisten. Schrecken vor keiner Operation zurück. Die hätten sich nicht geweigert, Jens zu operieren. Der Haken: Bevor die Behandlung losgeht, wird ein dicker Batzen Geld fällig. Von 100.000 Dollar wird gemunkelt. Die Mayo Clinic behandelt offiziell alles und jeden, sofern entweder privat bezahlt oder die Versicherung eine Kostenübernahme erteilt. Von der Krankenkasse hatten wir nichts zu erwarten. Aber Sie werden lachen, im Januar 2008 hätte ich das Geld zusammenkratzen können, 80.000 Euro aus der Erbschaft meiner Lieblingstante. Aber im Oktober, als ich das Geld gebraucht hätte, da hatte ich es nicht mehr. Daran ist dieser Mann schuld. Sie wissen, wen ich meine. Dieser Mann ist schuld daran, dass Jens sterben musste. Ohne diesen Mann hätte ich die 80 000 Euro nehmen können und Jens wäre in der Klinik in Rochester operiert worden. Und die Operation wäre erfolgreich verlaufen. Meine Frau und ich hätten nicht unseren Sohn verloren. Deshalb hat dieser Mann seine gerechte Strafe bekommen. Das ist doch gerecht.

Nein, ich bereue meine Tat nicht! Ich würde es wieder tun.

sechsundzwanzig

Steckbriefe

Es war eine Minute vor sechs und wie jeden Morgen schaltete sich das Radio ein. Da die Uhr des Radioweckers nachging, war es bereits eine Minute nach sechs und die Nachrichten auf SWR2 hatten schon angefangen. Es war Freitag, der 9. Januar 2009.

„... einigten sich beide Länder mit der EU auf den Einsatz von Beobachtern, die den Gasfluss überwachen sollen. Im Streit um unbezahlte Rechnungen und zukünftige Lieferbedingungen hatte Russland am 1. Januar den Gashahn zugedreht."

Lauer hörte die Nachrichten des Kulturradios am liebsten, weil sie zehn Minuten dauerten und er noch ein wenig im Bett liegen bleiben konnte. Der Kater lag zu seinen Füßen.

„Porzellanfirma Rosenthal meldet Insolvenz an. Der traditionsreiche Porzellanhersteller ist zahlungsunfähig. Einige Tage zuvor hatte der irische Mutterkonzern Waterford Wedgewood seine Zahlungsunfähigkeit eingestehen müssen."

An diesem Freitag wartete er nicht das Ende der Sendung ab, sondern stand vor dem Wetterbericht auf und ging ins Bad. Trotzdem bekam er mit, dass die Kältewelle noch anhielt. Nachdem er gefrühstückt hatte, Früchtetee und ein Honigbrot, rief er bei Hanne an. Er ließ es lange durchklingeln. Hanne nahm nicht ab, der Anrufbeantworter schaltete sich nicht ein. Nach dem neunten Klingeln legte er auf. Der Kater hatte sich, nachdem Lauer ihn nach dem Duschen gefüttert hatte, wieder am Fußende des Bettes zusammengerollt. Kurz nach sieben schloss Lauer die Wohnungstür ab. Ob Fabian gut in Australien angekommen war? Lauer war ein wenig besorgt, weil sein Sohn sich nicht gemeldet hatte. Heute Morgen würde Lauer vor Frau Werner im Büro sein.

„Christine Gooch, 47 Jahre, geschieden, keine Kinder, Medizinisch-Technische Assistentin, seit 12. September 2006 bei www.mannheim-flirtet.de registriert, eine der ersten Mitglieder der Singlebörse übrigens, die Börse gibt es seit Juni 2006, Nutzername: Chrissie, erste Kontaktaufnahme mit Peter Lauinger am 9. August 2007, damals antwortet sie auf eine Mail von Lauinger, nach zwei weiteren Mails kommt ein erstes Treffen zustande und zwar am 14. August 2007. Sehr positive Bewertung des Dates. Es sei alles sehr schnell gegangen, erklärt Frau Gooch bei der Vernehmung. Bereits nach dem zweiten Treffen, an das Lokal konnte sie sich nicht mehr erinnern, habe Lauinger zu sich nach Hause eingeladen und dabei habe sie mit ihm geschlafen. Das sei sonst nicht ihre Art, Lauinger sei unwiderstehlich gewesen. Sie habe anfangs einen sehr guten Eindruck von ihm gehabt, ja, sich sogar in ihn verliebt, sonst wäre sie nicht mit ihm ins Bett gegangen, zumindest nicht so schnell. Nach weiteren Treffen, sie sprach von drei oder vier, habe Lauinger den Kontakt ohne Angabe von Gründen abgebrochen. Auf Mails habe er nicht reagiert, an sein Telefon sei er nicht gegangen. Sie habe die Episode Lauinger als zwar unschöne, aber nützliche Erfahrung abgehakt. Frau Gooch ist nicht gut auf Herrn Lauinger zu sprechen, zeigte sich im Gespräch ehrlich schockiert über den, wie sie sagte, schrecklichen Tod. ,Er war ein Schwein, aber das hat er nicht verdient', ist ihre wörtliche Aussage. Sie scheint die Affäre mit Lauinger verarbeitet und verkraftet zu haben. Ihr Auftreten wirkt überzeugend. Für mich gehört sie nicht zum Kreis der Verdächtigen."

Oberkommissarin Meyers holte Luft und blätterte in ihren Unterlagen.

Unwiderstehlich, dieser alte Sack, dachte Lauer. Ein schmieriger, alter Kerl, der darauf aus war, Frauen flachzulegen. Er musste sich zwingen, sachlich zu bleiben, seinen Verstand zu benutzen, er musste die Eifersucht, die er sich nicht eingestehen wollte, ausblenden. Lauer zwang sich, einen kühlen Kopf zu bewahren. Nach dem, was er von Meyers gerade gehört hatte, mussten ihm Zweifel kommen, ob er mit seiner Theorie auf dem richtigen Weg war. Doch er hütete sich, diese Zweifel in der Besprechung zu äußern. Zu seiner Überraschung war Frau Werner heute Morgen doch vor ihm im Büro gewesen, obwohl er schon kurz vor halb acht eingelaufen war.

„Unsere Heizung ist ausgefallen, gestern Abend", hatte sie ihm erzählt. „Eine Eiseskälte, das kann ich Ihnen sagen. Und unser Installateur hat Betriebsferien bis kommenden Montag. Mein Mann hat sich heute extra freigenommen, um das Problem zu lösen."

Richtig, Frau Werner war verheiratet. Lauer versuchte, sich an ihren Mann zu erinnern. Es gelang ihm nicht. Aber, das fiel ihm wenigstens ein, sie hatte zwei Töchter, eine war verheiratet, die andere stand kurz vor dem Abitur. Aber Frau Werners Mann? Was wusste Lauer von den Menschen, mit denen er tagtäglich zu tun hatte? Was wusste er von Hanne?

„Regina Wulf, 48 Jahre, ledig, Ärztin, pflegt ihren kranken Vater, seit 28. März 2008 bei www.mannheim-flirtet. de registriert, Nutzername: Regina47, erste Kontaktaufnahme mit Peter Lauinger am 13. Juni 2008, wie bei Christine Gooch geht der Erstkontakt von Lauinger aus, erst nach diversen Mails kommt endlich ein Treffen zustande und zwar am 8. August 2008. Verhaltene Bewertung des Dates. Es folgen weitere Mails, ehe es fast drei Wochen später zum zweiten Treffen kommt. Das dritte und vierte Treffen finden, auf Wunsch von Frau Wulf, bei ihr zu Hause statt, so könne sie sich besser um ihren Vater kümmern. Bei der Wulf hatte Lauinger nicht so schnell Erfolg wie bei der Gooch. Er musste einige Zeit investieren, bis er endlich am Ziel war. Am 22. Oktober 2008, Frau Wulf wusste das exakte Datum, war es endlich so weit. Frau Wulf ging davon aus, dass sie eine Beziehung zu Herrn Lauinger habe. Im Gespräch sagte sie, sie sei glücklich gewesen und habe von einer gemeinsamen Zukunft gesprochen. Umso schockierter sei sie gewesen, als nach der ersten gemeinsamen Nacht Lauinger sämtlichen Kontakt abgebrochen habe. Auf Mails und Anrufe habe er nicht reagiert. Sie habe ihn zu Hause in Neuostheim besucht, habe bei ihm Sturm geläutet. Eine Nachbarin, eine unangenehme ältere Dame, habe Lauinger anscheinend gedeckt und verleugnet. Frau Wulf berichtete mir, sie habe Lauinger, diesen ‚Casanova', von ihrer Freundesliste bei der Singlebörse gestrichen und sich in einem Feedback-Bogen über ihn beschwert. Außer einer standardisierten Antwort mit dem Tenor, dass es dem Administrator leidtue, Beziehungsprobleme jedoch nicht in seinem Verantwortungsbereich lägen, kam keine Reaktion. Sie habe dies dem Betreiber der Singlebörse, Herrn Ernesto Nägele, den sie aus Schulzeiten kenne, persönlich mitgeteilt. Auf eine Antwort warte sie bis heute. Davon sei sie enttäuscht. Aber viel mehr enttäuscht sei sie von Lauinger. Der, es tue ihr leid, das sagen zu müssen, habe den Tod durchaus verdient. Seit der, hier machte Frau Wulf eine Pause, der Affäre mit diesem Herrn könne sie nicht mehr ruhig schlafen, werde sie von Albträumen geplagt.

Das alles, das gebe ich zu, hört sich martialisch an, aber bei dem Eindruck, den ich von Frau Wulf gewonnen habe, halte ich es für ausgeschlossen, dass sie einen Mord, noch dazu in dieser Brutalität und mit dieser Gewalt, begehen könnte. Frau Wulf ist eine betrogene, zutiefst verletzte Frau, die dieser Lauinger benutzt hat, aber sie ist nie und nimmer eine Mörderin."

Wieso ist Hanne auf so einen Typen hereingefallen?, fragte sich Lauer. Warum war sie, da war er sich sicher, mit ihm ins Bett gestiegen?

„Was glauben Sie, Kollegin Meyers, wozu betrogene und zutiefst verletzte Frauen fähig sind?", sagte Lauer laut und wunderte sich über seinen Gesprächsbeitrag.

Meyers runzelte die Stirn, verzichtete aber auf eine Retourkutsche.

Albträume? Albträume! Träume! Lauer hatte letzte Nacht geträumt, war hochgeschreckt, schweißgebadet, hatte sich das Hirn zermartert, sich nicht an den Traum erinnert. Als Kind hatte er realistisch geträumt. In seinem Lieblingstraum saß er vor einem knusprig panierten Schnitzel und das Wasser lief ihm im Mund zusammen. Sehr realistisch, wie gesagt, und in Farbe. Wenn er erwachte, war er enttäuscht. Er hatte im Traum das Schnitzel auf seiner Zunge geschmeckt. Und jetzt lag er im Bett, mit nichts auf dem Teller, mit nichts auf der Zunge. Was für eine Enttäuschung! So sehr er sich anstrengte, er kam nicht auf den Traum von letzter Nacht. In seinem Kopf war Leere.

„Lassen Sie sich nicht durch Lauer irritieren, Frau Meyers", sagte Clement und holte Lauer in die Wirklichkeit der Besprechung zurück.

„Hanne Seeigel-Müller, 52 Jahre, geschieden, zwei erwachsene Kinder, eine Tochter im Alter von 31 Jahren und einen 26-jährigen Sohn ..."

„Genug, das reicht eigentlich."

Lauer sprang auf.

„Es gibt genug zu tun."

„Lauer, was soll das?", sagte Clement und seine Stimme klang überrascht. Lauer schaute in die Runde, sah die Gesichter seiner Kolleginnen und Kollegen, die ihn anstarrten, sah in Susannes Gesicht, sah ihre Verunsicherung, aber auch ihr Verständnis. Er setzte sich zurück auf seinen Platz.

180

„Ich meine ja nur."

„Im Moment ist nicht Ihre Meinung, sondern Ihre Aufmerksamkeit gefragt."

Jetzt hatte Clements Stimme die Schärfe, die Lauer schon vorhin erwartet hatte.

„Fahren Sie bitte fort, Frau Kollegin."

Frau Kollegin! Frau Meyers! Lauer! Lauer verdrehte die Augen und verkniff sich einen weiteren Kommentar.

„Geschieden, wie gesagt, gelernte Wirtschaftskorrespondentin, seit sieben Jahren selbstständig, Leiterin eines kleinen Reisebüros in der Schwetzinger Vorstadt. Seit April 2008 bei der Singlebörse registriert, Nutzername: Seeteufelchen. Im Gegensatz zu den anderen Damen ging der erste Kontakt zu Lauinger von ihr aus, E-Mail vom 30. April 2008, kurze Antwort von Lauinger, der ihr seine Telefonnummer mitteilt. Alles andere ist bei mannheim-flirtet.de nicht mehr nachvollziehbar. Im Gespräch kam heraus, dass Lauinger und Seeigel-Müller sich telefonisch verabredet hatten, erstes Treffen bei Da Vino am Nationaltheater, Frau Seeigel-Müller hatte das Lokal vorgeschlagen, von dem Lauinger nicht begeistert war.

,Er sah es unter seinem Niveau an', sagte Frau Seeigel-Müller bei der Vernehmung. ,Eine Studentenkneipe, halt.'

Auch sonst habe es wenig Berührungspunkte gegeben, gab die Frau mir gegenüber an. Auf meine Frage, ob es zu intimem Verkehr gekommen sei, hat sie genickt, zwei, drei Mal, sowohl bei ihr als auch in der Wohnung von Lauinger. Lauinger habe die Beziehung ohne Angabe von Gründen beendet, ihr sei es recht gewesen, weil die Interessen zu unterschiedlich gewesen seien. Nach meiner Ansicht hegte Frau Seeigel-Müller keinen Groll gegen Herrn Lauinger, als Tatverdächtige würde ich sie nicht bezeichnen."

„Oder sie hat sich bei der Vernehmung geschickt verhalten, sie hat uns was vorgespielt", sagte Clement.

„Das sind Spekulationen", sagte Lauer und ärgerte sich gleich. An Clements Tonfall hätte er merken können, dass dieser die Singlebörsen-Spur alles andere als ernst nahm.

„Lauinger hat sich insgesamt mit 12 Damen über die Singlebörse verabredet und sie auch getroffen. Bei sieben weiteren Kontakten ist es zu keinem persönlichen Treffen gekommen. Gestern habe ich es geschafft, drei der Frauen zu vernehmen", sagte Oberkommissarin Meyers. „Wenn ich in dem Tempo weitermache, brauche ich noch fünf, sechs Tage für die Ermittlungen."

„Wollen Sie damit zum Ausdruck bringen, dass Sie Verstärkung nötig haben?", fragte Clement.

„So könnte man es ausdrücken. Andererseits möchte ich hier meine Zweifel anmelden, ob diese Spur zu einem Ergebnis führen wird. Ich halte es für ziemlich ausgeschlossen, dass wir auf diesem Weg den Mörder von Lauinger und Peters finden."

„Ich neige dazu, mich Ihren Schlussfolgerungen anzuschließen", sagte Clement. „Aber wir wissen einfach zu wenig, um diese Spur auszuschließen. Doch die Nachforschungen im beruflichen Umfeld des Mordopfers sind ebenfalls so arbeitsintensiv, dass ich da keinen einzigen Mann abziehen kann."

Clement war nicht erfreut gewesen, als Lauer zu Beginn der Besprechung die Obduktionsergebnisse vorgetragen hatte. Mord in beiden Fällen! Doppelmord! Serienmord? Das Schreckgespenst. Die Presse. Die öffentliche Meinung. Was würde der Polizeipräsident sagen? Und erst der Oberbürgermeister? Man sah es Clement an, dass er sich unwohl fühlte, wenn er an die nächsten Tage dachte.

„Ich kann unserem Leiter zustimmen", sagte Lauer. „Und Kollegin Meyers hat gute Argumente für ihre Annahme, die Kontakte Lauingers über die Singlebörse stünden nicht in Zusammenhang mit seiner Ermordung."

„Hört her, wird da aus einem Saulus ein Paulus?", sagte jemand aus der Runde. Lauer ließ sich nicht aus der Ruhe bringen.

„Ich weiß, gestern hat sich das bei mir anders angehört. Aber der Vortrag der Kollegin Meyers hat für sich gesprochen. Wir dürfen allerdings nicht vergessen, dass erst drei Frauen befragt worden sind. Eifersucht und gekränkte Liebe sind ein starkes und überzeugendes Motiv."

„Hört, hört!"

„Gibt es Ergebnisse bei der Durchforstung des beruflichen Umfeldes?", fragte Lauer in die Runde. Gernhardt meldete sich.

„Wir sind dran, das ist alles zeitintensiv. Lauinger hat seine sämtliche Buchhaltung ohne den Computer gemacht. Und die schriftlichen Unterlagen, die diversen Kontoauszüge, alles ungeordnet und verstreut. Wir haben bis jetzt nichts Auffälliges gefunden, aber wir sind erst am Anfang. Ich muss gestehen, dass wir noch nicht einmal einen genauen Überblick über Lauingers Konten haben. In diesem Zusammenhang: Einer personeller Aufstockung wären wir nicht abgeneigt."

Clement hob abwehrend die Hände.

„Vorschlag zur Güte und damit wir uns wieder unserer eigentlichen Arbeit widmen können", sagte Lauer und an Clements Blick sah er, dass der ihm dankbar war.

„Ich unterstütze Kollegin Meyers heute und morgen. Dann kann ich die Gruppe um Gernhardt verstärken. Und bis Montag ist hoffentlich Meißner wieder bei uns einsatzfähig."

„Apropos Meißner?", fragte Clement.

„Ich stehe mit ihm in Kontakt. Er trifft sich mit den Augsburger Kollegen. Ich halte Sie auf dem Laufenden. Und Susanne, Kollegin Dobler, meine ich, könnte sich um den Hinweis zur Abendakademie kümmern."

Und Lauer berichtete den Kolleginnen und Kollegen von Susannes und seinem Besuch in der Justizvollzugsanstalt, vom Gespräch mit dem U-Häftling, vom DNA-Fund und vom Computerkurs bei der Abendakademie.

„Ich habe niemanden, der Frau Dobler unterstützen kann", sagte Clement.

„Kein Problem", sagte Susanne, „das kriege ich schon allein auf die Reihe."

Später machte sich Lauer Vorwürfe, dass er an dieser Stelle nicht interveniert hatte.

Lauer saß an seinem Schreibtisch. Er hatte sich für elf mit Kollegin Meyers verabredet, um das weitere Vorgehen zu planen. Der Zusammenarbeit sah er mit gemischten Gefühlen entgegen. Meyers hatte den Ruf, nicht einfach zu sein. Was immer das hieß. Hanne. 52 Jahre alt. Hanne war ihm jünger vorgekommen. Geschieden. Zwei erwachsene Kinder. Kein Wort davon. Selbstständig. Inhaberin eines Reisebüros. Was wusste er von Hanne? Gerne hätte er weitergegrübelt, sich in Spekulationen ergangen, Szenarien durchgespielt, Für und Wider erörtert und sich über sich gewundert. Über seine Arglosigkeit, seine Naivität in Beziehungsfragen. Sämtliche Instinkte, die ihm bei seinen Ermittlungen halfen, warf er über Bord, wenn es um Frauen und um Beziehungen ging. Er zwang sich, seine Gedanken zu unterbrechen. Er hatte eine Aufgabe, die ihm wie Blei auf der Seele lag. Er hatte Herrn Magin ein Versprechen gegeben. Und bis elf war nicht mehr lange Zeit.

siebenundzwanzig

Augsburger Intermezzo

Es war anders, als er es sich vorgestellt hatte. In seiner Vorstellung sah er begeisterte Kollegen vor sich, die in die Hände spuckten, die Ärmel hochkrempelten, ihn in ihrer Mitte aufnahmen. Ein seit vielen Jahren ungelöster Fall. Ein Mädchen, brutal ermordet, vorher missbraucht. Ein Mörder, der frei herumlief. Seit Jahrzehnten. Meißner hätte sich nicht gewundert, wenn der Leiter der Kripo Augsburg ihn persönlich begrüßt und eine Sonderkommission eingerichtet hätte. Nichts von alldem war geschehen. Meißners Empfang bei der Kriminalinspektion Augsburg in der Gögginger Straße war frostig ausgefallen. Dabei hatte sich die Sekretärin, mit der er gestern gesprochen hatte, am Telefon freundlich und hilfsbereit angehört.

Als er am Morgen kurz nach halb neun vor dem Gebäude stand, war er noch guter Dinge gewesen. Ein moderner Flachbau, drei Stockwerke, rötlicher Farbton, ein Eingangsbereich aus Glas, der über zwei Geschosse reichte. Ein Gebäude, das Nüchternheit und Sachlichkeit ausströmte, ganz anders als das Polizeipräsidium in Mannheim, dachte Meißner und atmete durch. Und bestimmt nicht so marode. Meißner dachte an die letzte Nacht und fühlte sich federleicht. Der Hauptkommissar, zu dem ihn der Beamte an der Pforte geschickt hatte, war mürrisch und er kam Meißner uralt vor. Tiefe Falten im Gesicht, eine Glatze, hager, leicht gebeugt saß er auf seinem Schreibtischstuhl, dass Meißner von Anfang an Angst hatte, er würde nach vorne auf die Tischplatte umkippen. Die unnatürliche Sitzhaltung brachte es mit sich, dass Hauptkommissar Vinzenz Stuber auf den Aktenordner, der vor ihm lag, starrte. Meißner war von dem fehlenden Blickkontakt irritiert.

„Wissen Sie, wie lange ich hier noch habe?", empfing er Meißner, der etwas verdutzt den Kopf schüttelte.

Wie Sie aussehen, müssten Sie längst in Rente sein, traute er sich nicht zu sagen.

„Nicht einmal vier Monate. Am 1. Mai ist Schluss. Da fängt für mich ein neues Leben an. Ein Leben ohne diesen Dreck und diese Scheiße jeden Tag. Und da kommen Sie mir, junger Kollege, mit einem Mord, der eine Ewigkeit zurückliegt."

Meißner wollte dem alten Mann widersprechen, kam aber nicht zu Wort.

„Wissen Sie, was hier los ist? Hier ist der Teufel los. Seit Weihnachten haben wir eine Wasserleiche, eine junge Frau, im Lech ertränkt. Und den Mord vom letzten Plärrerfest, den haben wir nicht aufgeklärt. Und da kommen Sie mir, junger Kollege, mit den siebziger Jahren."

Meißner änderte seine Taktik. Er schwieg. Er ließ Vinzenz Stuber einfach reden. Es dauerte einige Zeit, dann hatte er sein Pulver verschossen, lehnte sich in seinem Stuhl zurück und schaute Meißner in die Augen. Zum ersten Mal.

„Junger Kollege, was haben Sie auf dem Herzen? Schießen Sie los!"

Meißner, überrascht von der Wendung, fasste sich kurz und berichtete über die neue Entwicklung im Fall der ermordeten Schülerin, erzählte von den Briefen und den DNA-Spuren und, quasi als Höhepunkt, schilderte er den mysteriösen Zusammenhang mit dem Wasserturmtoten. Stuber hörte zu, nickte ab und zu, schaute Meißner ab und zu in die Augen, notierte sich ab und zu etwas auf einem kleinen Block. Als Meißner zu Ende war, stand Stuber auf.

„Kommen Sie mit", sagte er und verließ das Zimmer. Meißner folgte dem, wie er fand, nun milder gestimmten Kollegen aus Augsburg und landete im Keller in einem fensterlosen Raum, der von Leuchtröhren in gleißendes Licht getaucht wurde.

186

„Unser Archiv", sagte Stuber. „Sie müssen sich erst einen Überblick verschaffen, der Fall ist komplexer, als Sie denken."

Und so saß Meißner im Keller der Kriminalinspektion Augsburg, wälzte staubige Akten, quälte sich durch Protokolle, Berichte, Zeugenvernehmungen, Gutachten und fragte sich, ob seine Idee, nach Augsburg zu fahren, eine gute Idee gewesen war. Meißner hatte am Morgen Vera in der Maximilianstraße an ihrem Arbeitsplatz abgesetzt, der Fürst Fuggerbank. Vera hatte nach dem Abitur eine Banklehre gemacht, war bei der exklusiven Bank gelandet und hatte sich zur Abteilungsleiterin hochgearbeitet.

„Wir sind keine gewöhnliche Bank", hatte Vera gesagt, als sie vor dem braunen Gebäude standen, in dem die Fuggerbank residierte.

Residieren, das ist genau der richtige Ausdruck, dachte Meißner.

„Wir führen keine Gehaltskonten oder so was. Wir betreiben Anlageberatung, unsere Kunden vertrauen uns ihr Geld an und wir kümmern uns darum, dass es sich vermehrt, auf seriöse Weise, versteht sich. Unsere Kunden verlieren nicht ihr Vermögen. Das Wort Finanzkrise ist für uns ein Fremdwort."

„Wenn du das garantierst, komme ich sofort zu euch", hatte Meißner gesagt.

„Unter einem sechsstelligen Betrag läuft bei uns nichts", war die ernüchternde Antwort. Vera küsste ihn auf die Nasenspitze und verschwand hinter der doppelflügligen Tür, auf der das Wappen der Familie Fugger prangte.

Vera hatte ihm den Weg zur Kripo beschrieben, Meißner war so beseelt von der vergangenen Nacht, dass er sich total verfranste. Auf der Stettenstraße bog er falsch ab, geriet, anstatt sich in südlicher Richtung zu halten, auf die Rosenaustraße und fuhr genau in entgegengesetzter

187

Richtung. Erst als er die ersten Autobahnschilder sah, wurde ihm klar, dass er falsch war. Nach mehrmaligem Fragen kam er endlich an seinem Ziel an. Er fand sofort einen Parkplatz. Ein Streifenpolizist wies ihn darauf hin, dass dies für die Polizei reservierte Parkplätze seien. Meißners Dienstausweis konnte den Beamten nicht umstimmen.

„Parkplätze für Polizisten aus Bayern", sagte er.

„Und ich dachte, wir wären hier in Schwaben", konnte sich Meißner nicht verkneifen, was bei dem bayrischen Beamten ein Kopfschütteln hervorrief. So war Meißner gezwungen, sich einen Parkplatz zu suchen. Er überlegte noch, ob er einen Parkschein ziehen sollte, nach der Begegnung mit dem Beamten war er renitent, doch seine Loyalität allen staatlichen Organen gegenüber behielt die Oberhand und er löste einen Parkschein über die Mindestparkzeit von 60 Minuten.

„Vielleicht finden wir den Kerl doch noch!"

Ein handschriftlicher Zusatz, Bleistift, schon leicht verblasst, auf einem Bericht zum Mord an Lydia Schweitzer, der 14-jährigen Schülerin aus Mannheim, der ihr Ausflug nach Augsburg zum Verhängnis geworden war. Meißner fiel es schwer, sich auf die Akten zu konzentrieren. Unterschrieben war der Bericht wie viele Unterlagen aus den Akten mit der Aufschrift „Schweitzer – 1971" von Vinzenz Stuber, der mit dem Fall federführend betraut gewesen war. Wann immer der Zusatz vorgenommen worden war, Stuber war damals noch nicht so pessimistisch wie an diesem Freitagmorgen, als er Meißner gegenübergesessen hatte. Die Augsburger Kripo hatte gut gearbeitet, war allen Spuren nachgegangen, hatte offensichtlich breit nach allen Richtungen recherchiert. Und war erfolglos geblieben. Meißner fand Details, die er bisher noch nicht kannte, im Großen und Ganzen aber brachten die Unterlagen keine neuen Erkenntnisse. Ein einziger Anhaltspunkt ergab sich, bei dem es sich lohnte nachzuhaken. An einem Hanfseil waren DNA-Spuren gefunden worden, die erst viele Jahre später ausgewertet werden konnten. Ohne die Kollegen aus Augsburg jedoch zum Täter zu führen. Aber, dachte Meißner, uns können sie jetzt vielleicht weiterbringen. Er musste Stuber überzeugen, die DNA-Spuren vom Tatort mit denen an den Briefen zu vergleichen. Vielleicht gab es Übereinstimmungen. Meißner war sich nicht sicher, ob er den Kollegen überzeugen konnte.

Die neuen Erkenntnisse im Fall der ermordeten Schülerin waren dünn, aber Meißner stieß auf einen weiteren ungeklärten Fall. Es ging um die Ermordung einer Gelegenheitsprostituierten. Heiderose Kunkel. 29 Jahre. Ohne festen Wohnsitz. Sie hatte ein Schließfach am Hauptbahnhof besessen, in dem sie ihre Habseligkeiten verwahrte. Meist schlief sie bei Freiern. Meist trieb sie sich in der näheren Umgebung der Prinzregentenstraße herum, damals ein Schwerpunkt des Straßenstrichs in Augsburg. Am Abend des 28. September 1969 wurde sie zuletzt in einer Kneipe in der Nähe des Wertachbrucker Tores gesehen. Meißner kannte das Tor. Gestern Abend war er mit Vera auf dem Weg zu dem Italiener in der Jesuitengasse daran vorbeigekommen.

„Das Wertachbrucker Tor", hatte Vera doziert, „ist ein umgebauter Turm aus dem Mittelalter. Er ist jetzt Zunftturm der Augsburger Schreiner."

Meißners Ankunft am Hauptbahnhof. Vera hatte ihn erwartet. Der Zug mit 15 Minuten Verspätung. Vera umarmte ihn. Sie roch vertraut, sie kam ihm vertraut vor, als ob er sich am Morgen erst von ihr verabschiedet hätte. Wann hatte er sie zum letzten Mal gesehen. Das musste sieben Jahre her sein. Klassentreffen. 10 Jahre Abitur. War das schon so lange her?

Der Fahrt vom Hauptbahnhof zu Veras Wohnung dauerte wenige Minuten. Sie fand direkt vor dem Haus einen Parkplatz.

„Nicht so einfach mit dem Parken hier", sagte sie, als sie ausstiegen.

Lindenstraße. Meißner musste lächeln. Lauer, der sich über ihn lustig machte. Meißner, ein treuer Fan der Dauerserie. Und er bekannte sich dazu. Seine Frau verließ am Sonntagabend demonstrativ das Wohnzimmer, wenn die Serie anfing.

„Das tue ich mir nicht an", war ihr wöchentlicher Kommentar. Für die Kinder herrschte striktes Lindenstraßenverbot. Und jetzt war Meißner in der Lindenstraße gestrandet. Wenn das seine Frau wüsste! Ein Altbau, von außen ganz passabel. Dem Treppenhaus würde eine Renovierung gut tun, ausgetretene Treppenstufen aus Holz. Rauchgeruch in der Luft.

„Der Typ aus dem zweiten Stock", sagte Vera, „ohne Kippe im Mundwinkel geht es nicht."

Veras Wohnung im vierten Stock. Schlicht, zweckmäßig, aber äußerst liebevoll eingerichtet. Meißner hatte eine Designerwohnung erwartet mit exklusiven, ausgesuchten Möbeln.

„Nichts Besonderes", sagte Vera. „Schlecht isoliert, letzten Winter hatte ich eine feuchte Wand im Schlafzimmer, undichte Ziegel. Und die Heizung könnte besser sein."

Meißner bemerkte Gaseinzelöfen.

„Gemütlich", sagte er.

„Ja, ich fühle mich hier richtig wohl", sagte Vera.

Sie standen in der Küche, die nicht aussah, als ob sie zum Kochen benutzt würde. Billy-Regale mit vielen Wein- und Sektgläsern. Ein Wandtattoo.

„Das Leben ist zu kurz, um schlechten Wein zu trinken."

Der Spruch würde Lauer gefallen.

190

Von der Küche ging ein Zimmer ab, Meißner sah einen Schreibtisch, eine Stereoanlage auf einem hellgrünen Brett an der Wand, darunter einen kleinen Fernseher, nein, keinen LCD-Bildschirm, ein antikes Röhrengerät, ein Sofa, eine Stehlampe, verschiedene Pflanzen auf dem Fensterbrett und eine riesige Palme davor.

„Wo schlafe ich?", fragte Meißner, der in die Tür zum Wohnzimmer getreten war. Er deutete auf das Sofa.

„Kann man ausklappen", sagte Vera. „Ist schnell bezogen."

Sie nahm ihn an der Hand und zog ihn durch die Küche.

„Deshalb wohne ich hier", sagte sie und deutete auf die Glastür, die auf eine Terrasse führte.

„Im Sommer ein Traum!"

Eine Lichterkette schlängelte sich um das Geländer der Dachterrasse. Überall standen Teelichter auf dem Boden. Vera öffnete die Tür und trat ins Freie. Sie breitete die Arme aus.

„Mein ganzer Stolz."

In der Mitte der Terrasse stand ein Tischchen, auf dem in einem Kühler eine Flasche Sekt thronte, davor zwei Sektflöten. Meißner kam, angesichts der Außentemperaturen, der Sektkühler unnötig vor. Vera öffnete die Flasche. Der Korken verschwand im Himmel über Augsburg und begab sich in seine Umlaufbahn. Meißner hatte das Gefühl, als sei er mit dem Betreten der Terrasse in eine andere Zeitebene gerutscht, aus der Wirklichkeit heraus, als sei er auf einem fremden Planeten gelandet. Im Licht der Kerzen und der Lichterkette prosteten sie sich zu.

„Schön, dass du da bist."

Es war eiskalt im Freien, Meißner spürte die Kälte nicht. Ewig könnte er hier stehen, leicht an Vera gelehnt, in der Hand das Sektglas, das perlende Getränk, das durch seine Speiseröhre rann. Ein angenehmes Prickeln.

191

Mannheim weit weg. Seine Frau weit weg, die Kinder weit weg, die Fehlgeburt, die Vorwürfe, die Tränen.

„Dein Magen knurrt", sagte Vera.

„Wir könnten kochen", sagte Meißner.

„Kommt nicht in Frage", sagte Vera. „Heute Abend gehen wir essen, du bist eingeladen."

Sie hatten sich zu Fuß auf den Weg gemacht, waren am Wertachbrucker Tor vorbeigekommen, die Lange Gasse hinaufgegangen, weiter, bis sie auf die Jesuitengasse gestoßen waren, in der sich das *Pastissima* befand.

„Ein kleiner, gemütlicher Wohnzimmeritaliener", hatte Vera vorher gesagt.

Sie wählte ein Menü mit allem Drum und Dran. Rucolasalat mit gehobeltem Parmesan, eine Minestrone, hausgemachte Gnocchi mit Büffelmozzarella, Saltimbocca alla Romana und als Dessert Tartufo-Eis mit Joghurtsauce und Apfelspalten, dazu passende Weine, angefangen mit einem Pinot grigio, über einen Chianti und dem Hauswein, einem Primitivo, ein absolutes Muss, so Veras Worte, bis zu einem süßen Garganega zum Dessert, eine Rebsorte, die Meißner bisher nicht gekannt hatte. Espresso und Grappa als Abschluss, versteht sich. Ein himmlisches Essen!

Vera bestand darauf, die Rechnung zu übernehmen.

„Ich wohne doch schon bei dir", protestierte Meißner. Vera ließ sich nicht umstimmen. Der Rückweg, die eiskalte Luft, Meißner hatte genügend Zeit, um in die Wirklichkeit zurückfinden. Allein fand er den Weg nicht. Lag es an dem Wein, den er in Mengen genossen hatte? Hatte die Atmosphäre auf der Dachterrasse ihn verzaubert? Meißner konnte es später nicht sagen. Er blieb auf seinem Planeten, dem Planeten, auf dem er und Vera sich befanden, dem Planeten, der unbeirrt seine Bahn zog. Das Gästesofa wurde nicht benötigt. Nur hier und jetzt. Keine Vergangenheit. Keine Erinnerungen. Und vor allem keine Probleme. Nur er und Vera. Sonst nichts.

„Morgen Abend geht es rustikaler zu. Da gehen wir zu meinem Lieblingstürken, keine fünf Minuten von hier. *Nehir-Hecht* heißt das Restaurant", sagte Vera, als sie ausgestreckt im Bett nebeneinanderlagen. Meißner war so müde, dass er sich nicht über den seltsamen Namen wunderte.

Heiderose Kunkel, die ermordete Prostituierte. In einer Kneipe am Wertachbrucker Tor zuletzt gesehen. Das konnte nur das *Thorbräu* sein, gegenüber dem alten Stadttor.

„Augsburgs historische Brauerei, hier wird seit dem 16. Jahrhundert Bier gebraut", hatte ihm Vera im Vorbeigehen erzählt. „Wenn wir es schaffen, müssen wir hier noch reinschauen am Wochenende, echt urig. Und das Bier ist gut."

Meißner fiel es schwer, sich auf die Akten zu konzentrieren. Zu viel schwirrte in seinem Kopf herum. Am Abend des 28. September zuletzt gesehen. Kurz nach Mitternacht brannte der Leichnam der Frau auf einem Feld bei Augsburg. Stuber hatte wieder einen handschriftlichen Zusatz angebracht. „Fundort Lydia! Fundort Heiderose!" Aus den beiliegenden Karten sah Meißner, dass die Fundorte nur wenige Kilometer auseinanderlagen. Laut Obduktionsbericht war Heiderose Kunkel erschlagen worden. Dann 18 Stiche in den Hals. Zusatz Stuber: „großes Gewaltpotenzial des Täters!" Heideroses Leichnam war mit einer Decke und einem Strick verschnürt. Einem Hanfstrick! Meißner blätterte zurück zu den Unterlagen des Mordes an Lydia Schweitzer. Die Hanfschnur! Decken, die damals in Lastwagen verwendet wurden. An einer Stelle der Decke unter dem Blut der Ermordeten kam eine winzige DNA-Spur zum Vorschein, die wahrscheinlich vom Täter stammte. Groß genug, um zu Ergebnissen zu führen? Neben der Leiche wurden Reifenspuren gefunden, ein Opel Diplomat, Baujahr 1964, ein Auto, das zu jener Zeit für Kurierfahrten eingesetzt worden war. Stuber kam zu dem Schluss, dass der Täter höchstwahrscheinlich im Speditionsgewerbe beschäftigt war und im Großraum Augsburg leben musste. Der Mann musste sich in Augsburg gut auskennen, er kannte die Plätze, an denen damals noch Straßenprostitution stattgefunden hatte.

Alle Spuren, noch so akribisch gesammelt, verloren sich im Nichts. Ein ungelöster Fall, der Hauptkommissar Stuber wenige Monate vor seiner Pensionierung kalt zu lassen schien. Vielleicht spielte er Meißner aber auch Theater vor.

2005 war Bewegung in den Fall gekommen.

„36 Jahre alter Mord an Prostituierter kurz vor der Aufklärung?", hatte die Augsburger Allgemeine Zeitung getitelt. Was war geschehen? Ein Brief war beim LKA Bayern in München eingegangen. Ein anonymer Brief.

„Ich melde mich bei Ihnen, weil ich Gewissensbisse habe. 1999 lernte ich in Augsburg einen Mann kennen. Er war Fahrer für eine Spedition. Wir liefen uns in einer Kneipe über den Weg. Als ich ihn näher kannte, beichtete er mir 2001 einen Mord. Da er angetrunken war, glaubte ich ihm nicht. Ich wollte nicht in eine Sache verwickelt werden und hatte Angst. Meinen Freund wollte ich nicht unnötig gefährden. Es konnte sein, dass er mir etwas vorgaukelte. 2003 starb er an Krebs. Ein Jahr später ging ich in Rente und zog von Augsburg fort in ein Altersheim in meine Heimatstadt. Ich hatte die Sache mit dem Mord an einer Prostituierten schon vergessen, aber jetzt, wo ich alt und krank bin, plagt mich das Gewissen. Vielleicht hat mein Bekannter mir ja die Wahrheit erzählt. Kann auch sein, dass alles Quatsch ist."

Der Brief war abgestempelt im Briefzentrum Mannheim. Natürlich konnte der Schreiber in Mannheim wohnen.

194

Meißner dachte an die vielen Altersheime in der Stadt. Schon das eine Stecknadel im Heuhaufen. Aber das Einzugsgebiet für das Briefzentrum ging bis ins Saarland. Und es war nicht nachvollziehbar, ob ein Brief auf dem Waldhof oder zum Beispiel in Weiskirchen, einem Nobelort im Naturpark Saar-Hunsrück, aufgegeben worden war.

Das Frühstück heute Morgen. Der Wecker klingelte vor sechs. Aber Meißner fühlte sich frisch, erholt, ausgeschlafen. Er holte Brötchen bei Ihle auf der Wertachstraße.

„Die machen früh auf", hatte Vera gesagt und ihm den Weg beschrieben. Er brachte sie zur Fuggerbank, fuhr mit ihrem Auto weiter bis zur Kripo in Augsburg, landete im Keller, grub sich in Akten ein, die ihm wieder und wieder entglitten.

Wie Sand, der durch die Finger rieselt, dachte Meißner und schüttelte den Kopf über den Vergleich.

„Eine arme Frau", sagte Stuber und deutete auf das Foto, auf dem Heiderose Kunkel den Betrachter anlächelte. Ein offener, ehrlicher Blick. Meißner hatte nicht gemerkt, dass Stuber hinter ihn getreten war.

„Sie ging mit jedem Freier mit, der ihr ein Bier spendierte."

Meißner wunderte sich, wie kooperationsbereit der Hauptkommissar aus Augsburg plötzlich war. DNA-Abgleich Hanfseil Lydia Schweitzer mit den Bekennerbriefen, die in Mannheim eingegangen waren, kein Problem. DNA-Abgleich der Mannheimer Briefe mit dem Brief an das LKA in München, natürlich, selbstverständlich. Nein, die DNA-Spur an der Decke, in die die Prostituierte eingewickelt gewesen war, war nicht verwendbar, nein, mit neuesten Methoden auch nicht, alles schon abgeklärt.

„Sie glauben, junger Kollege, das alles geht mir am Arsch vorbei", sagte Stuber. „Da sind Sie auf dem Holzweg, gewaltig auf dem Holzweg. Diese beiden unaufge-

195

klärten Verbrechen haben an mir genagt, jahrelang, ein Stachel in meinem Fleisch. Meine Frau hat mich sitzen lassen, weil sie es nicht ertragen hat, dass sich mein ganzes Leben nur noch nach diesen Morden richtete, dass ich an nichts anderes mehr denken, dass ich über nichts anderes mehr reden konnte. Irgendwann habe ich resigniert, weil ich nicht ganz vor die Hunde gehen wollte. Aber das verstehen Sie nicht, junger Kollege."

Meißner verstand seinen alten Kollegen, er wusste nicht, wie er es ihm sagen sollte.

„Ich werde mich drum kümmern, dass die DNA-Abgleiche so schnell wie möglich vorgenommen werden", sagte Stuber und verließ den Kellerraum. In der Tür blieb er stehen.

„Soll ich Ihnen was zu essen bringen lassen?"

„Nicht nötig", sagte Meißner und schaute auf seine Uhr. Es war kurz nach zwölf und er vergrub sich wieder in den Akten.

Meißner schaute das nächste Mal auf seine Uhr, als sein Magen knurrte. Er erschrak. Es war kurz vor 16 Uhr. Für halb sechs hatte er sich mit Vera verabredet. Er wollte sie an der Bank abholen. Und vorher wollte er noch ein wenig durch die Augsburger Altstadt bummeln und eine Kleinigkeit für die Kinder und seine Frau besorgen. Er klappte die Akten zu und ging zum Büro von Stuber. Die Tür war abgeschlossen. Der machte freitags anscheinend pünktlich Feierabend. Er überlegte, ob er dem Beamten an der Pforte eine Nachricht für den Hauptkommissar geben sollte. Er ließ es bleiben. Meißner suchte gar nicht erst einen Parkplatz in der Nähe der Altstadt. Er fuhr, wie Vera ihm empfohlen hatte, gleich in das Parkhaus am Ernst-Reuter-Platz. Von dort war es nicht weit zum Stadtmarkt. Bei einem japanischen Imbiss aß er eine Kleinigkeit, nicht viel, da er mit Vera am Abend noch zu dem Türken mit dem seltsamen Namen wollte. Dann

196

kaufte er spontan eine geflochtene Umhängetasche aus Bast für seine Frau. Eine ähnliche Tasche hatte sie schon, aber er hatte keine Lust, sich lange den Kopf zu zerbrechen, was er ihr mitbringen sollte. In der Schlosser'schen Buchhandlung in der Annastraße wurde er gut beraten. Er entschied sich für den Fantasyroman „Tom Scatterhorn und der Saphir des Maharadscha", ein Junge allein in einem heruntergekommenen Naturkundemuseum, ausgestopfte Tiere, die zum Leben erwachen, sprechende Mammuts, Tigerjagden, Lebenselixiere, Zeitreisen in die Vergangenheit, ein kostbarer Saphir, nach dem alle jagen, das hörte sich gut an, das würde seiner Tochter gefallen. Und die beiliegende Forscherlupe bestärkte ihn in seiner Entscheidung. Seine Tochter war eine richtige Leseratte, die Harry-Potter-Romane hatte sie, obwohl sie nicht mal zehn war, verschlungen. Für seinen Sohn wählte er ein Bilderbuch aus, „Der Grüffelo", ein Kinderbuchklassiker aus Großbritannien, wie ihm die Buchhändlerin sagte. Kleine Maus überlistet großes Monster. Dafür würde sich sein Sohn begeistern. Als Meißner im *Centro Caffé* saß, wurde ihm die ganze absurde Situation bewusst. Da zerbrach er sich den Kopf, wie er seiner Familie eine Freude machen konnte, da suchte er für seine Frau und für seine Kinder passende Mitbringsel aus. Und saß jetzt hier und wartete auf eine andere Frau, mit der er die letzte Nacht verbracht hatte. Er hatte seine Frau betrogen. Wohin sollte das noch alles führen?

„Im *Centro* gibt's den besten Kaffee in Augsburg!"

Vera hatte nicht übertrieben. Nach dem Milchkaffee bestellte er noch einen doppelten Espresso. Es war Viertel vor sechs. Vera könnte langsam kommen. Er vertrieb sich die Zeit und tippte eine SMS für Lauer in sein Smartphone.

„Hallo, Leo, viele neue Informationen gewonnen. DNA-Abgleich erfordert noch Zeit. Muss das Wochenende noch dranhängen. Hoffe, dir geht es gut. Gruß Julian."

197

Er hatte die Nachricht gerade gesendet, als er selbst eine SMS erhielt.

„Wird später. Fahr schon vor. Hecht-Nehir, türkische Spezialitäten in der Kurzen Wertachstr., parallel zur Wertachstr. Nicht zu verfehlen. Nehme mir ein Taxi. Freu mich. Vera!"

Das Ausrufezeichen hinter „Vera" irritierte Meißner. Er winkte dem Kellner, zahlte und ging.

achtundzwanzig

Risikolos

„Es war offensichtlich, Chef, du hattest dich verrannt", sollte Susanne später sagen, als der Fall mit den gefrorenen Leichen Geschichte war. Und Lauer würde nicken und ihr recht geben. Zumindest im Stillen. Vorhin, direkt nach der Dienstbesprechung, hatte ihr Einwand vorsichtiger geklungen.

„Könnte es sein, Leo, dass du dich da ein wenig in etwas hineinsteigerst?"

„Ich weiß nicht, was du meinst", antwortete Lauer und war berührt von der Anrede. Leo! Noch nie hatte Susanne ihn so angesprochen. Chef! Eine Anrede, die ihm schmeichelte, die er gerne hörte, weil sie so locker und unkompliziert war. „Leo" setzte Vertrauen voraus. Nähe. Eine Nähe, der er sich in diesem Moment nicht gewachsen fühlte. Der er sich nicht aussetzen wollte.

„Dann eben nicht", sagte Susanne und es hörte sich nicht eingeschnappt an. „Ich mach mich auf den Weg zur Abendakademie."

„Alleine?"

„Du hast ja gehört, es ist niemand verfügbar. Aber was soll da passieren? Reine Routinebefragung ..."

„Ja, was soll passieren? Stimmt", sagte Lauer und es würde nicht lange dauern, bis diese Meinung nachhaltig erschüttert wurde und er sich Vorwürfe machte, dass er Susannes Alleingang nicht verhindert hatte.

„Ich melde mich, wenn ich was Wichtiges erfahre."

Susanne, die das Zimmer verlassen hatte, kam noch einmal zurück.

„Übrigens: Brauchst du mich morgen? Ich wollte heute nach Dienstschluss zu meinem Freund, aber nur wenn du nichts dagegen hast."

„Fahr nur. Du hast einen Freund."

Susanne lachte ihn an, dann war sie endgültig verschwunden. Lauer war überrascht, Sie hatte nie etwas von einem Freund erzählt.

Bevor Lauer zum Büro von Oberkommissarin Meyers gegangen war, hatte er den Umschlag Frau Werner in die Hand gedrückt und sie gebeten, das Schreiben an den Vorgesetzten von Polizeihauptmeister Frühauf weiterzuleiten. Lauer hatte auf eine offizielle Beschwerde verzichtet und sich für eine informelle Notiz entschieden. Er wollte die Sache tief hängen, war sich jedoch über die Brisanz bewusst. Er hatte ein ungutes Gefühl, als er das Büro seiner Sekretärin verließ.

Was haben Sie damit zu tun?

Wie kommen Sie dazu, sich in den Revierdienst einzumischen?

Warum haben Sie den Rentner mit seiner Beschwerde nicht unverzüglich an die richtige Adresse geschickt?

Solche und ähnliche Reaktionen von Vorgesetztenseite befürchtete Lauer. Von der Reaktion der Kollegen ganz zu schweigen. Nestbeschmutzer! Lauer war sich nicht sicher, ob er richtig handelte. Dann sah er den Rentner vor sich sitzen, sah dessen Wut, dachte an sein Versprechen, das er dem alten Mann gegeben hatte, dachte an seine eigene Wut auf die Unverschämtheiten des Hauptmeisters.

„Ich bin jetzt bei der Meyers", sagte er zu Frau Werner, „wir sind den ganzen Tag über außer Haus, Zeugenvernehmungen. Singlebörse, Sie wissen schon."

Frau Werner nickte.

„Sie wissen ja, wie Sie mich erreichen."

Um 10:59 Uhr hatte Lauer das Büro der Oberkommissarin Meyers betreten. Sie war mit ihm die Liste der Bekanntschaften des Peter Lauinger durchgegangen, sie hatten gemeinsam geplant, in welcher Reihenfolge sie die noch fehlenden Namen abarbeiten wollten. Um 11:17 hatten sie das Polizeipräsidium verlassen. Um 20:44 standen sie vor dem Wohnhaus in der Lortzingstraße, in der Nähe des Capitols. Gerade hatten sie die letzte Internetbekanntschaft vernommen. Den ganzen Tag hatten sie ein Gespräch nach dem anderen geführt, unterbrochen nur von einem Biokaffee und einem Muffin im *Cafga* am Schillerplatz. Lauer fühlte sich erschlagen.

„Geschafft", sagte Meyers zufrieden.

Lauer wunderte sich.

„Wir haben uns eine Belohnung verdient", sagte die Kollegin.

„Das stimmt", sagte Lauer, der am liebsten zu Hause auf sein Sofa gesunken wäre.

„Um die Ecke, am alten Messplatz, das *Da Raffaele*, Geheimtipp, preiswerter Italiener."

„Hört sich gut an."

Lauer kannte das Lokal vom Hörensagen. Vor ein zwei Jahren war es im „Espresso" gelobt worden, er hatte sich immer mal wieder vorgenommen, dort vorbeizuschauen, es nie geschafft.

„Hoffentlich ist noch was frei", sagte Meyers, „Freitagabend um diese Zeit."

Lauer lief hinter der Kollegin her.

Ristorante Da Raffaele – Steinofenpizza stand über die Breitseite des schmalen Hauses. Die Eingangstür mit dem braunen Rauchglas lud nicht gerade zum Eintreten ein. Wenig stilvoll, dachte Lauer. Die kleine Kneipe wirkte unscheinbar. Der Gastraum war voll, Lauer sah keinen freien Tisch, er wollte schon umdrehen. Meyers hielt ihn am Ärmel fest und zog ihn durch die Tür. Das Lokal war schlicht möbliert, hatte aber Stil und Charme. Lauer gefiel es auf Anhieb. Tatsächlich fanden sie um die Ecke, ganz am Ende des Raums direkt vor den Toi-

201

letten noch einen Tisch mit zwei Plätzen. Ohne Lauer zu fragen, hatte Meyers beim Hereingehen zwei doppelte Espressi bestellt.

„Die besten in Mannheim", erklärte sie Lauer.

Die Espressi wurden schnell serviert und schmeckten wirklich. Dann mussten Lauer und seine Kollegin einige Zeit warten, bis sie endlich bestellen konnten. Meyers, so schätzte Lauer seine Kollegin ein, würde sich bestimmt einen Saft bestellen, Apfelsine oder Johannisbeere. Lauer würde sein letztes Hemd verwetten.

„Wetten tun die Juden, wenn sie Geld brauchen", hatte sein Vater früher gesagt, wenn Lauer als kleiner Junge unbedingt recht behalten wollte und gesagt hatte: „Wollen wir wetten?"

Damals war ihm die Antwort seines Vaters unverfänglich erschienen.

Meyers bestellte ein Weizenbier.

Die Wette hätte ich verloren, dachte Lauer. Er entschied sich für einen Montepulciano. Meyers betonte sie, dass die Pizzen hier zu empfehlen seien. Lauer, der die Speisekarte inzwischen auswendig kannte, bestellte als Vorspeise einen Salat mit Artischocken und Pilzen, gedünstet in einem Schuss Sambucca und danach eine weiße Pizza mit Parmaschinken. Meyers entschied sich für einen gemischten Salat, Spaghetti aglio olio und ein Tiramisu zum Dessert. Sie esse kein Fleisch, sagte sie ihm, wie um ihre Bestellung zu erklären.

Eine Vegetarierin, dachte Lauer.

„Es gefällt Ihnen hier nicht", sagte Meyers unvermittelt.

„Doch, doch", beeilte sich Lauer. „Schön hier. Mir ging nur durch den Kopf, dass ich kaum etwas über Sie weiß", versuchte er abzulenken.

„Was wollen Sie wissen? Dass ich 42 bin? Dass ich geschieden bin? Dass ich alleine lebe? Dass ich von Männern die Nase voll habe? Dass ich eine Tochter habe, die

202

16 ist, die bei ihrem Vater lebt und immer weniger von ihrer Mutter wissen will? Genug?"

„So genau wollte ich es gar nicht wissen", sagte Lauer.

Der Wein schmeckte, Lauer suchte nach einer passenden Beschreibung. Es fiel ihm nichts ein. Die Salate wurden gebracht und Lauer war froh, dass er sich auf das Essen konzentrieren konnte. Er hatte Hunger. Der Salat war gut, eine Riesenportion. Aber etwas fehlte.

„Könnten wir noch ein wenig Brot haben zum Salat?"

„Kommt sofort!"

Lauer nippte am Wein.

„Tröstlich", sagte er mehr zu sich selbst.

„Dass ich eine verkorkste Person bin?"

„Nein, nein, der Wein, ich habe die ganze Zeit nach einer passenden Beschreibung gesucht, jetzt habe ich sie gefunden. Tröstlich."

Meyers bestellte sich ein zweites Weizen, Lauer wischte seinen Teller mit dem Brot sauber. Als er das Stück Brot in den Mund schieben wollte, vibrierte sein Handy. Eine SMS.

„Hallo, Chef, gut angekommen, alles in Ordnung. Fehlanzeige bei der Abendakademie. Keine neuen Erkenntnisse. Keine relevante Spur. Gruß Susi."

Lauer informierte seine Kollegin.

„Ich hatte mir von dieser Spur mehr erhofft."

„Sie haben gedacht, die Singlebörse würde uns zur Lösung des Falles führen", sagte Meyers, die ihr zweites Bier in Rekordzeit ausgetrunken hatte.

„Ich streue Asche auf mein Haupt", sagte Lauer.

„Wäre schade um Ihre Haare."

Lauer war stolz, seine Haare wurden zwar langsam grau, waren aber immer noch voll und kräftig. Hatte die Kollegin ihm ein Kompliment gemacht?

„Ich war auf dem Holzweg, das gebe ich ja zu."

Susannes SMS, irgendetwas irritierte ihn. Aber er kam nicht darauf, was.

Im Lauf des Tages hatten Meyers und Lauer die restlichen Namen der Liste abgearbeitet. Bis auf eine Internetbekanntschaft Lauingers, die sie nicht zu Hause angetroffen hatten, hatten sie mit allen Frauen geredet, mit denen sich Lauinger getroffen hatte. Alle hatten mit ihm geschlafen, alle hatte Lauinger danach mehr oder weniger schnell und unromantisch abserviert, alle hatten sie eine Wut auf den Casanova. Aber keine von ihnen erweckte den Eindruck, dass diese Wut ausreichend gewesen wäre, um Lauinger brutal ins Jenseits zu befördern und ihn am Wasserturm als tiefgefrorene Leiche öffentlich auszustellen. Erschwerend kam hinzu, dass der Transport der Leiche zum Wasserturm von einem Mann erledigt worden war. Die Aussage des Herrn Ungstein war in diesem Punkt eindeutig. Also musste es, vorausgesetzt, eine weibliche Internetbekannschaft hatte Lauinger getötet, einen Komplizen geben, der die Leiche entsorgt hatte. Wenn Lauer ehrlich war, war er in diesem Zusammenhang verdächtiger als alle Frauen zusammen, die sie vernommen hatten. Seine Eifersucht wog schwer. Mit jedem Gespräch war seine Wut ein wenig größer geworden.

Während sie auf die Pizza und die Spaghetti warteten, gingen sie die einzelnen Gespräche noch einmal durch. Sie kamen zu demselben Ergebnis. Die virtuellen Bekanntschaften des Peter Lauinger, die Frauen, mit denen er keinen wirklichen, Meyers sprach von „körperlichem", Kontakt gehabt hatte, konnten sie außer Acht lassen. Und die beiden Kripobeamten waren sich einig, dass die Internetbekanntschaften nicht zur Lösung des Mordfalls beitragen konnten. Das Motiv musste woanders liegen. Und erst wenn sie das Motiv kannten, konnten sie gezielt nach dem Mörder suchen. Lauingers berufliche Aktivitäten waren im Moment der einzige Ansatzpunkt, an den sie sich klammern konnten.

„Warum sind Sie in diesem Fall so wenig distanziert?", fragte seine Kollegin. Lauer schob den leeren Salatteller in Zeitlupe zur Tischmitte. Ihn traf die Feststellung unvermittelt.

„Ich weiß nicht. Was meinen Sie, was soll ..."

„Sie wissen genau, was ich meine."

Im ersten Moment wollte Lauer abwiegeln, wollte alles herunterspielen, dann sah er Meyers von der Seite an, sah ihr Profil, sah, wie sie fast unbeweglich auf die Fensterscheibe zum Messplatz starrte, sah, dass er dieser Frau nichts vormachen konnte, dieser Frau, die eine Traurigkeit ausstrahlte, die Lauer neugierig machte und die ihn zurückschrecken ließ. Die ganze Zeit hatte es ihm auf der Zunge gelegen, ihr das Du anzubieten, jetzt beschloss er, es bleiben zu lassen. Ihre Trauer umgab sie wie eine Mauer und er wollte sich an dieser Mauer nicht den Kopf anschlagen.

Der Kellner brachte die Hauptgerichte. Lauers Pizza reichte weit über den Tellerrand, war hauchdünn und schmeckte fantastisch.

„Nicht nur den besten Espresso gibt es hier", sagte er, schnalzte mit der Zunge und hielt Meyers einen Streifen Pizza hin, ohne Parmaschinken natürlich.

„Ich kenne eine der Frauen, mit denen Lauinger Kontakt hatte", sagte er.

„Ich habe es mir gedacht. Hanne Seeigel-Müller?"

„Wer hat Ihnen das erzählt?"

„Niemand, Kollege Lauer. Ich habe Augen im Kopf und ich habe Sie angesehen, als ich von der Vernehmung dieser Frau berichtet habe."

Meyers hielt Lauer eine Gabel, gefüllt mit den Spaghetti, hin. Lauer war von der Vertrautheit überrascht. Schnell lehnte er ab.

„Wie Sie wollen", sagte seine Kollegin und es klang nicht beleidigt. „Der Knoblauch ist fast roh. Wenn Sie heute Abend noch was vorhaben, ist es so besser", fügte sie hinzu.

Kein Problem, dachte er. Mit Hanne würde er sich heute Abend nicht mehr treffen. Er sagte aber nichts. Meyers bestellte ein weiteres Bier und Lauer beschloss, nicht mehr mitzuzählen. Er überlegte, ob er mit dem Rotwein nachziehen sollte. Eine gute Grundlage hatte er.

„Sie sitzen auf dem Trockenen."

Als Lauer ihr alles über sich und Hanne, über seinen Sohn Fabian, seine Mutter und ihren neuen Freund, die Befürchtungen seiner Schwester in Bezug auf das Liebesleben ihrer Mutter und seine Beziehung zu seinem Kater erzählt hatte, hatte er einen zweiten Montepulciano, ein alkoholfreies Bier, eine Apfelschorle, ein Mineralwasser und einen Cappuccino getrunken. Das Lokal hatte sich geleert, kein Wunder, es ging auf Mitternacht zu. Lauer verlangte die Rechnung.

„Zusammen?", fragte der Kellner.

„Getrennt", sagte Meyers.

Draußen vor der Gaststätte umarmte sie ihn kurz und gab ihm einen Kuss auf die Backe.

„War schön", sagte sie. „Morgen sollten wir uns das berufliche Umfeld des Peter Lauinger genauer ansehen. Bis morgen früh, Kollege Lauer, ich wohne hier in der Nähe."

Sie wohnt hier in der Nähe. Lauer hatte es nicht gewusst. Er hatte den Abend mit ihr verbracht, es war ein angenehmer Abend gewesen. Er hatte ihr seine innersten Gedanken offenbart, er hatte über alles, was ihn bewegte, geredet. Und er war sich nicht sicher, wie seine Kollegin mit Vornamen hieß. Sicher, er hatte einige Details aus ihrem Leben erfahren, aber das war zu Beginn des Abends gewesen, giftig und kurz herausgespuckt. Von sich erzählt, richtig erzählt, das hatte sie nicht. Nur er, Lauer, hatte geredet und geredet, von sich geredet. Was musste die Kollegin von ihm denken? Auf dem Weg zu seinem Auto musste er an Susanne denken. Die SMS. Susi. Susi! Das war es! Lauer hatte noch nie mitbekommen, dass jemand sie mit Susi angesprochen hatte. Lauer kannte Susannes Mutter. Ihre Eltern hatten in Schwetzingen am Schlossplatz eine Gaststätte. Lauer war mit Susanne einmal dort gewesen. Susanne, so hatte auch ihre Mutter sie angesprochen. Susi? Was sollte das bedeuten? Wollte sie ihm etwas mitteilen? Sollte es ein Hinweis sein? Vielleicht war es bedeutungslos? Susi. Susanne. Er zog sein Handy aus der Tasche, scrollte durch die Kontakte, viel zu spät, dachte er, aber da hatte er schon auf die Anruftaste gedrückt. Es meldete sich eine bekannte Frauenstimme.

„Die von Ihnen gewählte Rufnummer ist zurzeit nicht erreichbar. Versuchen Sie es später noch einmal."

Lauer war erleichtert, als er die Durchsage hörte. Es war eine Schnapsidee gewesen, um diese Zeit bei Susanne anzurufen. Sie besuchte ihren Freund. Es war nach Mitternacht. Es war Samstag, der 10. Januar 2009. Und noch immer war es arschkalt. Ein Glück, dass Susanne ihr Handy ausgeschaltet hatte.

neunundzwanzig

Das Risiko tragen Sie

Es hörte sich verlockend an. „Global Champion", ein absolut sicheres Zertifikat. So gut wie kein Risiko. Ich hätte genauer hinhören sollen.

Er sagte nicht: „Kein Risiko."

Er sagte: „So gut wie keins."

Feine Unterschiede, das werden Sie zugeben. Aber darauf habe ich nicht geachtet. Es gab für mich keinen Grund. Es passte alles zusammen. Die Erbschaft von unserer Tante. 80.000 Euro. So viel hatten wir noch nie besessen. Meine Frau wollte die Hypothek auf unser Haus abbezahlen. Ich hatte keine Meinung, fand es in Ordnung. Unsere monatlichen Belastungen würden sich verringern, unser Haus wäre in absehbarer Zeit schuldenfrei. Es wäre vernünftig gewesen. Dann lief mir dieser Kerl über den Weg. Zufällig. Der Computerkurs.

Sie haben recht. Ich führe mich wie ein Kleinkind auf. Dieser Mann hat einen Namen. Ja. Lauinger! Peter Lauinger! Er machte einen integren Eindruck. Vertrauenswürdig. Ehrlich. Wie er sich anstellte am Computer! Was haben wir im Kurs gelacht. Nach der zweiten Kursstunde wartete er, bis alle den Raum verlassen hatten. Dann fragte er mich, ob ich ihm Einzelstunden geben könne. Ich war nicht begeistert, wollte die Zeit lieber mit meiner Familie verbringen, mit Jens. Aber er bot mir 40 Euro für die Stunde. 45 Minuten, müssen Sie wissen. Das liegt über den Sätzen, die die Abendakademie zahlt. Ich habe zugesagt. Ich glaube nicht, dass bei den Einzelstunden viel herausgekommen ist. Die Fortschritte hielten sich in Grenzen. Enge Grenzen, muss ich betonen. Ich weiß im Nachhinein nicht, ob es ihm auf die Stunden ankam, oder ob er mit mir ins Gespräch kommen wollte, ob er in mir einen potenziellen Kunden sah. Geschickt fragte er mich nach unseren finanziellen Verhältnissen aus, Einkünfte, Guthaben, Hypothek. Es hörte sich beiläufig an, hingeworfen, ohne Absicht dahinter. Ich merkte nicht, wie er seine Netze auswarf, wie ich mich darin verfing, verhedderte, wie ich an Land gezogen wurde.

Hochglanzprospekte. Traumhafte Renditeerwartungen. Zertifikate mit dem schönen Namen „Global Champion". Dass es Schuldverschreibungen waren, die an die Bonität der Lehman Brothers Bank aus den USA gekoppelt waren, wusste ich zu diesem Zeitpunkt nicht. Meine Frau und ich waren unbedarft. Wir hatten noch nie mit Aktien spekuliert, weil uns das Risiko zu hoch war. Wir hatten keine Ahnung von Fonds, wir wussten nicht, was Zertifikate sind. Wir hielten Geld zurück für unsere Bausparverträge, wir zahlten unsere Hypothek ab. Wir hatten einen monatlichen Dauerauftrag eingerichtet, Übertrag vom Giro- auf das Sparkonto. Wenn wir Geld übrig hatten, trugen wir es direkt auf das Sparkonto. Wir waren naiv. In Bankierskreisen werden solche Kunden als „dumm" eingestuft. Meist haben diese „dummen" Kunden eine zweite Eigenschaft, sie sind älter als 60. Das traf auf uns nicht zu. Lauinger bombardierte mich mit Informationen, die ich nicht verstand. Mit „weitreichenden Garantien", mit „einhundertprozentigem Kapitalschutz" wurde geworben in den Broschüren. Im Kleingedruckten, das ich überflog, war ganz allgemein von Produktrisiken die Rede.

„Der Anleger trägt das Kreditrisiko des Emittenten", stand dort zu lesen.

„Kein Problem", sagte Lauinger und erklärte erst einmal, dass der Emittent der Herausgeber der Zertifikate sei.

„Rechtlich kaufen Sie eine Inhaberschuldverschreibung und werden somit Gläubiger des Zertifikate-Emittenten", sagte Lauinger.

209

Ich sah kein Problem darin, Gläubiger zu sein, im Gegenteil. Dass er uns mit seiner Erklärung nicht über die Produktrisiken aufgeklärt hatte, war mir nicht einmal bewusst. Meine Frau war nicht begeistert. Hätte ich auf sie gehört! Ich legte die ganzen 80.000 in diesen Zertifikaten an, „Global Champions". Lauinger brachte eine Flasche Champagner zum Einzelunterricht mit, bei dem ich ihm den von mir und meiner Frau unterschriebenen Vertrag aushändigte. Der Einzelunterricht fiel aus, wir feierten. Ich kam mir schlau vor. Wie ein Champion!

Angeblich entwickelte sich alles prächtig. Jedes Mal, wenn ich Lauinger traf, reckte er den Daumen nach oben.

„Alles im grünen Bereich", war sein Standardsatz. „Die Zertifikate entwickeln sich hervorragend."

Dann kam der 15. September 2008. Unser Super-Gau, nur dass ich es noch nicht wusste. Der schwarze Montag. Die Lehman Brothers Bank meldete Bankrott an. Weitere Institute steckten in Schwierigkeiten. Noch war mir nicht klar, welch verheerende Auswirkungen das für uns hatte.

Ich las im Rhein-Neckar-Anzeiger von den Turbulenzen auf den internationalen Geldmärkten, ich hörte die Nachrichten im Radio, verfolgte den Brennpunkt im Fernsehen, ich wurde unruhig und rief bei Lauinger an. Er druckste herum.

„Was ist los?", fragte ich.

„Es sieht nicht gut aus", sagte er.

Erst jetzt erfuhr ich den Zusammenhang zwischen unseren Zertifikaten und der Lehman Brothers Bank.

„Vielleicht sollten wir die Zertifikate verkaufen", schlug ich vor.

Lauingers Antwort vergrößerte meine Sorge.

„Die Global Champion Zertifikate können nicht mehr gehandelt werden. Das ist ein Nachteil bei Zertifikaten", sagte er und ich glaubte, eine Teilnahmslosigkeit aus seiner Stimme zu hören.

Ich verwies auf den angeblich 100-prozentigen Kapitalschutz.

„Nicht im Insolvenzfall", sagte Lauinger. „Das Bonitätsrisiko tragen Sie, leider."

Dieses „Leider" machte mich wütend.

Da sei bei Zertifikaten nichts zu machen. Anders sei dies bei Fonds. Diese stellten ein Sondervermögen dar, das im Insolvenzfall vom sonstigen Vermögen der auflegenden Gesellschaft getrennt und damit vor fremdem Zugriff geschützt werde. Auch Aktiendepots nehmen von der Insolvenz der Depotbank keinen Schaden. Sparbücher und Festgelder seien zumindest teilweise durch Einlagensicherungssysteme geschützt.

„Zertifikate bieten große Chancen, hohe Renditen, es muss aber erwähnt werden, dass es für Zertifikate einen geringeren Schutz gibt als bei den meisten anderen Finanzprodukten", sagte Lauinger.

Mir verschlug es die Sprache.

„Was können wir machen?", brachte ich endlich heraus.

„Wir?", sagte Lauinger verständnislos. „Sie müssen sich damit abfinden, dass es Verluste gibt. Habe ich Sie nicht auf das Kreditrisiko hingewiesen?"

Natürlich hatte er das, nur hatte ich nicht verstanden, was er damit gemeint hatte, hatte die Zusammenhänge nicht kapiert. Die Folgen waren mir nicht klar gewesen.

„Machen Sie mir keine Vorwürfe", sagte Lauinger und legte auf.

Noch war mir der ganze Schaden nicht bewusst. Dann kam mit der Post ein Depotauszug. Der Wert unserer Papiere wurde mit null geführt. Der Tag des Verlustes datierte auf den 15. September. Erst jetzt kapierte ich. Wir hatten unser ganzes Geld verloren. Das Geld für die

211

Operation unseres Sohnes. Die Operation, unsere letzte Hoffnung. Lauinger hatte uns um unser ganzes Erspartes gebracht.

dreißig

Knochenjob

„Es ist sechs Uhr. Samstag, der 10. Januar 2009. Willkommen zu SWR2 Aktuell. Am Mikrofon ist Gabriele Violet. Guten Morgen."

Lauer hatte vergessen, den Radiowecker für das Wochenende auszuschalten. Er tastete auf seinem Nachttisch nach der Fernbedienung, fand sie aber nicht.

„Tel Aviv: Ungeachtet der Forderung des Weltsicherheitsrates nach einer Waffenruhe ist die israelische Offensive gegen die radikal-islamische Palästinenser-Organisation Hamas in die dritte Woche gegangen. Seit Beginn der Militäroffensive wurden etwa 800 Menschen getötet."

Der Kater, der die Nacht über am Fußende des Bettes verbracht hatte, hatte sich erhoben, stampfte auf Lauers Brustkorb und miaute herzzerreißend.

„Kater, wir haben Wochenende. Da darfst du doch länger schlafen."

„Erfurt: Die CDU beschloss auf ihrer Klausurtagung Steuer- und Abgabensenkungen für das zweite Konjunkturpaket sowie einen Deutschlandfonds mit Bürgschaften zur Rettung angeschlagener Unternehmen."

„Du bekommst gleich dein Fressen, die Nachrichten noch", versuchte Lauer den Kater noch ein wenig hinzuhalten.

„Pirna: Der Leichtathlet René Herms ist tot. Der Leichnam des mehrfachen Deutschen Meisters über 800 Meter wurde in seiner Wohnung in Lohmen bei Pirna aufgefunden. Herms wurde nur 26 Jahre alt."

Thüringen und Sachsen, schön ostlastig heute die Nachrichten, fand Lauer. Er stand auf, nahm die Futterdose aus dem Kühlschrank und füllte den Napf. Dann zog er den Rollladen in der Küche hoch und schaute in den dunklen Garten. Bei seiner Nachbarin gegenüber brannte schon Licht. Die alte Frau lebte in einer Einzimmerwohnung und hatte ihren Sohn, der Anfang 2007 aus dem Gefängnis entlassen worden war, irgendwelche Steuersachen, bei sich aufgenommen. Keine unproblematische Beziehung, wie Lauer wusste. Er schaute auf das Thermometer. Immer noch minus neun Grad. Dabei sollte es wärmer werden. Die Uhr über der Küchentür zeigte fünf nach sechs. Er zog in seinem Schlafzimmer den Rollladen hoch. Dann kroch er in sein Bett zurück. Im Radio lief bereits Musik. Irgendein Klavierstück von Beethoven, vermutete er. Kurze Nachrichten heute. Dann fiel ihm ein, dass die Nachrichten am Wochenende verkürzt dargeboten werden. Passierte am Wochenende weniger? Oder war die geballte Ladung Schreckensmeldungen den Menschen am Wochenende nicht zuzumuten? Oder machten sich die Radiomacher am Samstag und am Sonntag weniger Mühe, wussten sie doch, dass sie weniger Zuhörer hatten? Lauer zog sich die Bettdecke über die Ohren und schlief gleich wieder ein. Dass der Klaviermusik Punkt zehn nach sechs abrupt der Saft abgedreht wurde, bekam er nicht mehr mit.

Es war nach elf, als er die Augen aufschlug und blinzeln musste. Die Sonne schien ihm direkt in die Augen. Eine gleißende Helle. Der Kater hatte sich, was er nie tat, auf das Kopfkissen gelegt. So konnte er die Sonne am besten genießen. Lauer stand auf, ließ Frau Werners Warnung außer Acht, „da werden Sie depressiv von", brühte sich einen Pfefferminztee auf, schmierte sich ein Honig- und ein Marmeladenbrot und studierte den Sportteil des Rhein-Neckar-Anzeigers. Nach wenigen Minuten legte er die Zeitung weg. Das Thermometer war auf minus vier Grad geklettert. Für Wintersport hatte Lauer nicht viel übrig. Und die Zeitung war voll von Berichten über Bob- und Rodelrennen, Abfahrten und Riesenslaloms, Biathlon- und Langstreckenrennen, Skiflugveranstaltungen und Eislaufgalas. Fußball hatte Winterpause. So kam es, dass er noch vor zwölf Uhr in L 6 eingelaufen war. Meyers erwartete ihn schon.

„Neuigkeiten, Leo, die werden Sie interessieren."

Lauer konnte sich nicht daran erinnern, dass die Kollegin ihn bisher mit seinem Vornamen angesprochen hatte. Sicher war er sich nicht. Hatte das mit dem gestrigen Abend beim Italiener am alten Messplatz zu tun? Er musste unbedingt einen Blick auf das Namensschild an der Tür seiner Kollegin werfen.

„Also, bis vor einigen Jahren war Lauinger Sachbearbeiter bei der Deutschen Bank. Er hatte einen guten Ruf, einer, der seine Kunden besonnen und solide berät. Dann hat er gekündigt. Wir wissen nichts über die Hintergründe. Ob es Ärger gab mit Vorgesetzten? Jedenfalls hat er sich selbstständig gemacht, unabhängiger Finanz- und Anlageberater, wie er sich nannte. Ich habe mich im Internet ein wenig umgesehen. Mehr als 80.000 freie Vermittler gibt es, die sich auf Finanzprodukte spezialisiert haben, kritische Geister sprechen auch von Graumarktprodukten. Und der Witz ist: Die freien Berater werden viel weniger kontrolliert als die Bankberater. Die unterliegen nämlich der Finanzaufsicht Bafin. ‚Alles zum Wohle des Kunden', Lauingers Motto. Er suchte die besten, die angeblich besten Optionen für sie heraus. Anfangs blieb er seiner Linie treu. Kein Risiko für die Einlagen seiner Kunden. Auch eher niedrige Renditen, logisch. Trotzdem verdiente Lauinger gut, viel besser als vorher, als er noch Bankangestellter gewesen war. So ab Januar, Februar 2008 ändert er sein Geschäftsgebaren. Den genauen Zeitpunkt konnten wir nicht näher eingrenzen. Bei seinen Stammkunden, meist älteren Klienten, die er schon bei der Deutschen Bank viele Jahre betreut hat, setzt er weiterhin auf wenig Risiko. Aber er bemüht sich um neue Kunden, vornehmlich jüngere

215

Klienten, Akademiker. Und die berät er deutlich aggressiver. Riskante Anlagearten, Schuldverschreibungen, Zertifikate. Er ist damit erfolgreich, die Gutschriften auf seinem Konto steigen. Allein in der letzten Septemberwoche und in den ersten drei Wochen des Oktober kann er Zahlungseingänge in Höhe von fast 29.000 Euro verbuchen."

Lauer schnalzte mit der Zunge.

„Nicht schlecht", sagte er. „Von solch einem Gehalt können wir nur träumen."

„Finanziell seine erfolgreichste Zeit", ließ sich Meyers nicht aus der Ruhe bringen.

„Mitte September, der Beginn der großen Bankenkrise", sagte Lauer.

„Richtig, der amerikanische Immobilienmarkt bricht zusammen, die Lehman Brothers Bank geht pleite. Und Lauinger profitiert davon."

„Weil, wo was groß ist, ist es drum herum meist klein", sagte Lauer mehr zu sich selbst.

„Was ist?"

„Ein Zitat aus einem Lied von Franz Josef Degenhardt."

Meyers sah ihn fragend an.

„Kennen Sie nicht? Linker Liedermacher im fortgeschrittenen Alter. Ich wollte damit sagen, wo es Gewinner gibt, muss es Verlierer geben. Lauinger war ein Gewinner der Bankenkrise. Wo sind die Verlierer? Vielleicht finden wir da ein Motiv."

„Bitte schön", sagte Meyers und präsentierte Lauer ein Blatt mit mehreren Namen und Adressen.

„Siebzehn Anleger, die ihre Ersparnisse verloren haben, vollständig oder zum Teil. Alles Mandanten von Peter Lauinger, alle hatten auf seine Empfehlung hin Transaktionen vorgenommen. Alle haben sich danach mehr oder weniger lautstark bei Lauinger beschwert. Mit Briefen, mit Anrufen, über die Lauinger sich Notizen machte, zwei haben sich über Anwälte mit ihm in Verbindung gesetzt."

216

„Wie vollständig ist die Liste?"

„Erhebt keinen Anspruch auf Vollständigkeit. Das sind die Namen, die wir auf die Schnelle ermitteln konnten. Ich gehe davon aus, dass der Kreis der durch Lauinger Geschädigten größer ist."

„Das hieße noch mehr Verdächtige."

„Richtig, Leo."

Lauer stöhnte.

„Ich weiß", sagte Meyers. „Da wartet Arbeit auf uns, Laufereien, Hausbesuche, die Suche nach der Nadel im Heuhaufen. Aber wir sind einen großen Schritt weiter. Wir haben vielleicht das Motiv gefunden, warum Lauinger erschlagen, warum er in der Öffentlichkeit ausgestellt wurde. Sie müssen das positiv sehen."

Seine Kollegin sagte die Wahrheit. Es kam nicht darauf an herumzulamentieren, es kam darauf an, die Ärmel hochzukrempeln und loszulegen.

„Krempeln wir die Ärmel hoch, legen wir los", sagte er.

Meyers strahlte.

„So gefallen Sie mir!"

Die euphorische Stimmung verflog schon bei der ersten Vernehmung. Das Alten- und Pflegeheim am Rande Feudenheims. Viel Glas, helle Flure, Lauer war beeindruckt, trotzdem hatte er ein ungutes Gefühl, wenn er die alten Leute sah, die auf Stühlen im Flur saßen und still aus dem Fenster sahen, die mit ihren Rollatoren durch die Flure schlurften, wenn er durch offene Türen alte Männer und alte Frauen auf ihren Betten sitzen sah. Meyers war von dem Ambiente beeindruckt.

„Hier würde ich meine Mutter auch hingeben", sagte sie. „Aber zum Glück ist es ja nicht nötig."

Herr Ritter, Anfang 80 und im Rollstuhl, wurde von einer Pflegerin in den Aufenthaltsraum im Erdgeschoss geschoben.

217

„Höchstens fünf Minuten", sagte die Pflegerin, eine kräftige, resolute Dame in Lauers Alter. „Das wird nichts bringen. Aus ihm bekommen Sie nichts mehr heraus."

Lauer konnte mit dieser Aussage nichts anfangen, nach wenigen Sätzen war klar, was die Pflegerin gemeint hatte. Herr Ritter war dement. Ein Gespräch über Peter Lauinger und die Geldgeschäfte, die er Herrn Ritter empfohlen hatte, war nicht möglich. Herr Ritter tätschelte Meyers Hand und murmelte: „Schön, dass du mich besuchst." Beim Gehen fragte Lauer die Pflegerin, seit wann Herr Ritter in solch einem Zustand sei.

„Vor zwei Jahren war er noch fit. Dann kamen die ersten Aussetzer, letzten Sommer wurde es schlimm. Dass er viel Geld verloren hat, das hat er nicht mehr mitbekommen."

„Wieso ist der auf Ihrer Liste gelandet?", fragte Lauer seine Kollegin, als sie wieder im Auto saßen.

„Was weiß ich", sagte sie. „Bei allen Personen, die ich auf die Liste gesetzt habe, gab es schriftliche Hinweise, Proteste, Beschwerden. Vielleicht hat der Ritter einen Sohn, der sich bei Lauinger beschwert hat."

„Oder eine Tochter", sagte Lauer.

Herr George war das genaue Gegenteil von Herrn Ritter. Schlank, drahtig, fit, durchtrainiert, obwohl er im März seinen 79. Geburtstag feiern würde, wie er gleich zu Beginn des Gesprächs betonte. Und geistig war er hellwach und schlagfertig. Von einer Vernehmung konnte man nicht reden. Lauer stellte Fragen zu Lauinger und den Geldgeschäften. George antwortete unwirsch, es war ihm peinlich, dass er hereingelegt worden war. Er schämte sich und die Tatsache, dass er viel Geld verloren hatte, erschien ihm als gerechte Strafe für seine Unbekümmertheit. Dann wurde aus der Befragung ein Monolog und Lauer konnte sich den alten Herrn gut vor einer Schulklasse vorstellen, schließlich war George ein pensionierter Oberstudienrat, Bach-Gymnasium. Meyers und Lauer erhielten eine kostenlose Nachhilfestunde in Sachen Finanzkrise.

„Der 15. September 2008", startete Herr George seinen Monolog. „Der schwarze Montag. 2008 hatte die Konjunktur Fahrt aufgenommen. Das haben Sie doch auch mitbekommen Die Wirtschaft brauchte Kapital und wenn Geld am Markt knapp wird, heißt das: Es wird teuer. Das sind die ehernen Gesetze der freien Marktwirtschaft. Bei einem Aufschwung steigen die Zinsen. Sie wissen das. Für die wenig solventen Kreditnehmer, die sich mit dem Kauf ihrer Immobilien verschuldet hatten, erhöhten sich die Raten. Und die waren bei der Kreditvergabe, weiß Gott, knapp kalkuliert. Diese Leute konnten ihre Raten schlicht und einfach nicht mehr aufbringen. Das hatte in den USA Auswirkungen auf die Kreditwirtschaft. Drei große US-Finanzkonzerne mussten am 15. September aufgeben. Lehman Brothers meldete Bankrott, nachdem ihr Bemühen nach Investoren gescheitert und der damalige Finanzminister Henry Paulson nicht zu einer staatlichen Unterstützung bereit war. Merill Lynch als einer der größten Investoren wurde aufgekauft und der Versicherungsriese AIG musste von der Federal Reserve Bank of New York mit einem 85 Milliarden Dollarkredit gerettet werden. Die Lehman-Pleite war der Auslöser für die Finanzkrise und die Folgen ließen nicht lange auf sich warten: Einige der größten Konzerne verschwanden innerhalb kürzester Zeit vom Markt. Die Kurse reagierten und rutschten ins Bodenlose. Zuletzt wurde die Lehman-Aktie am schwarzen Montag mit knapp 21 Cent gehandelt. Das Kapital dieser Bank war verschwunden. Die angeschlagene Investmentbank brauchte eine Geldspritze in Milliardenhöhe. Sie hatte infolge der Kreditkrise, die vor allem auf spekulative Hypothekengeschäfte zurückzuführen war, einen Verlust von 3,9 Milliarden Dollar gemacht. Aber, wie gesagt, die

219

US-Regierung schloss Staatshilfen aus und der amerikanische Finanzminister stellte sich stur."

Herr George war nicht zu bremsen. Lauer, der anfangs noch versucht hatte, den alten Herrn zu unterbrechen, saß auf seinem Stuhl und hörte den Ausführungen zu.

„Die Insolvenz der Lehman Brothers resultierte aus den vom Ausfall bedrohten Immobilienkrediten. Der Konkurs von Lehman Brothers verursachte eine globale Bankenkrise. Es folgte der Wachstumseinbruch der Weltwirtschaft. Die internationalen Aktienmärkte verzeichneten in diesem Umfeld mit Rückgängen von teilweise mehr als 50 Prozent den stärksten Kurseinbruch innerhalb des Kalenderjahres. Der deutsche Aktienindex schloss am schwarzen Montag mit großen Verlusten und rutschte zeitweise auf den tiefsten Stand seit Oktober 2006. Einen Moment, wenn ich den Artikel gefunden habe, kann ich Ihnen das noch verdeutlichen."

Herr George blätterte einen prall gefüllten Ordner durch.

„Hier ist es ja. Energieversorger waren bis dahin die stabilsten Werte im Dax. Ausgerechnet den Spitzenwert traf es am härtesten, die Aktie verlor innerhalb von wenigen Stunden fast 10 Milliarden Euro. Aktien großer Chemie- und Pharmakonzerne sanken im Verlauf des Tages um über 8 %, selbst der größte Versicherungskonzern büßte zig Millarden Euro ein. Die großen Verlierer waren neben der Bankenbranche die Immobilienfinanzierer. Die Aktie eines der bis dahin wichtigsten Immobilienfinanziers unseres Landes war schon in der Vorwoche massiv eingebrochen und gab am schwarzen Montag nochmals um mehr als 13 % nach. Der Börsenwert schrumpfte um knapp 600 Millionen Euro – ein Verlust, den das Unternehmen aus eigener Kraft auf gar keinen Fall mehr kompensieren konnte.

Ich habe mir von Lauinger Zertifikate aufschwätzen lassen. Ich habe zugeschlagen in meiner Gier, obwohl ich um die Risiken wusste. Hohe Rendite – hohes Risiko, einfache Rechnung. Das Bonitätsrisiko trägt der Anleger. So sind die Regeln. Ich habe gezockt und verloren. So ist das Leben."

An Wirtschaftswissen reicher, ohne einen dringenden Tatverdächtigen gefunden zu haben, verließen sie die Zweizimmerwohnung, die George auf dem Lindenhof bewohnte. Morgens und abends schaute ein Zivi vorbei, ansonsten kam er alleine zurecht.

„Beeindruckend, der alte Herr", sagte Meyers.

„Ja", entgegnete Lauer, „als Verdächtigen können wir ihn ausschließen."

Sieben Vernehmungen und fast vier Stunden später, es war nach 18 Uhr, waren sich Meyers und Lauer einig. Die Geschäfte Peter Lauingers waren ein starkes Motiv, viel logischer und überzeugender als die Internetbekanntschaften. Nur in einem Punkt waren sie keinen Schritt weitergekommen. Sie hatten keinen Verdächtigen gefunden.

„Das ist ein Knochenjob. Es reicht für heute", sagte Lauer.

„Genau, heute ist Samstag."

„Gehen wir noch einen trinken, Irene?", fragte Lauer, der sich den Vornamen der Kollegin auf dem Schild an ihrem Büro gemerkt hatte.

„Ich habe heute schon eine Verabredung", antwortete Meyers. „Ein andermal gerne."

Sie legte den Arm um seinen Hals und drückte ihn kurz an sich.

„Einen schönen Abend noch, Leo."

Und weg war sie. Lauer schaute ihr nach, dann fiel sein Blick auf die Liste der Geschädigten, er setzte einen Haken hinter die Nummer sieben und überflog die restlichen Namen. Er faltete das Blatt zusammen und steckte es in seine Manteltasche. Hätte Susanne einen Blick auf die Liste werfen können, bestimmt hätte sie bei einer Adresse gestutzt. Schließlich ging die Straße, die dort stand, von der Otto-Beck-Straße ab und war ganz in der Nähe, wo sie am Montag Stephan Peters aus den Augen verloren hatte.

einunddreißig

Klingelterror

Es klingelte. Es war Sonntag, so sehr Sonntag, dass es einem fast zu viel werden konnte. Es war kurz nach 19 Uhr. Die Zeit, wenn Lauer in seinem Wohnzimmer saß und sich ganz der Musik widmete. Eine Langspielplatte komplett anhören. Erste und zweite Seite. Keine Ablenkung. Kein Lesen. Nichts. Nur zuhören. Einfach hinhören. Lauer hasste es, wenn er dabei gestört wurde. Von Meißner konnte keine Störung kommen. Der saß um diese Zeit vor der Lindenstraße. Oder er war noch in Augsburg in der Lindenstraße. Lauers Mutter hatte beim dritten Mal kapiert und ihren Sohn um diese Uhrzeit nicht mehr angerufen. Es war nicht das Telefon. Es stand jemand vor der Tür. Fabian? Der war in Australien. Eine Beschwerde der Nachbarn? Mit denen kam er gut aus. Der Vermieter? Am Sonntagabend? Unangemeldet? Die Zeugen Jehovas? Es war eine Ewigkeit her, dass die vor der Tür gestanden hatten. Lauer hatte keine Ahnung, wer den Klingelknopf gedrückt hatte. Er ging ins Treppenhaus und wollte die Haustür aufziehen. Abgeschlossen! Um die Uhrzeit!

„Einen Moment", rief er und griff nach dem Schlüsselbund am Schlüsselbrett.

„Ich dachte, du lässt mich hier in dieser Eiseskälte erfrieren."

Hanne!

„Zutrauen würde ich dir das!"

Lauer hatte mit allem gerechnet.

„Willst du mich nicht hereinbitten?"

„Hanne, entschuldige. Aber ..."

„Du hast mich nicht erwartet, gib es zu!"

„Ich habe gestern und die Tage davor versucht, dich zu erreichen", sagte er nach einer Weile.

„Ich weiß, du hast ja ausgiebig mit meinem Anrufbeantworter Konversation betrieben."

„Warum hast du kein Lebenszeichen von dir gegeben?"

„Das hört sich an, als hättest du dir Sorgen gemacht. Aber darf ich nicht reinkommen?"

Jetzt saß Hanne auf dem Ledersofa in Lauers Wohnzimmer und hatte die Füße in eine Decke gewickelt. Der Tee war getrunken. Lauer hatte einen Dirmsteiner Rotwein aus dem Keller geholt, einen Cuvée du Maire. Der Wein war nicht nur der Lieblingswein des Bürgermeisters, auch Lauer mochte ihn, frisch, fruchtig. Lauer hielt sein Glas mit beiden Händen umklammert und ließ den Wein kreisen.

„Du machst mich nervös", sagte Hanne.

Lauer stellte das Glas auf den Tisch. In der letzten Stunde hatte er mehr über sie erfahren als in all den Tagen vorher. Von ihrem kleinen Reisebüro in der Schwetzinger Vorstadt. Von den rückläufigen Buchungen. Von der Konkurrenz des Internets. Von den Schulden. Von der Entlassung ihrer Mitarbeiterin letzten September. Von ihrem Entschluss, zu dem sie sich nach langem Hin und Her durchgerungen habe. Von der Insolvenz. Dass sie sich in ihrer Wohnung vergraben habe. Dass sie niemanden habe sehen wollen. Dass sie nicht ans Telefon gegangen sei. Dass sie nichts mehr von ihm habe wissen wollen. Dass sie die Nase voll habe von komplizierten Beziehungen.

„Wieso?", fragte Lauer.

„Deine Eifersucht!"

„Eifersucht?"

„Jawohl, Eifersucht! Dein Klammern! Dein Beruf!"

„Was hat mein Beruf mit der Beziehung zu tun?"

„Leo Lauer!"

Immer wenn sie ihn so ansprach, das wusste Lauer mittlerweile, schwang Kritik an ihm mit.

„Okay, okay", sagte er. „Ich kann es nicht ändern. Ich habe keine geregelten Arbeitszeiten. Und wenn wir mitten in einer Ermittlung stecken ..."

„Bekommst du den starren Tunnelblick. Schon gut. Daran kann ich nichts ändern. Das muss ich akzeptieren. Wenn ich es nicht würde, wäre ich nicht hier. Aber ..."

„An der Eifersucht, das meinst du, daran arbeite ich. Versprochen! Und es war keine wirkliche Eifersucht."

„Frauen genießen es, wenn Männer eifersüchtig sind."

Lauer wusste nicht, was diese Bemerkung sollte. Er konzentrierte sich und versuchte, den Faden nicht zu verlieren.

„Dieser Lauinger, unser Toter vom Wasserturm. Ich habe mich da verrannt. Ich hatte die fixe Idee, seine Ermordung müsste in Zusammenhang mit seinen Aktivitäten bei der Singlebörse stehen. Und dass du dich mit ihm eingelassen hast, das hat mich gewurmt, verstehst du das nicht?"

„Mein kleiner, eifersüchtiger Kommissar!"

„Diese Phase habe ich hinter mir. Das Mordmotiv finden wir nicht bei der Partnervermittlung. Das hat sich herauskristallisiert. Wahrscheinlich hat sein gewaltsamer Tod mit seinen beruflichen Aktivitäten zu tun."

„Du meinst, es besteht noch Hoffnung?"

Nach dem zweiten Glas Wein setzte sich Lauer auf das Sofa und nahm Hanne in den Arm. Sie lehnte ihren Kopf an seine Schulter.

„So könnte es weitergehen", sagte er.

Dann schwiegen sie.

Es klingelte. Lauer schreckte hoch.

„Lass mich nicht los, Leo."

„Aber ich muss doch ..."

„Nichts musst du. Lass es klingeln. Halt mich fest."

Lauer sank auf das Sofa zurück und versuchte, sich zu entspannen. Es klappte nicht. Er wartete auf den nächsten Klingelton. Er schloss die Augen, atmete tief ein, atmete aus, ein und aus, zählte in Gedanken mit, spürte, wie er ruhiger wurde. Es klingelte. Drängender. Lauter, fand Lauer.

„Atmen, weiter entspannen", sagte Hanne und drückte ihren Kopf fester an seine Schulter. Lauer musste alle Kraft aufbieten, um sitzen zu bleiben. Ein Dauerklingelton. Dann ein Klopfen an der Tür. Eine Stimme, die er kannte. Lauer befreite seinen Arm und stand auf. Vor der Tür stand sein Kollege.

„Julian, du?"

„Komme ich ungelegen?"

„Aber nein, komm rein."

Lauer ging durch den Flur, vorbei am Wohnzimmer. Er wusste nicht, warum er nicht ins Wohnzimmer zu Hanne gegangen war, warum er ihr nicht wenigstens Bescheid gegeben hatte, dass sein Kollege gekommen war. Lauer knipste die Lampe in der Küche an und deutete mit der Hand in Richtung Sitzgruppe. Meißner ließ sich auf die Bank fallen.

„Was zu trinken?"

„Ein Bier wäre gut."

Lauer holte zwei Flaschen Bier aus dem Kühlschrank. Bevor er den Öffner gefunden hatte, hatte Meißner die Flaschen mit einem Plastikfeuerzeug geöffnet. Lauer bewunderte Leute, die einen Kronkorken auf diese Art öffnen konnten. Er war ungeschickt. In dieser Hinsicht. Er wollte zwei Gläser aus dem Schrank holen, Meißner wehrte ab. Sie stießen mit den Flaschen an. Meißner nahm einen kräftigen Schluck. Lauer merkte nicht, dass der Schaum nach oben stieg. Erst als der Schaum auf die Tischplatte tropfte, erwachte Lauer aus seiner Erstarrung. Er setzte die Flasche an und trank den Schaum ab. Bierschaum in Mengen, es gab nichts, was Lauer widerlicher fand. Er verzog das Gesicht. Meißner wischte sich den Mund ab.

„Und? Augsburg hat sich gelohnt?"

Meißner sagte nichts. Er starrte vor sich hin. Erst jetzt kam Lauer dazu, seinen Kollegen genauer anzuschauen. Was er sah, gefiel ihm nicht. Meißners Gesichtsfarbe war grau, seine Augen lagen tief in den Höhlen, unter den Augen hatten sich dunkle Ringe gebildet.

„Was ist los, Julian?"

„Bescheidene Ergebnisse, Leo. Netter Kollege in Augsburg, kurz vor der Rente, knorrig, aber herzlich. Es gibt noch einen zweiten ungeklärten Mordfall, eine Prostituierte, Straßenstrich, einige Jahre nach dem Mädchen aus Mannheim ermordet, zwei Morde, beide ungeklärt, ein Täter."

„Julian, das meine ich nicht."

„Was unseren Fall angeht, bin ich nicht weitergekommen. Ob die DNA auf den Briefen und die DNA, die an den Tatorten gefunden wurde, übereinstimmt, lässt sich im Moment noch nicht sagen. Die alten DNA-Spuren sind winzig. Aufwendiges Verfahren. Allerdings hat das LKA München einen Bekennerbrief aus dem Raum Mannheim erhalten. Und die DNA ist mit der DNA auf unseren Briefen identisch."

„Was ist los, Julian?"

Meißner stellte die Bierflasche auf den Tisch.

„Ich weiß nicht, wie es weitergeht, Leo."

„Vergiss die Morde, vergiss die Briefe."

„Davon rede ich nicht. Ich rede von mir. Ich, ich, ich weiß nicht, wie es weitergeht. Mit meiner Frau. Mit meiner Ehe. Mit meinen Kindern, meinem Leben."

Lauer war von Meißners Offenheit überrascht. Er brauchte einige Zeit, bis er sich gefangen hatte.

„Erzähl!"

Und Meißner erzählte. Von seiner Ankunft am Hauptbahnhof in Augsburg. Vom Sektempfang auf der Dachterrasse, vom Essen beim Italiener. Von der ersten Nacht in der Lindenstraße.

227

„Ausgerechnet Lindenstraße", sagte Lauer und es war das erste Mal an diesem Abend, dass Meißner lächelte.

Meißner erzählte weiter. Von der Absicht seiner Schulfreundin, die Leitung der Filiale der Fuggerbank in Mannheim zu übernehmen. Von Zukunftsplänen. Von Zweifeln. Von Streit und Versöhnung.

„Wenn wir zusammen sind, ist alles einfach. Ich komme mir vor, als wäre ich zum ersten Mal wach, alles vorher war ein mittelmäßiger Traum. Dann sage ich mir, ich trenne mich. Ja, ich lasse mich scheiden. Ja, wir fangen neu an. Ja, wir bauen uns eine gemeinsame Zukunft auf. Du hältst mich für einen Spinner. Ich seh's deinen Augen an. Aber ich meine es ernst. Ich kann es mir vorstellen. Wieder Spaß am Leben haben, was gemeinsam unternehmen. Keine bedrückenden Abende mehr mit einer Frau, die sich in sich verkriecht, die ich nicht mehr erreichen kann. Die in ihrer Trauer lebt. Aber sobald ich allein bin, fange ich mit dem Grübeln an. Schrecklich, die Bahnfahrt. Meine Frau. Die Kinder. Alles erscheint mir kompliziert."

„Alles ist kompliziert, Julian!"

„Ich geh dann mal."

Hatte Hanne nicht gerade den Kopf zur Küchentür hereingestreckt.

„Du hast Besuch?"

Lauer nickte.

„Warum hast du mir nichts gesagt?"

Die Wohnungstür fiel ins Schloss.

„Ich weiß nicht."

„War das diese Hanne?"

Wieder nickte Lauer.

„Willst du ihr nicht nachgehen?"

Lauer griff nach der Bierflasche.

„Leo Lauer! Hauptkommissar Lauer!"

Wie in Trance stand Lauer auf, torkelte in den Flur, er hatte ein Gefühl, als sei sein Kreislauf im Keller. Als er aus der Haustür in den Vorgarten trat, flammte ein Scheinwerfer auf und ein Auto, das direkt vor dem Haus geparkt hatte, fuhr los.

„Zu spät", sagte er wieder in der Küche.

„Ruf sie an, mach was, sei nicht apathisch."

„Ist jetzt nicht wichtig. Es geht um dich, Julian."

Lauer ging in den Keller und kam mit einem Sechserträger Bierflaschen zurück.

„Dann", sagte Meißner, „sehe ich meine Kinder vor mir, ganz deutlich, meine Frau, die mich anschaut und ich komme mir vor wie der letzte Dreckskerl."

Er nahm einen tiefen Schluck.

„Es ist kompliziert, Leo, das Leben, die Liebe. Kann man einfach ausbrechen aus dem Alltag? Kann man alles hinter sich lassen, kann man neu anfangen? Im Zug vorhin habe ich mich gefragt, wo all die Jahre geblieben sind. Ist es das schon gewesen? Was zählt im Leben? Was ist wichtig? Weißt du eine Antwort, Leo?"

„Dir ist bewusst, dass ich für diese Fragen die absolute Koryphäe bin?"

Und Meißner konnte zum zweiten Mal lachen an diesem Abend.

Eineinhalb Stunden und vier Bier später hatte Lauer seinen Kollegen so weit, dass er sich bereit erklärte, bei seiner Frau anzurufen.

„Du sagst ihr, du bist bei mir, dienstlich, unaufschiebbar, Ergebnisse aus Augsburg. Wir haben über den Durst getrunken. Du schläfst bei mir. Sie soll sich keine Sorgen machen."

Julian Meißner hatte sein Handy in der Hand, als es draußen klingelte.

„Heute ist der Teufel los", sagte Lauer. „Wer kann das sein."

„Hanne?", fragte Meißner.

Während Lauer zur Tür ging, hoffte er, dass sein Kollege recht hatte.

Lauer brauchte einige Sekunden, bis er die Frau, die vor ihm in der Tür stand, einordnen konnte. Sie war in seinem Alter, vielleicht ein wenig älter. Sie sah besorgt aus.

„Frau Dobler", sagte er. „Was kann ich für Sie tun?"

Susannes Eltern betrieben in Schwetzingen das *Brauhaus zum Ritter*, direkt am Schlossgarten gelegen. Das Bier aus der kleinen Brauerei schmeckte besonders gut.

„Kommen Sie herein."

Noch immer hatte Susannes Mutter kein Wort gesagt. Lauer stellte seinen Kollegen vor.

„Es ist mir peinlich, dass ich Sie zu später Stunde störe, noch dazu am Sonntagabend."

„Sie stören nicht", sagte Lauer und merkte gleich, dass er eine Floskel von sich gegeben hatte.

„Es geht um Susanne. Ich mache mir Sorgen."

„Ist ihr etwas passiert?"

„Wenn ich das wüsste", sagte Frau Dobler. „Seit Freitagnachmittag weiß ich nichts mehr von ihr."

„Sie wollte ihren Freund besuchen", sagte Lauer.

„Ihren Freund", sagte Frau Dobler. „Ja, ihren Freund. Das Problem ist nur, ich kenne Susannes Freund nicht. Ich weiß nur, dass er in Göttingen studiert, dass er ein Jahr jünger ist als Susanne, dass sie ihn im Internet kennengelernt hat, dass sie sich seit einigen Wochen Mails schreiben, dass sie sich einmal in Heidelberg getroffen haben."

„Das ist eine ganze Menge, Frau Dobler."

„Sie sollten sich nicht über mich lustig machen, Herr Kommissar."

Lauer, dessen Denkfähigkeit durch das Bier beeinträchtigt war, erkannte die Situation.

„Sie machen sich Sorgen. Ist ihr Verhalten denn ungewöhnlich? Ich meine, kommt es nicht ab und zu vor, dass sie übers Wochenende weg ist."

„Natürlich ist sie weg, aber dann weiß ich, wo sie sich aufhält, meist ist sie bei einer Freundin. Susanne hatte erst einen Freund, den sie uns vorstellte, das ist schon seit einiger Zeit vorbei. Wir telefonieren täglich miteinander. Eine SMS schreibt sie wenigstens. Es ist ungewöhnlich, dass sie sich zwei Tage lang nicht meldet."

„Vielleicht ist sie Hals über Kopf verliebt."

„Sie wollte gegen acht zu Hause sein. So lange habe ich mich beruhigt. Mein Mann hat gesagt, ich solle mir keine Sorgen machen, Susanne sei erwachsen. Das stimmt alles. Aber ich hatte das ganze Wochenende über ein komisches Gefühl."

„Jetzt der Reihe nach", sagte Lauer und versuchte, die Situation zu beruhigen. Meißner saß auf seinem Stuhl, hielt sein Handy immer noch in der Hand und hörte zu.

„Wann haben Sie zuletzt von Susanne gehört?"

„Am Freitagmittag, so gegen halb zwei rief sie an. Sie müsse noch kurz bei einem Zeugen vorbeischauen, das dauere nicht lange, dann wollte sie direkt nach Göttingen fahren. Ihre Sachen hatte sie am Morgen mitgenommen. Ich wünschte ihr eine gute Fahrt, Pass gut auf dich auf, sagte ich, was man so sagt. Susanne versprach, sich spätestens am Samstag zu melden."

„Das hat sie nicht gemacht?", fragte Lauer.

„Nein, ich habe versucht, sie anzurufen, ihr Handy ist ausgestellt, das ganze Wochenende schon."

„Vielleicht ist der Akku leer", sagte Meißner, „sie hat vergessen, das Ladegerät mitzunehmen, das kommt vor."

„Susanne ist ordentlich, sie würde nie ihr Ladegerät vergessen."

„Ihr Freund, haben Sie den Namen, eine Adresse, eine Telefonnummer?"

„Nichts, halt, Florian heißt er, Florian aus Göttingen. Meine Tochter versteht sich mit Ihnen gut, Sie wissen, dass Sie große Stücke auf Sie zählt. Sie müssen sie finden, Sie müssen mir helfen."

„Wann hattest du zuletzt Kontakt mit Susanne?", schaltete sich Meißner ein.

„Zuletzt gesehen habe ich sie am Freitag nach der Dienstbesprechung. Sie wollte bei der Abendakademie Erkundigungen über einen Computerkurs einholen und dann zu ihrem Freund fahren."

„Wer hat sie begleitet?"

„Sie machte sich allein auf den Weg."

„Das war nicht unbedingt geschickt, Leo."

„Wir sind unterbesetzt. Es war niemand verfügbar. Du musstest ja bis heute Abend in Augsburg bleiben."

Meißner saß mit offenem Mund da und wollte zu einer Erwiderung ansetzen, als Frau Dobler sagte: „Das bringt uns nicht weiter, wenn Sie beide jetzt streiten. Ich habe Angst um meine Tochter."

Lauer fiel die SMS ein, die Susanne ihm am späten Freitagabend geschickt hatte. Er überlegte, wo er sein Handy hingelegt hatte. Es fiel ihm nicht ein. Er suchte im Flur, im Wohnzimmer, im Schlafzimmer, überall Fehlanzeige. Meißner wählte Lauers Nummer, gleich darauf klingelte es auf dem Küchentisch. Das Handy lag unter der Sonntagszeitung. Er zeigte Frau Dobler die Nachricht.

„Alles in Ordnung. Gruß Susi."

„Susanne ist etwas passiert, ihr muss etwas passiert sein. Susi! Sie hasst diese Abkürzung. Als sie klein war und ihre Tante Felicitas sie so angeredet hat, ist sie jedes Mal ausgeflippt. Susi! Nie würde sie mit Susi unterschreiben. Diese SMS hat sie nicht aus freien Stücken geschrieben, sie wurde gezwungen. Susi, das ist der Beweis, sie will Ihnen sagen, dass etwas nicht stimmt."

Lauer musste zugeben, dass Frau Doblers Schlussfolgerung nicht einer gewissen Logik entbehrte und auch

Meißner nickte. Die einschläfernde Wirkung des Biers war verschwunden. Lauers Verstand funktionierte wie ein Präzisionsuhrwerk. Ihm war klar, dass es nicht von der Hand zu weisen war, dass Susanne in der Klemme saß.

„Wir müssen sofort eine Suchmeldung rausgeben", sagte Lauer.

„Klar", sagte Meißner. „Aber bringt uns das weiter? Das ist viel zu unbestimmt. Suchen, wo? Wir müssen es eingrenzen."

Lauer hörte Meißners Einwand nur mit einem Ohr. Er hatte das Präsidium gewählt, den Bereitschaftsdienst am Hörer und gab die Daten durch, Name, Anschrift, Personenbeschreibung. Information an alle Streifenwagen in Mannheim, Meldung ans LKA, Information der niedersächsischen Kollegen in Göttingen.

„Alles in die Wege geleitet", sagte er, als er zurück in der Küche war.

„Das bringt nicht viel, Leo, vor allem am Sonntagabend, um diese Uhrzeit."

Lauer schaute auf die Uhr, kurz vor 23 Uhr.

„Wir müssen eingrenzen, genauer werden, gezielter vorgehen", fuhr Meißner fort.

„Okay, welche Szenarien sind möglich?", fragte Lauer. Frau Dobler schaute ihn bestürzt an.

„Das hört sich schlimmer an, wir müssen Möglichkeiten durchspielen, was kann mit Susanne passiert sein, wir müssen Vermutungen anstellen, nur so kommen wir näher an Susanne."

„Richtig, Leo. Möglichkeit eins: Susanne ist in Göttingen bei ihrer Internetbekanntschaft, der hält sie fest. Oder sie ist so verliebt, dass sie alles um sich herum vergisst."

„Die letzte Möglichkeit schließe ich aus", sagte Frau Dobler, die jetzt ganz ruhig war. „Sie weiß, dass ich mir Sorgen mache, sie würde sich melden. Sie wird davon abgehalten, sich zu melden. Und vergessen Sie ‚Susi' nicht."

233

„Also unter Zwang in Göttingen, Möglichkeit eins. Möglichkeit zwei: Susannes Verschwinden oder Untertauchen, wie immer wir es nennen wollen, hängt mit ihren Ermittlungen vom Freitag zusammen."

„Wenn ich an die SMS denke, die Susanne mir geschrieben hat, erscheint mir die zweite Möglichkeit wahrscheinlicher. Derjenige, der sie festhält, will sich schützen. Abendakademie! Das ist es!"

„Reichlich spekulativ", sagte Meißner.

„Das, was Herr Lauer sagt, klingt vernünftig", sagte Frau Dobler. „Sie können schlecht einen Studenten mit dem Vornamen Florian und dem Wohnort Göttingen zur Fahndung ausschreiben."

„Bleibt die Abendakademie", sagte Meißner.

„Keine leichte Aufgabe am Sonntagabend", sagte Lauer. „Vielleicht sollten wir besser bis morgen früh warten."

„Nein!", sagte Frau Dobler und Lauer wusste, woher Susanne ihre Resolutheit hatte. „Meine Tochter ist in Gefahr. Da können Sie doch nicht die ganze Nacht Däumchen drehen."

„Eine Bekannte von mir arbeitet in der Verwaltung der Abendakademie. Die rufe ich an", sagte Meißner.

Er ließ es lange durchklingeln. Niemand hob am anderen Ende der Leitung den Hörer ab.

„Dann fahren wir zu ihr", schlug Meißner vor. „Sie wohnt hier in der Nähe, Seckenheim."

„Wenn Sie möchten, können Sie hier warten", sagte Lauer zu Frau Dobler.

„Ich gehe mit, natürlich!"

Lauer schloss sein Auto auf.

„Kannst du noch fahren?", fragte Meißner.

Lauer ignorierte seinen Kollegen.

„Hast du deine Frau schon angerufen?"

Meißner schwieg. Frau Dobler schnallte sich an. Es war kurz vor Mitternacht.

zweiunddreißig

Spekulation

Es dauerte eine Weile, bis in der Wohnung im dritten Stock in der Meersburger Straße in Seckenheim endlich das Licht anging. Lauer hatte direkt vor dem *Kaiserhof* geparkt. In dem griechischen Lokal war es dunkel, obwohl es noch nicht Mitternacht war, aber es war Sonntagabend, den verbrachten die Mannheimer am liebsten in den eigenen vier Wänden.

Zwischen den Jahren war Lauer mit seinem Sohn im *Casetta* in Feudenheim gewesen, solide italienische Küche, es war an einem Sonntagabend gewesen. Um kurz vor neun, als Fabian und er gegangen waren, war nur noch ein weiterer Tisch besetzt gewesen.

Ein Fenster öffnete sich über ihnen, eine Frau beugte sich vor.

„Ja?"

„Ich bin's, Julian."

„Julian? Du?? Gibt's dich noch? Um diese Uhrzeit? Was ist los?"

Ein Stockwerk tiefer ging Licht an, genau unterhalb des Fensters, aus dem Ines Zacharias, Meißners Bekannte, sich beugte.

„Können wir nicht hereinkommen? Es ist dringend!"

Das Fenster im dritten Stock wurde geschlossen und wenig später summte der Türöffner. Frau Zacharias erwartete sie im weißen Frotteebademantel.

Meißner stellte vor, Lauer und Frau Dobler erfuhren, dass Ines Zacharias eine Schulfreundin von Meißner war.

Da gibt es einige, dachte Lauer bei sich.

„Dann schieß mal los, Herr Kommissar", sagte Meißners Bekannte.

Meißner bemühte sich den Sachverhalt konzentriert, aber doch genau und vor allem verständlich zu schildern. Die beiden tiefgefrorenen Leichen, die Finanzkrise als mögliches Motiv, die DNA-Spuren, der Computerkurs in der Abendakademie, die Vermutung, dass eine jungen Polizistin in der Hand eines Mörders sein könnte, eine Vermutung, Spekulation, nicht durch Fakten untermauert, aber eine Möglichkeit. Lauer fand, dass sich alles wirr und unzusammenhängend anhörte und er war überrascht von Frau Zacharias' Reaktion, die anfangs noch belustigt gewirkt hatte. Die Frau wurde ernster, je länger Meißner berichtete.

„Wenn das stimmt, was du erzählt hast, geht es in der Tat um Leben und Tod."

Lauer schaute zu Frau Dobler, doch sie hatte die Worte der Frau im weißen Bademantel regungslos aufgenommen.

„Susanne, die junge Polizistin", sagte Lauer, „hat sich bei Ihnen ..."

„Nicht bei mir!"

„Natürlich, bei der Abendakademie hat sie sich nach diesem Computerkurs erkundigt. Es ist eine vage Vermutung, aber wir müssen wissen, was für Informationen sie bekommen hat. Bis morgen früh können wir nicht warten."

„Da könnte es schon zu spät sein", fügte Frau Dobler hinzu.

„Sie haben mich überzeugt. Und, Julian, gut, dass du gekommen bist."

Sie stand auf und ging zur Tür.

„Ich rufe den Hausmeister an, der wird sich freuen, es geht nicht anders. Ich habe keinen Schlüssel für die Außentüren."

Sie hörten sie im Flur reden, einmal wurde ihre Stimme lauter, doch sie beruhigte sich wieder.

„Danke, es wäre wirklich wichtig, wenn Sie in spätestens einer halben Stunde da sein könnten."

Sie legte auf.

„Geben Sie mir fünf Minuten, dann können wir los", rief sie vom Flur aus.

Die fünf Minuten hatten sich in die Länge gezogen, aber Ines Zacharias hätte sich ruhig noch mehr Zeit nehmen können. Dreißig Minuten waren längst vorbei. Lauer, Meißner, Frau Dobler und Frau Zacharias standen auf dem Gehweg in den R-Quadraten und froren. Einmal versuchte es Lauer mit Hüpfen. Als er Meißner ins Gesicht sah, stellte er es ein. Frau Dobler schaute jede Minute mehrmals auf ihre Uhr. Der Stundenzeiger hatte die Eins überschritten. Ines Zacharias rauchte eine Zigarette nach der anderen. Endlich parkte ein blauer Golf direkt vor ihnen.

„Da wurde es aber langsam Zeit", sagte Ines Zacharias.

„Immer mit der Ruhe", sagte der Hausmeister, der in Lauers Alter war, nur kleiner und deutlich breiter. „Mein Auto ist nicht angesprungen. Kein Wunder bei der Kälte."

Der Hausmeister schloss die Tür auf und hielt sie ihnen offen.

„Dauert es lange?", fragte er.

„Geben Sie mir einfach den Schlüssel, dann können Sie gehen", sagte Frau Zacharias.

„Sind Sie übergeschnappt?"

Lauer wunderte sich über den Umgangston.

Es dauerte einige Zeit, bis Ines Zacharias den Computer in ihrem Büro hochgefahren hatte.

„In der Verwaltung wären neue Computer nicht verkehrt, aber alles Geld ist für die neuen Räumlichkeiten verplant", sagte sie.

Lauer hatte im Rhein-Neckar-Anzeiger gelesen, dass die Abendakademie im Frühjahr in die U-Quadrate, ans Neckartor, umziehen würde.

„So, was soll ich jetzt genau suchen?"

Zu Datenbanksystemen gab es einige Kurse. Datenbankadministration fiel weg, Bernd Schenk hatte von einem Anfängerkurs gesprochen.

„SQL-Einstieg, das hört sich doch vernünftig an", sagte Lauer.

Meißner widersprach ihm.

„Bei SQL geht es um den Aufbau von relationalen Datenbankensystemen. SQL ist, wenn du willst, eine Art Datenbank-Abfragesprache. Da sind Programmierkenntnisse nötig, nichts für Anfänger."

Lauer wusste nichts von relationalen Datenbanksystemen und von einer Datenbank-Abfragesprache hatte er noch nie gehört.

„Richtig, Julian, du kennst dich ja aus", sagte Ines Zacharias. „Hier, das könnte es doch sein, ‚Access – Einführung in die Grundlagen'."

„Kannst du herausfinden, wer an dem Kurs teilgenommen hat?"

„Klar, das kann ich!"

Zwei Minuten später hatten sie ein Teilnehmerverzeichnis mit 17 Namen vorliegen.

„Bingo", sagte Lauer, der unter den Teilnehmern Bernd Schenk entdeckte.

„Und die Adressen?", fragte Meißner.

„Im Prinzip ja, aber nicht über meinen Rechner. Auf diese Daten habe ich keinen Zugriff. Aber meine Kollegin, ich könnte sie anrufen."

„Nicht nötig", sagte Lauer, der Angst hatte, die nächste Stunde wartend im Büro der ehemaligen Schulfreundin von Julian Meißner verbringen zu müssen. Vom Hausmeister, der mürrisch in der Ecke saß, ganz zu schweigen.

„An die Adressen kommen wir im Präsidium ohne Probleme. Julian, du setzt mich und Frau Dobler in L 6 ab und fährst Frau Zacharias nach Hause."

Als Meißner zurückkam, hatte Lauer mit Frau Doblers Hilfe fast alle der 17 Adressen herausgesucht. Inzwischen war es Viertel nach zwei.

„Das dauert alles so lange", sagte Frau Dobler.

„Was sollen wir machen?", fragte Lauer. „Ich mache mir auch Sorgen. Wir hängen in der Luft. Wenn Susanne in Göttingen ist, haben wir so gut wie keine Chance, sie zu finden. Wir haben ja nicht einmal den Namen des jungen Mannes, mit dem sie Kontakt hatte."

„Moment, sie wird ihm doch E-Mails geschrieben haben", sagte Meißner. „Da müssen wir Informationen bekommen."

Am Blick von Frau Dobler sah Lauer, dass sie Meißners Einfall nicht weiterbringen würde.

„Susanne hat so einen kleinen Laptop. Den hat sie immer dabei. Auch wenn sie arbeitet. Der Laptop ist nicht in ihrem Zimmer."

Lauer klopfte mit dem Zeigefinger auf die Liste mit den Namen der Kursteilnehmer.

„Das ist alles, was wir haben. Susanne ist zur Fahndung ausgeschrieben? Aber das ist alles viel zu vage, das bringt uns im Moment nicht weiter. Das SEK anfordern? Wohin? Die lachen sich krank, wenn wir damit ankommen, abgesehen davon, dass keiner unserer Vorgesetzten da mitmachen würde. Nur hier, bei diesen Namen, bei diesen Adressen, können wir ansetzen. Nur wir können Susanne helfen. Niemand sonst. Die Alternative ist, hier sitzen zu bleiben und Däumchen zu drehen."

„Wie gehen wir vor?", fragte Meißner. „Sollen wir alle Adressen, eine nach der anderen, abklappern? Vielleicht könnten wir ja die Bereitschaft mobilisieren."

„Alles schön und gut, Julian, aber bis wir denen erklärt haben, worum es geht, haben wir schon die ersten Adressen abgehakt."

„Sollen wir uns trennen, Leo?"

239

„Auf keinen Fall! Es war ein Fehler, Susanne am Freitag alleine gehen zu lassen. Aber vielleicht kriegen wir noch ein wenig Verstärkung. Meyers, die rufe ich an. Julian, weck den Gernhardt auf. Sag ihm, sie sollen bei den Adressen nachsehen, die wir auf Frau Werners Schreibtisch legen."

Beide Kollegen waren erreichbar und versprachen, so schnell wie möglich ins Präsidium zu kommen.

„Den ersten Namen können wir schon mal abhaken, bei Bernd Schenk ist Susanne mit Sicherheit nicht", sagte Lauer.

„Der sitzt im Café Landes", sagte Meißner, den Frau Dobler fragend ansah.

„So heißt in Mannheim das Gefängnis", erklärte Lauer, der gemerkt hatte, dass Frau Dobler als Schwetzingerin mit Meißners Antwort nichts anfangen konnte.

„Los geht's!"

Als Meißner und Lauer das Büro verließen, folgte ihnen Frau Dobler wie selbstverständlich. Es war fünf nach halb drei.

dreiunddreißig

Verdient an unserem Unglück

Es ist Ihnen bekannt, wie es weiterging. Ich habe Ihnen alles erzählt. Dass Jens im Oktober starb. Dass meine Frau mich verließ. Dass ich für meine Rache lebte. Für meine Wut. Dass ich Lauinger tötete und am Wasserturm ausstellte. Die unselige Episode mit dem Penner. Nur eines werden Sie sich noch fragen. Wie habe ich Lauinger in meine Gewalt bekommen? Es war einfach. Ich rief bei ihm an, verstellte die Stimme, sagte, ich sei ein alter Mann, man habe mir ihn empfohlen, ich wolle mein Vermögen gewinnbringend anlegen, sagte ihm, dass ich risikobewusst sei. Er biss an. Ich sei nicht mehr gut zu Fuß, ob er mich zu Hause besuchen könne? Er kam. Was sonst! Ich änderte das Namensschild an der Gartentür, ich überklebte das Schild an der Haustür. Lauinger war nie bei uns zu Hause gewesen. Sicher, unsere Adresse hatte er in irgendwelche Formulare eingetragen. Ich war mir sicher, dass er keinen Verdacht schöpfen würde. Er dachte nur an seinen Profit. Ich musste mich nicht groß verkleiden. Eine Opa-Perücke mit Glatze und Bart, im Internet für 16,99 Euro bestellt, das reichte als Verkleidung aus. Dazu noch ein Gehstock.

Es klingelte. Es war der 22. Dezember gegen Abend. Ich schlurfte zur Tür, stöhnte so laut, dass er es draußen hören musste. Ich öffnete. Lauinger sah einen uralten Mann vor sich, gebeugt, der Unverständliches vor sich hinbrummelte und mit seinem Gehstock in den Flur deutete. Lauinger hielt mir seine Hand entgegen, ich ignorierte sie, wedelte weiter mit dem Stock. Er musste nur an mir vorbei, musste mit dem Rücken zu mir stehen. Es war ganz einfach. Ich schlug zu, nicht zu fest, Lauinger schrie auf, fiel zu Boden, ich stürzte mich auf ihn und fesselte seine Hände mit Kabelbindern. Klebeband über den Mund und ab in den Keller. Es ging viel einfacher, als ich gedacht hatte. Ich zwang ihn, bei seiner Nachbarin anzurufen. Die Idee mit der Reise stammte von mir. Es war alles perfekt geplant. Lauinger hatte Angst, aber er glaubte nicht, dass ich bis zum Äußersten gehen würde. Wenn ich ehrlich bin, wusste ich es anfangs selbst nicht einmal. Wissen Sie, wie es ist, einen Menschen umzubringen? Was rede ich. Sie sind ja noch so blutjung. Lauinger hoffte bis zuletzt. Vielleicht hätte ich ihn laufen lassen.

Dass es dazu kam, wie soll ich es ausdrücken, es passierte im Affekt. Lauinger bot mir Geld an, Geld als Entschädigung. 30 000 könne er mir sofort geben, noch mehr, wenn er Zeit hätte. Er habe gut verdient im letzten Quartal. Ich wurde hellhörig. Das letzte Quartal des Jahres 2008. Als wir unser ganzes Geld verloren, als wir unseren Sohn verloren. Lauinger, der große Gewinner? Er habe spekuliert, er habe im August und Anfang September auf fallende Kurse bei der Lehman Brothers Bank gewettet. Die Pleite der Bank sei sein Glück gewesen. Glück! Stellen Sie sich das vor! Er sprach von Glück! Ich habe nicht mehr nachgedacht. Ich habe keinen Augenblick gezögert. Ich habe nach dem Hammer gegriffen und zugeschlagen. Ich habe mich befreit gefühlt. Nein, ich habe kein schlechtes Gewissen. Es war übrigens der Weihnachtstag. Der 24. Dezember. Der Tag, an dem Lauinger zur Rechenschaft gezogen wurde. An dem er für seine Verbrechen büßte. Ich packte ihn in die ausrangierte Tiefkühltruhe. Am ersten Weihnachtsfeiertag hatten sich meine Eltern angekündigt. Sie sind untröstlich über den Tod von Jens. Ihr einziger Enkel. Sie hatten vor, einige Tage zu bleiben. Es zog sich bis nach Silvester hin. An Neujahr kam dann noch mein jüngerer Bruder. Er blieb bis letzten Sonntag. Und in der Nacht von Sonntag auf Montag habe ich Lauinger endlich entsorgt. Entsorgt. Ausgestellt habe ich ihn. Aber das haben Sie ja mitbekommen.

Er hat es verdient. Dreht uns die Schrott-Zertifikate an. Wettet darauf, dass alles den Bach runtergeht. Verdient an unserem Unglück. Gibt es Verwerflicheres, Abstoßenderes? Sagen Sie ehrlich! Ich stehe dazu, dass ich ihn umgebracht habe. Die ganze Welt soll erfahren, was für ein Schwein dieser Kerl war. Erst dann gebe ich Ruhe.

vierunddreißig

Geistesblitz

Es war wie verhext. Sie hatten alle Adressen überprüft. Ohne Ergebnis. Ohne eine Spur. Meißner holte drei Tassen Milchkaffee von der Theke, die Croissants lagen schon auf dem Stehtisch. Sie waren bei der Bäckerei Zorn gelandet, in der Filiale in der Waldstraße. Ihre letzte Adresse war in Käfertal gewesen. Lauer wusste, dass die Filiale in der Waldstraße ab fünf Uhr geöffnet war. Und man konnte im Hof bequem parken. Ein Teilnehmer des Kurses war Anfang November mit seiner Familie nach Basel verzogen. Die Wohnung stand seitdem leer, wie ein Nachbar ihnen versichert hatte. Ein Rentnerehepaar verbrachte den Dezember und den Januar auf Ibiza. Der Hausmeister in der Wohnung im Herzogenried versicherte, dass er das Ehepaar zum Flughafen nach Hahn gefahren habe. Nach der Wohnung sehe er, erst am Samstag sei er dort gewesen, eine junge Polizistin werde da nicht gefangen gehalten. Aber wenn sie darauf bestünden, könnten die Herren Kommissare sich gerne die Wohnung ansehen. Lauer und Meißner verzichteten. Ansonsten hatten sie die ganze Bandbreite der polizeilichen Ermittlungen erlebt. Freundliche, kooperationsbereite Mitmenschen, teilnahmslose Mitbürger und solche, die sich lautstark darüber beschwerten, dass sie mitten in der Nacht aus dem Bett geklingelt wurden. Auch Meyers und Gernhardt waren mit ihren Adressen durch. Ihre Ergebnisse unterschieden sich nicht von denen Lauers und Meißners.

„Ich bin ratlos", sagte Lauer und schaute auf die Uhr. Kurz nach halb sechs. Die Zeit lief ihnen davon. „Susanne scheint wie vom Erdboden verschwunden."

Eine rhythmische Tonfolge mit Aufforderungscharakter, die in einem Piepsen endete, unterbrach Lauers Überlegungen.

„Nicht zu überhören", sagte Meißner.

Während Lauer noch nachdachte, der Ton kam ihm bekannt vor, aber er konnte ihn nicht zuordnen, wurde Meißner ungeduldig.

„Jetzt geh schon dran."

Lauer schaute ihn ungläubig an.

„Na, dein Handy, SMS, vielleicht hat es mit dem Fall zu tun."

Lauer holte das Handy aus der Tasche und schaute nach. Tatsächlich, „eine neue Nachricht", las er auf dem Display. Er ging an den Nebentisch und ließ sich die Nachricht anzeigen.

„Hallo Leo!"

Von Fabian. Kein Komma nach dem Hallo, gut so, nur Meißner, Meyers und der Duden bestanden auf diesem Komma.

„Gut angekommen! Bin in Adelaide."

Adelaide? Davon hatte er nichts gesagt. Wo lag Adelaide? Lauer wusste es nicht. Wie spät war es jetzt in Australien? Es gab auf dem Kontinent Zeitunterschiede, das wusste Lauer. Über den Daumen gepeilt war es in Australien zehn Stunden weiter, also müsste es jetzt ungefähr 18 Uhr dort sein.

„Kontakt zu Punk-Band, die ich vielleicht manage."

Punk-Band? Managen? Was sollte das?

„CD, Promo-Tour. Vielversprechend. Was macht Liebe? Gruß Fabian."

Verrückte Idee. Konnte man in Australien vom Managen einer Musikgruppe leben, einer Gruppe, die anscheinend noch unbekannt war? Was soll's, wischte Lauer die vielen Zweifel und Fragen weg. Fabian wird seinen Weg gehen.

„Tun Sie bitte etwas, Herr Lauer", sagte Frau Dobler, als Lauer sich wieder zu den anderen stellte. Es war das erste

Mal, dass Lauer das Gefühl hatte, Susannes Mutter könnte die Fassung verlieren.

„Was Persönliches", sagte Lauer und hielt sein Handy hoch, bevor er es in die Manteltasche rutschen ließ. „Wir finden Ihre Tochter, Frau Dobler, das verspreche ich Ihnen."

Als der Satz noch nicht seinen Mund verlassen hatte, war ihm klar, dass Worthülsen herauskommen würden.

„Entschuldigung, ich weiß, dass Sie das Menschenmögliche unternehmen. Aber das zerrt an meinen Nerven. Diese Ungewissheit."

„Gib mir bitte die Liste mit den Namen."

Lauer drückte Meißner das Blatt, das Ines Zacharias in den R-Quadraten für sie hatte ausdrucken lassen und das sie im Präsidium mit den Adressen der Kursteilnehmer des Computerkurses vervollständigt hatten, in die Hände. Meißner studierte die Liste intensiv. Dann griff er sich an den Kopf.

„Sind wir bescheuert! Alle Namen, von wegen. Wir haben nicht alle Namen aufgesucht."

„Natürlich", widersprach Lauer. „Wir haben jeden Namen abgehakt. Die Liste ist abgearbeitet."

„Eben nicht! Rafael Werth!"

„Du sprichst in Rätseln, Julian. Ich kann mich an keine Adresse mit einem Rafael Werth erinnern. Der Name taucht nicht in unserer Liste auf."

„Der Name plus Adresse, der taucht nicht auf, stimmt, aber der Name alleine. Rafael Werth war der Kursleiter des Computerkurses. Sein Name steht ganz oben, neben der Kursbezeichnung. Und wir haben den Herrn schlicht und einfach übersehen."

„Ich rufe sofort im Präsidium an, die sollen uns die Adresse durchgeben."

Lauer zog sein Handy aus der Manteltasche. Dabei fiel ein zusammengefaltetes Blatt auf den Boden. Meißner bückte sich und hob es auf. Er faltete das Blatt auseinander.

246

„Mann, es ist Gefahr im Verzug, warum geht das nicht schneller, eine lächerliche Adresse."

Lauers Stimme am Handy war lauter geworden.

„Ruhig bleiben, Leo. Hier, da steht die Adresse, Rafael Werth, Spinozastraße. Lass gut sein, Leo."

Lauer hielt das Handy von seinem Ohr weg.

„Was redest du da?"

„Auf dem Blatt, das dir aus der Tasche gefallen ist, steht Werths Name und seine Adresse. Was ist das überhaupt für ein Zettel?"

„Von Lauingers Transaktionen Geschädigte. Einen Teil der Adressen haben Meyers und ich am Samstag bereits abgearbeitet."

Die Tür ging auf, herein kamen Meyers und Gernhardt. Meißner hatte sie angerufen, als sie beschlossen hatten, in der Filiale einen Kaffee zu trinken.

„Hauptkommissarin Meyers", sagte Meyers und reichte Frau Dobler die Hand.

„Dobler, Susannes Mutter."

„Gibt es was Neues?"

Lauer brachte die beiden Kollegen auf den neuesten Stand.

„Werth kannte Lauinger also nicht nur vom Computerkurs", sagte Gernhardt.

„Messerscharfe Schlussfolgerung", sagte Meißner.

„Zwei Kaffee", sagte Meyers zur Verkäuferin. „Gernhardt hat recht. Wenn Werth Geld verloren hat und Lauinger dran schuld ist, dann hat er ein Motiv."

„Wir haben keine Alternativen", sagte Frau Dobler, die jetzt wieder ruhig und gefasst war. „Sie haben alle Adressen überprüft. Dieser Werth ist unsere einzige Hoffnung."

„Hier ist Selbstbedienung", rief die Verkäuferin von der Theke. Gernhardt holte die beiden Tassen. Meyers nippte vorsichtig am Kaffee.

„Heiß", sagte sie.

247

„Ich fasse den Stand zusammen", sagte Lauer.

„Eine Dienstbesprechung kurz vor sechs am Stehtisch in einer Bäckereifiliale, mal was anderes", sagte Gernhardt. Meißner verzog das Gesicht.

„Wir wissen wenig, wir vermuten viel", sagte Lauer. „Susanne war am Freitag gegen Mittag in der Abendakademie, danach verliert sich jede Spur. Aufgrund unglückseliger Vorkommnisse wurde ihr Verschwinden erst gegen Sonntagabend bemerkt. Unsere Vermutung: Susanne hat Informationen bekommen, die sie direkt zum Mörder geführt haben, der hat sie in seiner Gewalt. Die Infos, die sie in der Abendakademie bekommen hat, müssen im Zusammenhang mit diesem Computerkurs stehen. Wir haben alle Teilnehmer überprüft. Es bleibt nur noch Rafael Werth übrig, der Kursleiter."

„Und der wohnt in der Spinozastraße", fügte Meißner hinzu. „Ganz in der Nähe haben wir letzten Montag den Penner aus den Augen verloren. Und am nächsten Tag war er tot."

„Könnte Zufall sein", sagte Gernhardt.

„Viele Zufälle", sagte Meyers.

„Zu viele Zufälle", sagte Meißner.

„Sie können weiter über Zufälle spekulieren", sagte Frau Dobler. „Wir können auch einfach in die Spinozastraße fahren."

Als sie die Bäckereifiliale verließen, hörten sie gerade noch den Beginn der Sechs-Uhr-Nachrichten.

„Berlin: Wer sein mindestens neun Jahre altes Auto verschrotten lässt und ein neues kauft, erhält 2500 Euro ..."

„Abwrackprämie, so nennt sich das", sagte Lauer und öffnete die Autotür.

Kommissarin Meyers drückte zum zweiten Mal auf die Klingel. Das Haus in der Spinozastraße schlummerte friedlich dem neuen Tag entgegen. Die Gartentür war angelehnt gewesen. Meyers und Lauer waren durch den

Vorgarten gegangen. Lauer war es nicht aufgefallen, dass der Vorgarten ungepflegt war.

„Hier fehlt ein grünes Händchen", sagte Meyers, während sie warteten. Lauer schlug den Mantelkragen hoch. Die Kälte kroch ihm in die Glieder.

„Scheint niemand da zu sein. Das Haus macht einen verlassenen Eindruck", sagte die Kollegin.

Lauer sagte nichts, sondern ließ den Finger auf der Klingel. Gleichzeitig klopfte er mit der anderen Hand an die Tür.

„Aufmachen", schrie er. „Machen Sie auf, hier ist die Polizei."

Schräg gegenüber ging ein Rollladen hoch, eine Gardine wurde zur Seite geschoben. Sie hatten in einiger Entfernung geparkt, Meißner, Gernhardt und Frau Dobler warteten im Auto.

„Aufmachen!"

Endlich passierte etwas im Haus. Durch die Scheibe in der Haustür sah Lauer einen schwachen Lichtschein. Dann ging über ihnen ein Fenster auf.

„Was wollen Sie in aller Herrgottsfrühe?"

Die Stimme hörte sich verschlafen an.

„Wir müssen mit Ihnen sprechen!"

„Muss das zu dieser Uhrzeit sein?"

„Es ist dringend. Öffnen Sie bitte die Tür."

Lauer zog seine Dienstwaffe.

„Ist das nötig?", fragte Irene Meyers.

Lauer wusste keine Antwort. Er ließ die Waffe in seine Manteltasche gleiten. Meyers Frage hatte ihn verunsichert. Ursprünglich hatte er vorgehabt, Rafael Werth mit vorgehaltener Waffe zu empfangen. Der Lichtschein wurde stärker, ein Schlüssel drehte sich im Schloss, die Tür ging auf. Vor ihnen stand ein Mann Anfang vierzig. Unter einem grauen Bademantel trug er karierte Schlafanzughosen. Früher hatte Lauer auch solche Schlafanzüge getragen. Seit einigen Jahren war er auf Nachthemden umgestiegen.

„Was ist denn so dringend?"

„Dürfen wir hereinkommen?"

„Wenn es sein muss."

Werth führte sie ins Wohnzimmer mit dem Blick in den Garten.

„Nehmen Sie Platz."

Lauer setzte sich auf den Hocker neben dem Kamin. Auf diesem Platz hatte vor einigen Tagen Stephan Peters gesessen und seine Wünsche mit dem immer gleichen Wortlaut formuliert.

„Wenn es keine Umstände macht."

Aber davon wusste Lauer nichts.

„Schön haben Sie es hier", sagte Lauer und deutete auf den Garten.

„Wir hatten wenig Zeit dieses Jahr. Deshalb ist alles so ungepflegt."

„Wir?", fragte Meyers.

„Meine Frau und ich."

„Ihre Frau? Die würden wir auch gerne sprechen."

„Sie ist nicht da, sie ist über die Feiertage zu ihren Eltern gefahren. Meine Frau hat die Sache mit Jens nicht verkraftet."

„Jens?"

„Unser Sohn. Er hatte Krebs. Ist im Oktober gestorben. Haben Sie ein Kind verloren? Was rede ich da. Natürlich wissen Sie nicht, wie sich das anfühlt."

Meyers und Lauer schwiegen. Lauer war sicher gewesen, dass Werth ihr Mann war. Jetzt kamen ihm Zweifel. Der Mann hatte seinen Sohn verloren.

„Wie alt war Jens?", fragte Meyers.

„Fünf. Er hat doch nicht gelebt. Aber Sie sind nicht gekommen, um mit mir über meinen toten Sohn zu reden, nehme ich an."

Meyers legte ein Foto von Susanne auf den Wohnzimmertisch. Lauer wunderte sich, woher sie die Aufnahme hatte.

„Die war bei mir", sagte Werth. „Am Freitagmittag. Erkundigte sich nach dem Computerkurs, an dem Herr Lauinger teilgenommen hatte, schrecklich, die Sache mit ihm, ich habe davon in der Zeitung gelesen."

„Und weiter?"

„Wir haben einen Tee zusammen getrunken. Darf ich Ihnen etwas anbieten? Dann hat sich die junge Frau verabschiedet und ist gegangen."

„Das war alles?"

„Das war alles."

„Wann kommt Ihre Frau zurück?"

„Mitte der Woche. Eigentlich sollte sie schon da sein. Aber es tut ihr gut, nicht in diesem Haus zu sein, wo sie jeden Augenblick an Jens erinnert wird. Sie wollen wirklich keinen Tee?"

Lauer wehrte ab. Im Zimmer war es kühl.

„Ich sollte den Kamin anmachen. Es ist nicht gut, wenn das Haus auskühlt. Aber es fällt mir schwer, mich aufzuraffen. Seit Jens nicht mehr ..."

Rafael Werth brach den angefangenen Satz ab.

„Eine Frage hätte ich noch, Herr Werth. Sie kannten Peter Lauinger vom Computerkurs her?"

„Richtig, da habe ich ihn kennengelernt. Es hat sich eine engere Beziehung entwickelt. Ich habe ihm Einzelunterricht gegeben, Herr Lauinger stellte sich ungeschickt an. Und er hat uns in Gelddingen beraten."

„Er ist verantwortlich, dass sie Geld verloren haben."

Werth lachte.

„Das war nicht der Rede wert. Einige tausend Euro. Das hat Lauinger bei anderen Geschäften wettgemacht. Unterm Strich haben wir nichts verloren."

Meyers stand auf.

„Entschuldigen Sie bitte die Störung, Herr Werth."

„Sie tun Ihre Pflicht."

Rafael Werth brachte Lauer und Meyers zur Tür.

„Wenn noch was ist, scheuen Sie sich nicht zu klingeln."

251

„Was war das jetzt?", fragte Lauer seine Kollegin, als er das Gartentor zugezogen hatte und sie auf dem Gehweg standen.

„Entweder ist Werth ein prächtiger Schauspieler oder er hat nichts mit den beiden Morden zu tun, und an Doblers Verschwinden ist er schuldlos."

Lauer kratzte sich hinter dem Ohr.

„Als wir vor der Tür standen, war ich mir sicher, dass Werth Susanne in seiner Gewalt hat. Der Tod des kleinen Sohnes, Irene, was meinen Sie, war das eine Masche?"

„Ich weiß es nicht."

„Und wie geht es jetzt weiter?"

„Auch das weiß ich nicht."

Lauer sah Meißner, der vor dem Dienstwagen stand und gestikulierte.

„Wir sollten die Kollegen nicht unnötig auf die Folter spannen", sagte Meyers und setzte sich in Bewegung. Lauer blieb noch einen Moment stehen und blickte um sich. Er wusste nicht, was er zu Frau Dobler sagen sollte. Er wusste nicht, wie es weitergehen sollte. Er hatte keinen Plan. Lauer sah, wie Meißner Meyers entgegenging. Lauer ließ die Hand in seine Tasche gleiten. Er spürte das Metall seiner Dienstwaffe. Die Waffe ziehen, auf die Haustür zurennen, die Tür auftreten. Werth überwältigen, ihm Handschellen anlegen. Ihn am Kragen packen. Ihn anschreien.

„Wo ist Susanne? Was hast du mit ihr gemacht?"

Meißner stand jetzt bei Meyers. Lauer schaute in die andere Richtung. Was tun? Sein Blick fiel auf den weißen Lieferwagen, der zwanzig Meter von Werths Haus entfernt auf dem Gehweg parkte. Lauer setzte sich mechanisch in Bewegung.

„Leo, was soll das? Warum gehst du weg?", rief Meißner hinter ihm her.

„Ich habe einen weißen Lieferwagen entdeckt, ziemlich neu."

252

Herrn Ungsteins Aussage. Lauer stand vor dem Kleintransporter, ein Fiat. Weiß. Neu. MA-MA. Das Nummernschild. All seine Zweifel lösten sich in Luft auf. Er drehte sich um und bewegte sich zu ihrem Auto zurück.

„Verdammt, Leo!"

Lauer drückte Meißner ins Auto.

„Mach keinen Aufstand, Julian, setz dich ins Auto, wir dürfen nicht auffallen. Wir sind hier richtig. Hundertprozentig!"

In diesem Moment klingelte sein Handy.

fünfunddreißig

Sondereinsatzkommando

Es war einfach, Faulhaber zu überzeugen. Clement wollte die Verantwortung nicht übernehmen, zumal er mit Lauer noch ein Hühnchen zu rupfen hatte. Was er sich anmaße, Kollegen anzuschwärzen, von Kompetenzüberschreitung ganz zu schweigen. Das werde Folgen haben. Man spreche sich noch. Faulhaber war nicht begeistert gewesen, als Lauer ihm die Lage geschildert hatte. Eine interne Lösung wäre ihm am liebsten gewesen. Nach kurzem Nachdenken willigte er ein, nicht ohne zu betonen, dass er Lauer zur Rechenschaft ziehen werde, falls die Aktion aus dem Ruder laufe. Um halb acht forderte Faulhaber das Sondereinsatzkommando in Göppingen an. Nein, ein Vorabkommando mit dem Hubschrauber sei nicht nötig.

Drei Einsatzfahrzeuge mit acht Beamten und dem benötigten Material setzten sich sofort in Bewegung. Die Autos flogen über die Autobahn, angeführt von einem gepanzerten Fahrzeug. Die beiden anderen Fahrzeuge klebten am Heck des Anführers. Kurz nach halb neun erschienen sie in der Oststadt und parkten in der Otto-Beck-Straße. Lauer informierte über die Situation. Mutmaßlicher Doppelmörder, bei Spekulationen viel Geld und Sohn durch Krebs verloren. Junge Kollegin, frisch von der Ausbildung, mutmaßlich in seiner Hand. Bewaffnung? Heckler & Koch. Dienstwaffe der Kollegin. Beschreibung des Hauses. Vorgarten, Garten nach hinten, Terrasse, Fensterfront nach hinten. Dürftige Kenntnisse der Gegebenheiten. Wo die Geisel sich im Moment aufhalte? Keine Ahnung.

„Ein Zugriff ist zu riskant", sagte der Leiter des Einsatzkommandos, in dessen Händen die Leitung des Einsatzes in der Spinozastraße lag. Der Mann machte einen vernünftigen Eindruck, fand Lauer. Er war beruhigt. Es gab scharfe Hunde, die auf Teufel komm raus einen Zugriff durchziehen wollten. Der hier war anders.

„Wäre es nicht angebracht, die Straße abzusperren?", fragte Meißner.

„So spät wie möglich", sagte der SEK-Beamte. „Wir müssen unbedingt im Hintergrund bleiben. Und eine Sperrung ist auffällig. Kein Durchgangsverkehr mehr. Stille. Ruhe. Erst wenn wir mehr wissen, können wir uns eine Strategie überlegen. Ich denke, eine Evakuierung der Anwohner ist im Moment nicht nötig, das schafft große Unruhe. Und da es keine Hinweise auf Sprengstoff gibt ..."

Zwei Scharfschützen wurden in den gegenüberliegenden Häusern postiert. Die unmittelbaren Nachbarn wurden informiert und gebeten, ihre Häuser nicht zu verlassen. Es herrschte eine unaufgeregte, gedämpfte Stimmung in der Spinozastraße. Abwarten, lautete die Devise. Solange nicht klar war, was Rafael Werth vorhatte, welche Forderungen er stellte, wenn er überhaupt welche stellte.

„Leo, ich bin's, Susanne. Hab mich saublöd angestellt. Der Mann hat meine Dienstwaffe. Er ist zu allem entschlossen. Ihr dürft auf keinen Fall mit Gewalt in das Haus eindringen. Das wäre für mich ..."

Dann war die Verbindung getrennt worden. Susanne hatte von Werths Festnetznummer aus Lauer auf seinem Handy angerufen. Das war vor mehr als einer Stunde gewesen, als das Sondereinsatzkommando noch gar nicht angefordert gewesen war. Seitdem herrschte Funkstille. Die Männer vom SEK hatten Position bezogen. Lauer kam sich überflüssig vor, aber er war froh, dass er nicht die Verantwortung trug. Und jetzt warteten alle. Ein Sanitäter hatte Frau Dobler unter seine Fittiche genommen. Obwohl sie anfangs lautstark protestiert hatte, war sie dem Mann in den Krankenwagen gefolgt. Meyers und Gernhardt hatten Kaffee, belegte Brötchen und Schneckennudeln besorgt.

Um Viertel vor acht kamen Faulhaber und Clement in die Spinozastraße. Lauer wiederholte alles, was er dem Einsatzleiter vorhin erzählt hatte. Jetzt, beim zweiten Mal, wurde ihm bewusst, wie wenig sie wussten. Sie wussten so gut wie nichts vom Täter. Vorhin, als Meyers und Lauer im Haus gewesen waren, hatte er einen ruhigen Eindruck gemacht, gelassen, über den Dingen stehend, abgeklärt. Aber wenn Lauer an Peter Lauinger dachte, wenn er Stephan Peters am alten Postfrachthof liegen sah, wenn er sich Susanne am Telefon, ihre eigene Waffe an die Schläfe gedrückt, vorstellte, wusste er, dass Rafael Werth ein guter Schauspieler war.

„Sie leiten den Einsatz", sagte Polizeipräsident Faulhaber. „Sie sind verantwortlich. Ich habe nichts zu fordern, ich kann nur Wünsche anmelden."

Lauer wunderte sich, wie sensibel Faulhaber formulieren konnte.

„Und ich wünsche mir eines, dass Sie so vorsichtig wie möglich vorgehen. Das Leben unserer jungen Kollegin steht an erster Stelle."

Der Polizeipräsident bedauerte, dass er zusammen mit dem Kripochef nicht länger bleiben könne. Ein wichtiger Termin beim Oberbürgermeister, der sei nicht zu verschieben, so leid es ihm tue.

„Typisch", hätte Frau Werner gesagt, wenn sie dabei gewesen wäre.

„Die Frau des Geiselnehmers", sagte Irene Meyers zu Lauer, „wissen wir irgendetwas über sie?"

Lauer wusste nur das, was sie bei dem kurzen Gespräch mit Werth erfahren hatten.

„Wir müssen herauskriegen, wo sie sich aufhält. Wenn sie hier wäre, könnte sie vielleicht zur Deeskalation beitragen."

„Sie haben recht", sagte Lauer. „Ich kümmere mich. Frau Werner wird herausbekommen, wo die Frau sich zurzeit befindet."

Dann schaute er Irene Meyers in die Augen. Sie hielt seinem Blick stand.

„Wir hätten nicht so einfach wieder gehen sollen", sagte Lauer schließlich.

„Ich kann Ihnen nur zustimmen, Leo, aber wir sind gegangen."

„Ich weiß nicht, warum wir wie die Trottel das Haus verlassen haben", sagte Lauer.

„Ich weiß es auch nicht."

Lauer wurde ein Mikro hingehalten.

„Können Sie sagen, wann die Wohnung gestürmt wird?"

Lauer schob das Mikro zur Seite.

„Wann schlägt die Polizei zu?"

„Verschwinden Sie oder ich lasse Sie verhaften!"

Ein Polizist, Lauer glaubte Frühauf zu erkennen, führte den Journalisten weg. Der protestierte lautstark, sprach von Behinderung der freien Berichterstattung, von Verstößen gegen die Pressefreiheit.

„Wie kommt der überhaupt hierher?", fragte Lauer in die Runde.

„Die Schutzpolizei hat die Einfahrt zur Spinozastraße im Blick. Kein Auto kommt ohne Kontrolle hier rein. Und Pressefritzen schon mal gar nicht. Der muss durchgerutscht sein", sagte Meißner.

„Der Aufmarsch der Medien ist enorm", sagte Gernhardt, der zum ersten Mal den Einsatz eines Sonderkommandos in Mannheim erlebte und der entsprechend aufgeregt war. „Mehrere Fernsehteams, Funk, Zeitungen, ein Riesenauflauf vorne auf der Otto-Beck-Straße. Hoffentlich gerät das nicht aus dem Ruder."

Lauer wurde schwindlig. Er musste sich am Gartenzaun festhalten. Doch Sekunden später hatte er wieder einen klaren Kopf. Was war das für ein Typ, der zwei Menschen getötet hatte, ein kaltblütiger Mörder, ein mutmaßlicher, musste es korrekt heißen, ein Mensch, der nicht berechenbar war. Susannes Leben war in Gefahr. Und dann waren da diese Aasgeier von den Medien, die geil darauf waren, dass das Haus gestürmt wurde, dass die Fetzen flogen, dass Blut floss.

Wir kämpfen an zwei Fronten, dachte Lauer. Wir reiben uns auf, wir haben verloren, bevor es losgeht.

Zwei Häuser neben Werths Haus ging die Tür auf und ein alter Mann im Schlafanzug und in Filzpantoffeln erschien. Er streckte die Hand aus, schaute nach oben in den wolkenverhangenen Himmel und ging zurück ins Haus. Lauer atmete erleichtert auf. Doch die Entwarnung dauerte nicht lange. Mit einem Hut und einem Regenschirm erschien der alte Mann vor der Haustür, blieb stehen, klappte den Schirm auf und setzte sich in Richtung Gartentor in Bewegung. Meißner spurtete los und fing den Mann ab, als er den Gehweg betreten wollte.

„Sie können jetzt nicht."

„Lassen Sie mich los, junger Mann. Ich muss kontrollieren, ob meine Lehrer pünktlich sind. Besonders die jungen nehmen sich zu viel heraus."

Meißner versuchte, den Mann hinter das Gartentor zu schieben. Zum Glück erschien eine junge Frau und legte dem alten Mann den Arm um die Schulter.

„Großvater, so kannst du nicht in die Schule gehen. Du hast die Brote und deine Tasche vergessen."

Meißner ließ den Arm des Mannes los. Der Mann folgte der Frau widerstandslos. An der Tür drehte sie sich kurz um.

„Danke."

Meißner ging zurück in das Auto des Einsatzkommandos.

„Der Geiselnehmer hat angerufen", sagte der Einsatzleiter zu Meißner. „Er hat uns seine Forderungen mitgeteilt. Die Straße vor dem Haus muss menschenleer sein. Wir sollen uns mit unseren Scharfschützen verpissen."

„Woher weiß der ..."

„Der sieht Krimis im Fernsehen", sagte Meißner.

„Er möchte einem Vertreter der Presse Unterlagen über einen Betrugsfall übergeben", fuhr der Einsatzleiter fort. „Er fordert die Veröffentlichung in Presse, Rundfunk und im Regionalfernsehen."

„Die werden sich freuen", sagte Meißner.

„Und er möchte mit seiner Frau sprechen."

„Das ist alles?"

„Das ist alles."

Zwei Minuten später meldete sich Frau Werner und teilte mit, dass Frau Werth bei ihren Eltern in Weiterstadt sei, dass sie sie angerufen habe, dass sie sich von ihrem Mann getrennt habe, dass sie nicht vorhabe, nach Mannheim zurückzukommen, dass sie über den Tod ihres Sohnes nur schwer hinwegkomme, dass ihr Mann sich in Rachepläne verrannt habe und sie sich gut vorstellen könne, dass ihr Mann hinter dem Mord an Lauinger stecke. Lauer ließ sich die Telefonnummer geben und rief sofort an. Zuerst wollte der Vater der Frau ihn abwimmeln, wurde patzig. Als Lauer sich dies nicht gefallen ließ, lenkte er aber schnell ein. Der Ernst der Lage überzeugte ihn. Er werde mit seiner Tochter kommen, er mache sich sofort auf den Weg. Eine halbe Stunde, höchstens 40, 45 Minuten.

Inzwischen war Roland Hanke in der Spinozastraße erschienen. Hanke, Kulturredakteur beim Rhein-Neckar-Anzeiger, Werth hatte darauf bestanden, nur ihm die Papiere zu übergeben.

„Unser Chef vom Dienst war erst nicht einverstanden", sagte Hanke zu Lauer, der den Journalisten nicht kannte.

„Ein Angeber", flüsterte Meißner Lauer zu. „Keine Buchbesprechung, kein Bericht über eine Musikveranstaltung ohne eine abschließende kritische Anmerkung. Profilneurotiker."

„Am Ende hat er den Wunsch des Geiselnehmers doch akzeptiert. Wie sollte er auch anders! Schließlich winkt eine exklusive Story."

„Von wegen Story", sagte Lauer. „Die Unterlagen händigen Sie uns sofort aus. Das ist Beweismaterial."

„Langsam, so läuft das nicht", sagte der Journalist. „Pressefreiheit, haben Sie davon schon gehört."

„Hören Sie mir damit auf", sagte Lauer. „Es geht um das Leben einer Geisel. Alles andere ist unwichtig."

„Sie wissen genau, Hauptkommissar Lauer, dass ohne mich nichts läuft. Also spielen Sie sich nicht so auf. Und wenn Sie sich weiter aufspielen, bin ich auf der Stelle weg."

Lauer war so wütend, dass er sich nicht einmal wunderte, dass Hanke ihn kannte. Der Einsatzleiter hob beschwichtigend die Hände.

„Natürlich werden Sie sämtliche Informationen bekommen, die nötig sind. Aber Sie werden verstehen, dass wir das Material, das der Geiselnehmer Ihnen übergibt, sichern und prüfen müssen. Sie wissen, dass Sie uns helfen müssen."

„Selbstverständlich komme ich meiner staatsbürgerlichen Pflicht nach", lenkte der Journalist ein. „Was muss ich tun?"

„Warten", sagte der Einsatzleiter. „Solange die Frau des Geiselnehmers nicht da ist, passiert nichts."

Meißner reichte dem Journalisten einen Becher Kaffee. Ein belegtes Brötchen lehnte er ab.

„Wissen Sie, warum der Geiselnehmer Ihnen die Unterlagen übergeben will?"

260

„Ich weiß nicht einmal, wer der Geiselnehmer ist."

Meyers schaute den Einsatzleiter an. Der nickte.

„Rafael Werth."

„Werth? Ich habe mich nicht verhört?"

„Rafael Werth."

„Wir haben zusammen Abitur gemacht."

„Erzählen Sie uns alles, was Sie über ihn wissen. Jede Information kann wichtig sein", sagte Lauer.

„Da gibt es nicht viel zu erzählen. Seit der Abifeier haben wir uns nicht mehr gesehen. Werth war ein stiller Schüler, unauffällig, nicht besonders gut in der Schule, aber auch nie versetzungsgefährdet, durchschnittlich, das charakterisiert ihn am besten."

sechsunddreißig

Alle Menschen sollen erfahren

Es war klar, dass die Polizei mir irgendwann auf die Spur kommen würde. Ich dachte nicht, dass es so schnell gehen würde. Und habe nicht damit gerechnet, dass ausgerechnet Sie, eine so junge Polizistin, noch dazu alleine, vor der Tür stehen würden. Ich wusste nicht, was ich tun sollte. Sollte ich mich dumm stellen? Sollte ich darauf hoffen, dass Sie keinen Verdacht schöpfen, dass Sie einfach wieder gehen würden? Aber woher wusste ich, dass das alles nicht ein Trick war? Eine abgekartete Sache, Ihr Soloauftritt, während draußen ein Einsatzkommando in Position ging. Ich durfte Sie nicht gehen lassen. Es war zu riskant.

Es war ganz einfach. Sie erinnern sich, der grüne Tee. Sie fanden ihn bitter. Es sei eine spezielle Sorte aus Japan, sagte ich. Schlaftabletten, bei dem Penner haben die prächtig gewirkt. Dazu der Kamin, die Wärme im Zimmer. Ich gebe zu, Ihr Aufwachen war weniger schön als das Einschlafen. Gefesselt, in dem fensterlosen Raum im Keller. Ich konnte Ihre Angst riechen, als ich vor Ihnen stand, als Ihre Augen sich an das Licht gewöhnt hatten, als Sie die Tiefkühltruhe neben sich sahen, aufgeklappt, als Sie begriffen. Ich sagte Ihnen, dass ich Ihnen nichts tun würde, dass ich Ihnen nur die Wahrheit erzählen wollte. An Ihren Augen sah ich, dass Sie mir nicht glaubten.

Glauben Sie immer noch, dass Sie einen skrupellosen Mörder vor sich haben? Finden Sie nicht, dass Lauinger den Tod verdient hat? Warum schütteln Sie den Kopf? Was habt ihr Polizisten denn gemacht gegen Lauinger? Warum durfte er seine Betrügereien machen, ohne dass jemand eingegriffen hat. Die Polizei, dein Freund und

Helfer. Ich muss lachen. Sie sind bei der Mordkommission, was soll das? Ausflüchte! Sie sind auch schuld daran, dass so ein Schwein frei herumlaufen konnte, während unser Sohn sterben musste. Lauinger, dieses Schwein.

Dass ich seinen Namen wieder aussprechen kann, das verdanke ich Ihnen. Sie haben mir geholfen. Es hat gut getan, dass Sie mir zugehört haben. Ich weiß, ich habe Sie dazu gezwungen. Aber seien Sie ehrlich, es hat Sie interessiert, was ich gesagt habe. Können Sie meine Wut nicht verstehen? Dieser Mann hat unseren Sohn ins Grab gebracht. Dieser Mann hat meine Ehe auf dem Gewissen. Meine Frau hat mich verlassen. Können Sie verstehen, dass ich stolz bin, Lauinger bestraft zu haben? Sie verstehen es.

Lauinger hat seine gerechte Strafe bekommen. Aber alle Menschen sollen erfahren, was für ein Schwein er war. Alle sollen wissen, dass er über Leichen gegangen ist. Dass er schuld ist am Tod eines kleinen Jungen. Ich habe alles gesammelt. Hier in dieser Mappe steckt die Wahrheit über Peter Lauinger. Mit Ihrer Hilfe wird diese Wahrheit öffentlich werden. Und Sie werden mich dabei unterstützen, dass meine Frau sich bereit erklärt, mit mir zu reden. Was Sie tun müssen? Nichts, warten, einfach warten. Wir müssen warten.

siebenunddreißig

Showdown

Es war 8:52 Uhr, als die Spinozastraße in beiden Richtungen abgeriegelt wurde. Um 9:12 Uhr traf Erika Werth in Begleitung ihres Vaters in der Nähe ihres alten Hauses ein. Sie sah schlecht aus, fand Lauer, dicke Ringe unter den Augen, graue Gesichtsfarbe, die braunen, halblangen Haare zu einem Pferdeschwanz zusammengebunden. Ihr Kopf verschwand im Mantelkragen. Der Einsatzleiter erklärte die Situation und wies Frau Werth darauf hin, dass es viel zu gefährlich sei, ihrem Mann gegenüberzutreten. Er sei bewaffnet und er sei zu allem entschlossen.

„Können Sie es mir verbieten?", fragte die Frau.

Der Einsatzleiter schwieg.

„Welchen Vorteil hätte es, wenn ich meinen Mann im Vorgarten treffe?"

„Ein Zugriff im Haus wäre für die Geisel mit unkalkulierbaren Risiken verbunden. Aber wenn Ihr Mann das Haus verlässt, wie er es angekündigt hat, steigen die Chancen für einen erfolgreichen Zugriff."

„Wann ist für Sie der Zugriff erfolgreich?", fragte Erika Werth.

„Wenn die Geisel gerettet wird."

„Und mein Mann?"

Der Einsatzleiter zögerte mit der Antwort.

„Wie es für Ihren Mann ausgehen wird, kann ich Ihnen nicht sagen. Es ist alles möglich."

„Danke, dass Sie ehrlich zu mir sind. Ich werde mit ihm reden."

„Sie begeben sich in Lebensgefahr", sagte der Einsatzleiter.

„Das weiß ich. Ich möchte trotzdem mit ihm reden. Und Sie werden mich nicht daran hindern!"

Um 9:16 Uhr klingelte noch einmal Lauers Handy. Werth gab die Modalitäten der Übergabe der Unterlagen an den Journalisten durch und teilte mit, wie er sich das Treffen mit seiner Frau vorstellte. Es war das bisher längste Gespräch, weil Susanne die Anweisung zweimal durchgab und Lauer sie genau wiederholen musste.

Um 9:24 Uhr öffnete sich die Haustür und Susanne und Werth erschienen in der Türöffnung. Der mutmaßliche Doppelmörder hatte Susanne, deren Hände nicht gefesselt waren, fest an sich gepresst und drückte ihr die Pistole an die Schläfe. In der linken Hand hielt Susanne einen Schnellhefter. Werth blieb sekundenlang in der Tür stehen, dann machte er einige Schritte zusammen mit Susanne nach vorne und verharrte vor den zwei Stufen, die auf den Zugangsweg führten. Werth schaute sich nach allen Richtungen um. Die Straße war menschenleer. Die Sekunden, die vergingen, kamen Lauer endlos lange vor.

„Der Hanke soll kommen", sagte Werth. „Allein, ohne Mantel, ohne Jackett."

Wieder vergingen Sekunden. Dann kam Hanke von links. Er hielt die Arme seltsam abgespreizt, hervorgerufen durch die Schutzweste, die er trug, aber wohl auch um Werth zu zeigen, dass er nichts in den Händen trug. Er hatte ein hellblaues Hemd und einen quer gestreiften Pullunder an. Nicht sehr geschmackvoll, dachte Susanne. Nicht gerade die Idealbekleidung bei diesem Wetter, dachte Lauer.

Als Hanke das Grundstück betreten hatte, hob Werth die Hand. Hanke blieb stehen.

„Lange nicht gesehen", sagte Werth. „Immer noch die große Klappe wie früher in der Schule? Jetzt kannst du sie einsetzen, deine Klappe. Du wirst die Wahrheit schreiben in deinem Provinzblatt über einen Betrüger, der über Leichen gegangen ist. Und du wirst dafür sorgen, dass viele Medien über den Skandal berichten. Hast du mich verstanden?"

„Ja, Rafael, aber wäre es nicht ..."

„Halt die Klappe! Deine Meinung interessiert mich nicht. Wirst du über die Sache berichten, ja oder nein!"

Werth wartete nicht auf eine Antwort des Journalisten.

„Du wirst! Gut, du näherst dich uns langsam. Die junge Frau wird dir einen Schnellhefter übergeben."

Lauer war nicht begeistert von der Rolle, die Susanne spielen sollte, aber in dem Telefongespräch vorhin war kein Raum für Diskussionen gewesen.

Werth fuchtelte mit der Pistole durch die Luft, dann drückte er sie wieder an Susannes Schläfe.

„Dann, Hanke, gehst du rückwärts zurück zum Gartentor. Dort darfst du dich umdrehen. Du schickst mir meine Frau. Verstanden?"

„Ja."

Hanke schlich den Gartenweg entlang. Lauer kam es vor, als ob der Journalist jeden Zentimeter genießen würde. Unmittelbar vor den Stufen blieb er stehen. Werth lockerte den Griff um Susanne, die streckte ihre Hand mit dem schwarzen Plastikschnellhefter dem Journalisten entgegen. Hanke griff sich die Unterlagen, drückte den Hefter an die Brust und ging in Zeitlupe rückwärts zum Gartentor. Dort angekommen, drehte er sich um und verschwand jetzt schneller nach links aus Werths und Susannes Blickfeld.

Sie hatten vorher überlegt, ob ein Zugriff im Augenblick der Übergabe möglich wäre, der Einsatzleiter entschied sich dagegen. Immer noch zu groß das Risiko, zudem wäre neben Susanne jetzt auch noch der Journalist in Gefahr. Werths Frau sollte ihren Mann in ein Gespräch verwickeln, je länger es dauerte, desto größer war die Wahrscheinlichkeit, dass Werth unaufmerksam wäre. Dann sollte eventuell zugegriffen werden. Wenn Lauer später an die Minuten vor dem Treffen Erika Werths mit ihrem Mann zurückdachte, lief ihm immer eine Gänsehaut über den Rücken. Der Mann war schließlich bewaffnet. Vielleicht hatte er vor, seine Frau zu erschießen. Lauer fand das Risiko, in das sich die Frau begab, zu hoch.

Der gezielte Todesschuss war die erste Option. Das sagten sie nicht zu Frau Werth. Der finale Todesschuss, für Lauer hörte sich das martialisch an, wenn er nachdachte, wurde ihm klar, dass ein Außer-Gefecht- setzen des Geiselnehmers, ohne ihn zu töten, nur schwer zu bewerkstelligen war. Der Geiselnehmer musste so getroffen werden, dass er der Geisel nicht mehr schaden konnte.

„Solange er die Geisel in seiner Gewalt hat, können wir ihn nur unschädlich machen, wenn wir ihn gezielt töten“, sagte der Einsatzleiter. „Wir haben keine Wahl.“

Lauer musste ihm recht geben.

Um 9:32 Uhr erschien Erika Werth am Gartentor. Sie zögerte, blieb vor dem Grundstück stehen. Werth, der Susanne wieder eng an sich presste, schob sie die zwei Stufen hinunter. Auf dem Gartenweg blieb er stehen.

„Du brauchst keine Angst vor mir zu haben, Erika, komm näher.“

Erika Werth passierte die Gartentür, blieb aber gleich wieder stehen. Sie war jetzt zehn Meter von ihrem Mann und Susanne entfernt.

„Rafael, was machst du? Du darfst der Frau nichts tun!“

„Wenn du vernünftig bist, Erika, passiert der Frau nichts.“

Erika Werth faltete die Hände vor der Brust. Es sah aus, als ob sie bete. Werth hielt die Pistole immer noch Susanne an die Schläfe.

„Wann kommst du zu mir zurück?“

Sie sieht aus wie ein gequältes Tier, dachte Susanne, die Erika Werth in die Augen schaute.

„Ich habe dich etwas gefragt. Ich kann doch erwarten, dass ich von meiner Frau eine Antwort bekomme. Habe ich das nicht verdient?"

Werths Stimme klang aufgeregt, sie war kurz davor, ins Hysterische umzukippen.

Er hört sich wie wahnsinnig an, dachte Susanne, dabei ist er innerlich vollkommen entspannt und ruhig. Susanne spürte, dass die Aufregung gespielt war.

Er ist ein guter Schauspieler, dachte sie. Seine letzte Rolle. Und er weiß es. Er will es so. Er hat das alles inszeniert. Was kann ich machen, um diesen Wahnsinn zu beenden?

„Zum letzten Mal, Erika, wann kommst du zu mir zurück?"

„Rafael, du weißt doch ..."

„Ja, ja, ich weiß, ich weiß, du brauchst nicht weiterzureden. Ich habe kapiert!"

Jetzt kippte seine Stimme endgültig. Ein schrilles Kreischen, das in ein Krächzen überging. Dann ging alles sehr schnell.

Wenn Susanne in den Wochen und Monaten nach den Ereignissen im Vorgarten der Spinozastraße nachts von Albträumen geplagt aus dem Schlaf hochschreckte, sah sie alles in Zeitlupe vor sich. Ohne Ton.

Werth, der seine Geisel von sich stößt. Susanne, die sich zur Seite fallen lässt.

Er hat an alles gedacht, denkt sie. Die zwei Stufen. Auf dem Gartenweg ist es ungefährlicher für mich.

Werth, der die Pistole in Anschlag bringt. Der auf seine Frau zielt. Der auf sie zuläuft.

Susanne, die sich aufrappelt.

Die „Nein!" schreit. Und „Nicht!"

Die Detonationen, vier an der Zahl, die sich in Susannes Erinnerung verschmelzen zu einer einzigen gewaltigen, tonlosen Detonation. Der erste Schuss, der Werth in die Brust trifft. Der zweite, der die Halsschlagader zerreißt. Der dritte, der den Oberschenkel, den rechten, zerfetzt. Der letzte, der das Ohrläppchen durchlöchert. Werth, der seine Arme hochreißt. Die Pistole, die im hohen Bogen nach hinten wegfliegt und genau vor der geöffneten Haustür landet. Susanne, die vor Werth kniet.

„Warum? Warum?"

Drei schwarze Gestalten mit heruntergeklapptem Helmvisier, die auf den Gartenweg laufen, sich um Werth postieren und ihre Gewehre auf ihn richten. Lauer, der mit Meißner am Gartentor erscheint. Die drei Kollegen des Einsatzkommandos, die nicht mehr auf Werth zielen. Susanne, die ihre Hände anklagend gegen die drei schwarzen Gestalten richtet.

„Er wollte, dass er erschossen wird. Er hat uns alle manipuliert. Warum seid ihr darauf hereingefallen?"

Erika Werth, die von zwei Sanitätern auf eine Bahre gelegt wird. Lauer, der Susanne hochzieht und ihr auf den Rücken klopft. Frau Dobler, die auf ihre Tochter zuläuft. Der Einsatzleiter, der die Pistole aufnimmt.

Ein Arzt, der sich über Werth beugt und den Kopf schüttelt. Eine Mutter, die ihre Tochter in den Armen hält.

Der Einsatzleiter, der „Sie war nicht geladen" sagt.

„Zugriff 9:36", steht später im Protokoll.

Der Arzt hatte Susanne ein Beruhigungsmittel gespritzt. Nur mit Zwang blieb sie auf der Bahre im Sanitätswagen liegen. Frau Dobler, Lauer und Meißner standen um sie herum.

„Er hat alles inszeniert. Es ist alles so abgelaufen, wie er es geplant hat."

„Du vermutest, er wollte sich erschießen lassen", sagte Meißner.

„Nicht vermuten, ich weiß es. Er hat mit uns gespielt. Ihm kam es darauf an, das Material, das er über Peter Lauinger und dessen Betrügereien gesammelt hatte, wirkungsvoll der Presse zu übergeben. Und dann wollte er erschossen werden. Er war zu feige, sich selbst umzubringen, deshalb hat er sich erschießen lassen."

Der Arzt erschien in der Tür.

„Es ist genug. Sie braucht Ruhe."

Meißner und Lauer verließen den Wagen.

„Danke", sagte Frau Dobler, als sich die Tür schloss und der Fahrer den Motor startete. Lauer und Meißner gingen zum Haus zurück. Die Kriminaltechnik war bereits vor Ort.

„Da liegt er jetzt. Dabei könnte er uns bestimmt noch einiges erzählen", sagte Meißner, als sie an Werth vorbeikamen.

Das Sanitätsauto fuhr einige Meter die Spinozastraße entlang, dann bremste der Fahrer scharf und fuhr zum Gartentor zurück. Die hintere Tür ging auf. Frau Dobler streckte den Kopf heraus.

„Im Keller steht ein Aufnahmegerät", meinte Susannes Mutter. „Da ist alles drauf, was Sie wissen müssen."

„Das soll ein Aufnahmegerät sein?", sagte Lauer im Kellerraum, in dem Werth Susanne gefangen gehalten hatte. „Sieht aus wie ein elektrischer Rasierapparat."

„Es ist ein Aufnahmegerät", sagte Meißner, „digital, neueste Technik."

Er drückte eine Klappe an der Unterseite des Geräts und hielt eine kleine blaue Karte in der Hand.

„SD-Speicherkarte, da ist alles drauf, wenn wir Susanne glauben können."

„Da bin ich mal gespannt", sagte Lauer.

„Die Tiefkühltruhe", sagte Meißner.

„Ja, die Tiefkühltruhe."

„Sag mal, Julian ..."

Lauer hielt inne. Er wartete, so als ob er sich jedes Wort, das er an Meißner richten wollte, genau überlegte.

„Deine Frau, hast du dich schon bei deiner Frau gemeldet?"

„Wann hätte ich?"

Lauer musste seinem Kollegen recht geben. Die letzten Stunden zogen im Zeitraffer an ihm vorbei, der Klingelterror, Hanne, Meißner, Frau Dobler, die Fahrt nach Seckenheim zu Ines Zacharias, der Zwischenstopp in den R-Quadraten, die Recherchen im Polizeipräsidium, die vielen Vernehmungen kreuz und quer in der Quadratestadt, das Frühstück in der Bäckereifiliale, der Showdown in der Spinozastraße. Waren wirklich nicht einmal zwölf Stunden vergangen, seit Julian Meißner gestern Abend vor seiner Tür gestanden hatte?

achtunddreißig

Jens in die Arme schließen

Es wird Ihnen nichts passieren. Sie müssen sich nur daran halten, was ich Ihnen sage. Dann wird Ihnen nichts passieren. Hoffentlich kommt meine Frau bald. Die haben doch zugesichert, dass sie kommt. Sie haben mit Ihrem Chef gesprochen? Kann man dem vertrauen? Spielt der ein ehrliches Spiel? Die warten nicht ewig da draußen. Die werden das Haus stürmen. Ich kenne mich da aus. Die haben ihre Methoden. Tür aufsprengen, aurammen, Tränengas, Blendgranaten einsetzen. Das wird gefährlich. Für Sie gefährlich. Das wissen Sie. Ich habe nichts zu verlieren.

Sie rufen noch mal an. Sie sagen, wir kommen raus, wenn der Journalist und meine Frau da sind. Sie sagen, sie sollen nicht stürmen. Sie sagen, wenn sie stürmen, erschieße ich Sie. Sagen Sie, dass ich es ernst meine. Und keine Mätzchen. Ich habe zwei Menschen getötet. Ich habe nichts zu verlieren.

Meine Frau. Warum dauert das so lange? Wie lange ist sie jetzt unterwegs? Mehr als eine halbe Stunde? Gut, gleich wird es so weit sein. Sie machen alles genau so, wie ich es Ihnen sage. Sie müssen mir helfen. Alleine schaffe ich es nicht. Ich bin feige. Sie haben die Unterlagen. Sie werden sie dem Journalisten geben. Wir warten, bis der Journalist das Grundstück verlassen hat. Die Straße muss frei sein. Natürlich sind die da draußen. Das große Programm. Ich weiß das. Schließlich habe ich eine Polizistin in meiner Gewalt. Die ziehen das generalstabsmäßig auf, ich weiß das. Aber sehen will ich niemanden.

Nach dem Journalisten wird meine Frau kommen. Allein. Ich werde sie auffordern, am Gartentor stehen zu bleiben. Ich werde sie fragen, ob sie zu mir zurückkommen wird. Ich kenne die Antwort. Ich werde Sie zu Boden stoßen. Keine Angst, ich werde vorsichtig sein, damit ich Ihnen nicht wehtue. Sie wissen, was Sie erwartet. Also, wehren Sie sich nicht, lassen Sie sich einfach fallen, versuchen Sie, sich auf die Seite abzurollen. Und dann bleiben Sie gefälligst liegen. Drücken Sie den Kopf auf den Boden. Schützen Sie sich mit Ihren Armen. Bleiben Sie bewegungslos liegen. Mit ein wenig Glück wird Ihnen nichts passieren. Sie haben es in der Hand. Und eines sage ich Ihnen: Mischen Sie sich nicht ein! Ich möchte, dass Ihnen nichts passiert. Aber ich zögere keine Sekunde, Sie zu töten, wenn Sie mir in die Quere kommen. Haben Sie verstanden?

Mit mir? Was mit mir ist? Warum schauen Sie mich so an? Sie sollen mich nicht so anschauen. Was mit mir sein soll? Ich werde Jens in die Arme schließen.

neununddreißig

Kompetenzüberschreitung

Es kam, wie er es sich vorgestellt hatte. Zwei, drei Sätze zum glücklichen Ausgang der Entführung, zur Klärung der beiden Morde, die Rafael Werth begangen hatte, dann eine ellenlange Litanei über Versäumnisse, Fehler, dilettantische Ermittlungen. Lauer hatte sich vorgenommen, auf Durchzug zu stellen. Je länger er seinem Vorgesetzten gegenübersaß, desto schwerer fiel es ihm.

„Wie konnten Sie es zulassen, dass eine junge, unerfahrene Kollegin allein ermittelt?", fragte Clement zum wiederholten Mal.

„Sie wissen selbst ...", setzte Lauer an.

„Keine Ausflüchte. Es war unverantwortlich von Ihnen. Von Ihnen hätte ich einen solchen Dilettantismus am wenigsten erwartet."

Lauer lag es auf der Zunge, seinen Vorgesetzten zu fragen, von welchem Kollegen oder welcher Kollegin er Dilettantismus eher erwartet hätte.

„Ein anderes Thema, nicht weniger unangenehm."

Endlich, dachte Lauer, wünschte sich aber bei dem, was folgen sollte, das gerade abgehandelte Thema zurück. Polizeihauptmeister Frühauf, der Rentner, der irische Whiskey. Lauers Verhalten anmaßend. Seine Beschwerde gegen Frühauf voreilig und unreflektiert, jawohl! Unreflektiert! Er, Clement, dulde nicht, dass es in den eigenen Reihen ... Clement zögerte, suchte nach dem richtigen Wort.

Nestbeschmutzer, das ist es doch, was dir auf der Zunge liegt, dachte Lauer, los, lass es raus. Lauer, der Nestbeschmutzer!

„In unseren eigenen Reihen darf es solche Vorkommnisse nicht geben!"

„Richtig", pflichtete Lauer seinem Chef bei. „Ein Verhalten wie das des Polizeihauptmeisters Frühauf ist untragbar."

„Hören Sie auf. Sie wollen nur Unruhe stiften."

„Die Beschwerde des Rentners liegt Ihnen vor?", fragte Lauer und er sprach die Worte langsam und leise aus.

„Ja, die liegt mir vor, Ihr, Ihr, ..."

Wieder suchte er den passenden Begriff.

„Ihr, ich werde mich hüten, Ihr Pamphlet zu sagen, Ihr Schreiben liegt mir ebenfalls vor. Und ich habe auch das Protokoll sowie den Bericht der beiden Beamten studiert, eingehend studiert."

Clement schlug mit einigen Blättern dreimal auf seinen Schreibtisch. Nikita *Chruschtschow* fiel Lauer ein, der mächtigste Mann der damals noch existierenden Sowjetunion, der kleine, dicke Mann mit der Glatze vor den Vereinten Nationen, seinen Schuh in der Hand, mit dem er auf das Rednerpult trommelt.

„Wir sind uns einig, Lauer, dass Streifenpolizisten bei einer Alkoholkontrolle das Recht haben, jeden Autofahrer zu kontrollieren. Auch wenn der Autofahrer behauptet, keinen Tropfen Alkohol getrunken zu haben."

„Was ja gestimmt ..."

„Was gestimmt hat, richtig, aber an der Kontrolle an sich war nichts auszusetzen. Auch ist es das Recht jedes Beamten, einen Wagen zu kontrollieren, auch den Kofferraum."

„Natürlich, aber darum geht es ..."

„Unterbrechen Sie mich bitte nicht. Herr Magin weigerte sich anfangs, seinen Kofferraum zu öffnen."

„Davon ist mir nichts bekannt."

„Dem war aber so. Wenn Sie Frühaufs Bericht gelesen hätten, wüssten Sie Bescheid. Wo kämen wir hin, wenn jeder Rentner sich so anstellen würde. Das Chaos würde ausbrechen. Aber er hat sich ja nicht nur geweigert. Er hat, als Frühauf auf der Kontrolle des Kofferraums bestand, unsere Beamten quasi beleidigt."

„Beamtenbeleidigung? Das höre ich zum ersten Mal."

„Hätten Sie den Bericht gelesen, dann wüssten Sie Bescheid. Er hat unseren Beamten vorgeworfen, sie würden einen unbescholtenen Bürger schikanieren."

„Das ist Beamtenbeleidigung?"

„Es geht noch weiter, Lauer. Als Frühauf den Schnaps konfiszierte, sagte Herr, wie heißt er, Herr Magin, das sei moderne Wegelagerei. Unsere Beamten haben großzügigerweise auf eine Anzeige wegen Beleidigung verzichtet."

„Aber diese Konfiszierung ..."

„... war vielleicht überzogen, das mag sein. Aber kein Dienstverstoß."

„Dass Frühauf die beschlagnahmte Ware für sich selbst ..."

„Vorsicht, Lauer! Die beiden Flaschen Whiskey sind selbstverständlich in der Asservatenkammer."

„Fragt sich nur, seit wann", unterbrach Lauer seinen Vorgesetzten. Der ging auf seinen Einwand nicht ein.

„Sie können sich davon überzeugen, wenn Sie mir nicht glauben. Alles im grünen Bereich. Nach Lage der Dinge wird der Rentner die Flaschen zurückbekommen. Ansonsten kann er froh sein, dass er keine Anzeige bekommt. Die Geldstrafe hätte ihm bestimmt nicht geschmeckt. Soweit der inhaltliche Aspekt."

Clement machte erneut eine Pause und trommelte mit den Fingerspitzen auf die Tischplatte.

„Was mich viel mehr stört, ist Ihr Verhalten, Ihre Kompetenzüberschreitung. Warum haben Sie den Rentner überhaupt angehört? Warum haben Sie ihn nicht sofort an die zuständige Stelle verwiesen? Die Sache geht Sie nichts an. Wenn jemand sich darum kümmern sollte, dann Frühaufs Vorgesetzter. Warum haben Sie zu dem Rentner nicht einfach gesagt: ,Guter Mann, ich bin nicht zuständig und auch nicht kompetent, gehen Sie doch bitte usw. Was machen Sie? Sie schenken diesem Mann Gehör.

Was machen Sie weiter? Sie schicken an den Vorgesetzten von Frühauf eine Beschwerde. Was soll das, Lauer? Was haben Sie sich gedacht?"

Lauer schwieg.

„Gut, Sie wollen nicht mit mir reden. Ich respektiere das. Ich habe mir Ihre Personalakte angeschaut. Dieser Verweis, von unserem Polizeipräsidenten ausgesprochen, im Sommer 2007, da haben Sie auch Ihre Kompetenzen überschritten. Ich hatte gehofft, Sie hätten daraus gelernt. Ich muss die ganze Angelegenheit unserem Polizeipräsidenten melden. Zusammen werden wir eine Entscheidung treffen. Sie hören von uns, von mir und von unserem Polizeipräsidenten Herrn Faulhaber. Sie können jetzt gehen."

Heute Morgen hatte sich um sechs Uhr der Radiowecker ein- und genau zehn nach sechs wieder ausgeschaltet. Lauer hatte davon nichts mitbekommen. Er hatte verschlafen und somit auch nicht erfahren, dass die von der Finanzkrise gebeutelte Bank Citigroup und das Finanzinstitut Morgan Stanley ihr Handelsgeschäft zusammengelegt hatten. Mit Einlagen von 1,7 Billionen US-Dollar wurde das unter dem Namen Morgan Stanley Smith Barney firmierende neue Haus Marktführer in der Vermögensverwaltung. Lauer erwachte erst um kurz vor neun. Er konnte sich nicht erinnern, wann dies zuletzt passiert war. Er rief sofort in L 6 an und erfuhr von Frau Werner, dass er um Viertel nach neun zu Clement bestellt war.

„Der Erste Kriminalhauptkommissar erwartet Sie pünktlich."

So war es gekommen, dass Lauer Punkt Viertel nach neun die Klinke zu Clements Büro gedrückt hatte, abgehetzt, verschwitzt, ohne Frühstück, ohne die obligatorische Lektüre des Rhein-Neckar-Anzeigers. Um zwölf vor zehn hatte er das Büro verlassen, nicht mehr abgehetzt, eher innerlich aufgewühlt, noch immer ohne Frühstück, immer noch ohne die erste Tasse Kaffee des Tages.

„Du brauchst nicht zu sagen, wie es war", sagte Meißner, als Lauer in ihr Büro zurückkehrte.

„Noch schlimmer", sagte Lauer. „Wie geht es Susanne?"

„Sie hat gerade angerufen, sie wird heute Nachmittag aus dem Krankenhaus entlassen. Alles im grünen Bereich."

Fängt Meißner jetzt auch mit diesen Sprüchen an?, dachte Lauer. Wie kann er, nach dem, was Susanne erlebt hat, vom ‚grünen Bereich' sprechen?

„Übrigens, während du beim Chef warst, hat deine Schwester angerufen. Du sollst zurückrufen, dringend. Sie hörte sich gestresst an."

Seine Schwester. Ihr Anruf letzten Donnerstag. Ihre Mutter, die sich einen Freund zugelegt hatte. Einen Heiratsschwindler, wie Martina es ausgedrückt hatte. Bestimmt ging es darum.

„Hat Susanne gesagt, wann sie aus dem Krankenhaus kommt?"

„Heute nach 16 Uhr."

„Wir sollten sehen, dass wir sie in Empfang nehmen", sagte Lauer. „Hast du schon mit deiner Frau geredet?"

„Es hat sich noch nicht ergeben."

„Du musst ihr reinen Wein einschenken. Ihr habt zwei Kinder, ihr habt Verantwortung. Eure Beziehung wird das verkraften. Muss das verkraften."

„Ich werde mit ihr reden."

„Gut. Hast du in die Aufnahmen schon reingehört?"

„Natürlich nicht, Leo, dieses Vergnügen wollte ich mir mit dir zusammen gönnen."

„Das klingt zynisch. Aber egal, fangen wir an."

Drei Stunden lang hörten sich Lauer und Meißner das Geständnis Werths an. In insgesamt acht Mörder-Mono-

278

logen, das Wort stammte von Meißner, legte Werth seine Motive dar. Es blieb kaum eine Frage offen. Anfangs machten sich Lauer und Meißner Notizen, das gaben sie auf, zu gefangen waren sie von dem, was Werth da erzählte.

„Irgendwie kann ich ihn verstehen", sagte Meißner, als Werth den Todeskampf seines Sohnes schilderte.

„Aber die Art und Weise, wie er den Lauinger überlistet hat ...", sagte Lauer.

„Du meinst, es klingt konstruiert, wie erfunden."

„Genau", stimmte Lauer seinem Kollegen zu. „Aber auch wieder so abgefahren, dass kein Krimischreiber auf so eine Idee käme."

„Wie hat Susanne das ausgehalten?", fragte Lauer.

„Ich weiß es nicht", sagte Meißner.

„Montag, 12. Januar 2009, 9:06 Uhr."

Werth war beim letzten Kapitel angelangt. Jeden Teil seines Monologs hatte er mit Datum und Uhrzeit eingeleitet. Der erste Teil stammte vom Freitagabend, 22:38 Uhr.

„9:06 Uhr. Genau eine halbe Stunde später erfolgte der Zugriff", sagte Lauer.

„Ja", sagte Meißner, „eine halbe Stunde später war Werth tot. Hätten wir das schreckliche Ende verhindern können, Leo?"

In diesem Moment klingelte das Telefon.

„Für dich, Leo."

Ich bin nicht zu sprechen, wollte Lauer Meißner noch zuflüstern, doch es war zu spät. Meißner hatte ihm schon den Hörer in die Hand gedrückt.

„Lauer, Hauptkommissar."

„Leo, so förmlich, warum rufst du nicht zurück?"

„Falls es dir entgangen sein sollte, ich arbeite, Martina."

„Aber es ist wichtig."

„Worum geht es? Bestimmt um Mutter. Was hat sie angestellt?"

„Darüber solltest du keine Witze machen. Es geht um Oberammergau."

„Gönn Mutter doch die Ferienreise."

„Sie sagt, sie hätten umgebucht. Keine Einzelzimmer. Ein Doppelzimmer!"

„Und deshalb störst du mich bei der Arbeit?"

Lauer glaubte etwas von ‚Arschloch, blödes' zu hören, ganz sicher war er sich nicht, da seine Schwester die letzten Worte ziemlich leise in den Hörer gesprochen hatte, dann war die Verbindung unterbrochen.

„Schnelles Gespräch", sagte Meißner.

„Stimmt, Werths Geständnis ist wichtiger. Wo waren wir stehen geblieben?"

„Beim Ende. Bei Werths Ende."

„Hätten wir vor dem Einsatz diese Aufnahmen gehört, würde Werth noch leben. Er hat es darauf angelegt, erschossen zu werden. Und er wollte Susanne schützen. Das müssen wir ihm anrechnen. Aber wie er da auf seine Frau zugelaufen ist, die Pistole im Anschlag, das sah bedrohlich aus. Niemand konnte wissen, dass die Heckler nicht geladen war, das wusste ja nicht einmal Susanne."

Meißner drückte die Starttaste am Abspielgerät. Werths Stimme füllte das Zimmer.

„Sie sollen mich nicht so anschauen. Was mit mir sein soll? Ich werde Jens in die Arme schließen."

Meißner schaltete das Gerät aus. Die beiden Kollegen saßen sich schweigend gegenüber. Sie wussten nicht, wie viel Zeit vergangen war, als es an der Tür klopfte. Frau Werner.

„Das ist gerade hereingekommen."

Sie reichte Lauer ein Blatt.

„Zeugenladung", las der. Es ging um den Prozess gegen Gerald Kollnig. Lauer sollte am 20. Januar um elf Uhr seine Aussage machen.

„Heute in einer Woche", sagte Lauer.

„Mach dich auf was gefasst", sagte Meißner. „Der Verteidiger wird dich nicht mit Samthandschuhen anfassen, ein scharfer Hund, der will sich profilieren."

„Werth hatte wenigstens ein Motiv", sagte Lauer. „Kollnig hat den armen Polen erschossen, weil ein unbekannter Porschefahrer ihn vorher geschnitten hatte."

„Du musst dich gut vorbereiten, Leo. Wir sollten uns den Ablauf noch einmal vergegenwärtigen, die Verhaftung, die Verhöre."

„Die Morde an Peter Lauinger und Stephan Peters sind aufgeklärt", sagte Lauer.

„Die sind aufgeklärt. Und ein Trauerspiel von Gerichtsverhandlung bleibt uns erspart. Die DNA-Spuren, dazu äußert Werth sich nicht."

„Welche Spuren?"

„Die Spuren, die wir an dem Klebeband, mit dem Lauinger gefesselt war, gefunden haben. Dieses Geheimnis nimmt Werth mit in den Tod."

Lauer stand auf, ging zum Fenster und öffnete es. Lauer atmete tief durch. Eiskalte Luft strömte ins Zimmer.

„Wie lange soll es denn noch so kalt bleiben?", sagte er. „Wer weiß, vielleicht sehen wir darin nur ein Geheimnis. Vielleicht wollte Werth uns verwirren. Falsche Spuren auslegen. Von sich ablenken. Das ist ihm ja auch gelungen."

„Gelungen?", fragte Meißner. „Durch die DNA-Spuren sind wir letztendlich auf seine Spur gekommen. Du meinst wirklich, er hat die Spuren absichtlich gelegt?"

„Warum nicht? Zu den Computerräumen hat er Zugang, keine Kunst, das Klebeband zu kontaminieren."

„So könnte es gewesen sein, Leo, aber hundertprozentig werden wir dieses Detail nicht aufklären können. Davon abgesehen bleibt noch viel Arbeit. Wir müssen Lauingers geschäftliche Aktivitäten lückenlos aufdecken, wir müssen alle von ihm Geschädigten erfassen, mit ihnen reden. Lauinger war einige Tage in Werths Gewalt. Was ist in diesen Tagen passiert?"

„Vielleicht wird auch das ein Geheimnis bleiben", sagte Lauer.

Meißner schaute Lauer an, dann musste er lachen.

„Was ist denn so lustig?"

„Ich musste gerade an deine Rolle in den Ermittlungen denken", sagte Meißner.

„Meine Rolle?"

„Ja, deine nicht sehr rühmliche Rolle."

Lauer wollte protestieren.

„Ich sage nur mannheim-flirtet.de. Lauinger, der große Frauenversteher. Nur in diesem Umfeld wolltest du den Mörder suchen."

„Das, Julian, war ganz am Anfang unserer Ermittlungen."

„Anfang, Ende, das ist doch ganz egal. Du hast dich versteift auf die Singlebörse. Jetzt ist mir klar, dass es mit dieser Hanne zusammenhing. Aber damals wusste ich das nicht."

„Es hat nichts ..."

„Spar dir deine Worte, Leo. Du warst eifersüchtig auf diesen Lauinger. Peter Lauinger, der mit den Global Champion Zertifikaten gehandelt hat. Er war ein Champion, genau, bei den Frauen der Single-Börse war Lauinger der Champion. Peter ‚Champion' Lauinger."

„Das habe ich nicht verdient", sagte Lauer und es sollte zerknirscht wirken, aber er übertrieb die Betonung so, dass es mehr wie eine Parodie seiner selbst aussah. „Ich habe mich verrannt."

Lauer parodiert Lauer, dachte Meißner. Sehenswert. Hörenswert.

„Verrannt? Du warst von einer fixen Idee besessen, Leo!"

Um 16:30 Uhr saßen Susanne, Frau Dobler, Herr Dobler, den Lauer bisher noch nicht gekannt hatte, Lauer und Meißner in der Cafeteria des Theresienkrankenhauses.

„Mir geht es prächtig", sagte Susanne.

Prächtig?, fragte sich Lauer. Weiß sie, was sie da redet? Er konnte sich nicht daran erinnern, wann er sich zum letzten Mal prächtig gefühlt hatte. Bestimmt nicht nach einem Wochenende in der Hand eines unberechenbaren Mörders.

„Was redest du, Susanne", sagte ihre Mutter. „Denk dran, was du alles durchgemacht hast."

Lauer nippte an seinem Kaffee. Herr Dobler hatte sich ein Stück Schwarzwälder Kirschtorte bestellt, das er noch nicht angerührt hatte.

„Ich habe immer gesagt, das ist kein Beruf für unsere Susanne", sagte er.

„Papa, bitte!"

„Ich bin ruhig."

Herr Dobler hielt sich an seine Aussage. Statt zu reden, stocherte er ab sofort in der Torte herum, ohne dass das Stück merklich kleiner wurde.

„Hast du keine Angst um dein Leben gehabt?", fragte ihre Mutter.

„Was denkst du? Aber ich habe auch gespürt, dass Werth mir nichts tun wird. Angst habe ich erst gehabt, als wir vor die Tür gingen. Aber auch in diesem Augenblick habe ich keine Angst vor Werth gehabt. Habt ihr die Aufnahmen gehört?"

Lauer und Meißner nickten gleichzeitig.

„Ich habe geweint, als er erzählt hat, wie sein Sohn gestorben ist. Es muss schrecklich sein, sein eigenes Kind sterben zu sehen. Und nichts tun zu können. Hilflos zusehen zu müssen."

Herr Dobler schob den Teller mit der Kirschtorte zur Mitte des Tisches. Lauer sah das zerfetzte Tortenstück und musste an einen Spaziergang vor einigen Wochen denken, Pfälzer Wald, der Münchberg bei Bad Dürkheim, Wildschweine hatten ein Stück des Wegs unter Kastanienbäumen umgepflügt. Da hatte es ähnlich ausgesehen wie auf dem Teller des Herrn Dobler.

283

Das ist ein Vergleich, dachte Lauer.

„Ich frage mich, ob ich Werths Leben hätte retten müssen. Ich wusste, was er vorhatte. Aber dann, draußen vor der Tür, ging alles so schnell. So schnell. Ich hätte die Scharfschützen warnen müssen."

„Es ging viel zu schnell", sagte Lauer, „du konntest niemanden warnen. Du hast alles richtig gemacht."

„Es ist lächerlich", sagte Susanne. „Die ganze Kraft, die ganze Zeit machen wir uns die Mühe, denken über uns selbst nach, denken über unser Leben, über den Sinn unseres Lebens nach. Dabei ist es so zerbrechlich, unser Leben, wir wissen so wenig darüber. In einem winzigen Augenblick kann es zerplatzen wie eine Luftblase. Ich habe am Freitag an der Haustür in der Spinozastraße geklingelt. Ich wollte die Befragung schnell hinter mich bringen. Ich dachte an meinen Freund, freute mich darauf, ihn in wenigen Stunden zu sehen. Dann wache ich auf, sitze im Keller, sehe die Kühltruhe, weiß, wer in dieser Kühltruhe gelegen hat, die Angst kriecht in mir hoch. Dann erzählt mir Werth alles, die Angst verfliegt, ich sehe den kleinen Jens vor mir, der in seinem Krankenbett liegt und nur eines möchte, sterben. Wie zerbrechlich unser Leben ist. Das Leben des Jungen. Werths Leben, in nicht einmal einer Sekunde ausgelöscht. Das Leben Lauingers, das Leben des Penners, der geglaubt hat, das große Los gezogen zu haben. Mein eigenes Leben, unser Leben, zerbrechlich, hängt an einem Faden. Und wir wissen es nicht einmal."

Lauer fand es interessant, was Susanne sagte, aber etwas störte ihn dabei. Herr Dobler zog den Kuchenteller zu sich hin und vertilgte in einem wahren Anfall und in Windeseile die Schwarzwälder Kirschtorte oder das, was von ihr übrig geblieben war. Frau Dobler nahm ihre Tochter in den Arm. Lauer wusste nicht, was er sagen sollte, also räusperte er sich. Alle schauten ihn an, aber er schwieg.

284

„Auf jeden Fall werde ich bewusster leben. Jeder Tag kann der letzte sein. Ich werde nicht mehr so einfach in den Tag hineinleben."

Es hört sich nicht echt an, dachte Lauer. Er hatte nicht das Gefühl, dass der Gedanke wirklich reflektiert war. Und widersprüchlich ist es. Vorhin, liebe Susanne, hast du dich beschwert, dass wir zu viel über unser Leben nachdenken, jetzt willst du jeden Tag bewusst leben, das funktioniert nur, wenn man nachdenkt über sein Leben. Es war nicht ausgereift, was Susanne da von sich gab. Wie sollte es das auch? Was für abstruse Gedanken machten sich da in seinem Kopf breit?

Auf dem Fensterbrett landete eine Amsel. Sie plusterte die Federn auf, schüttelte sich. Dann saß sie still da. Es sah aus, als ob sie sich die Leute, die um den Tisch saßen, genau anschaute. Hatte sie ihm eben nicht direkt in die Augen geschaut. Der kleine Fuchs vor einigen Tagen in der Nähe des Neckarufers.

Susanne lachte. Das Lachen hörte sich gekünstelt an. Sie spielt uns etwas vor, dachte Lauer. Sie will den Eindruck erwecken, das alles habe ihr nichts ausgemacht. Sie wird noch zusammenbrechen, dachte Lauer.

„Krankgeschrieben bis zum 20. Januar."

„An diesem Tag wird Barack Obama als 44. Präsident der USA vereidigt", sagte Meißner.

Lauer wunderte sich nicht mehr. Ihm war inzwischen bekannt, dass sein Kollege ein wandelndes Lexikon war.

„Die Decke wird mir auf den Kopf fallen. Was mache ich nur ohne euch?"

„Wir besuchen dich, so oft es geht", sagte Lauer.

„Und telefonieren mit dir, schreiben dir E-Mails, SMS", fügte Meißner hinzu. „Die ganze Palette."

„Dann lässt es sich ja aushalten."

285

vierzig

Schriftprobe

Es waren einige Tage vergangen, in denen viel passiert war auf der Welt. Die Bundeskanzlerin rief alle Bundesbürger in der schwersten Wirtschaftskrise seit Jahrzehnten zu mehr Gemeinsinn auf. Der Bundesfinanzminister ging für das Jahr 2010 von einem Haushaltsdefizit von mehr als vier Prozent aus. Die Deutsche Bank musste mit einem Minus von 4,8 Milliarden Euro im letzten Quartal 2008 den größten Verlust ihrer Geschichte verbuchen. Israel beschoss das UN-Hauptquartier in Gaza. US-Präsident Bush hielt seine Abschiedsrede an die Nation. Ein Airbus landete auf dem Hudson River not. Alle 155 Passagiere überlebten die spektakuläre Notwasserung. US-Banken meldeten neue Milliardenverluste.

„Die Bankenkrise ist noch lange nicht ausgestanden", kommentierte Meißner fachkundig.

Die Liste der von Lauinger Geschädigten wuchs von Tag zu Tag. Und da die Medien ausführlich über den Fall und die Hintergründe berichteten, war damit zu rechnen, dass sich noch mehr Leute melden würden, die Lauinger um ihr Erspartes gebracht hatte. Lauer und Meißner wurden weiterhin von Meyers und Gernhardt unterstützt. Clement hatte sich noch nicht bei Lauer gemeldet, so wusste er nicht, was für ein Ergebnis die Unterredung seines direkten Vorgesetzten mit dem Polizeipräsidenten gebracht hatte. Wenn er ehrlich war, war es ihm egal, was die beiden ausbaldowern würden. Wenn sie sich überhaupt getroffen hatten. Herr Magin, der whiskeygeschädigte Rentner, war zum Glück nicht mehr im Präsidium erschienen. Susanne war am Mittwoch von Lauer besucht worden, Meißner war gestern bei ihr gewesen. Lauers Befürchtung schien sich zu bewahrheiten. Susanne ging es schlechter. Sie sagte jetzt, dass sie nicht fit sei und unmöglich arbeiten könne. In einem langen Gespräch hatte Meißner sie so weit gebracht, einen Termin mit dem Polizeipsychologen auszumachen.

„Die hat das nicht so weggesteckt, wie sie uns das am Dienstag in der Cafeteria vorgespielt hat“, sagte Meißner, während er Kontounterlagen von Lauinger durchsah.

„Wie soll ein Mensch so etwas wegstecken?“, sagte Lauer und fand, dass er theatralisch klang. Das war eines seiner Probleme. Oft, wenn er nebenbei eine lockere Bemerkung fallen lassen wollte, hörte es sich zu floskelhaft und gestelzt an.

„Susanne kommt darüber weg, sie hat die Kraft“, fügte er hinzu. Warum klingt alles, was ich sage, so wie es klingt, fragte er sich.

Meißner erzählte öfter von seinem Ausflug nach Augsburg, von den Vorkommnissen bei der Augsburger Polizei, die privaten Erlebnisse sparte er aus. Lauer fragte nicht nach Meißners Frau. Das Ehe-Thema wurde stillschweigend umgangen. Aber Lauer hatte nicht den Eindruck, dass es seinem Kollegen und Freund schlecht ging. Im Gegenteil. Meißner brillierte immer mal wieder mit seinem trockenen Humor. Besonders ein Kollege in Augsburg hatte es Meißner angetan: Hauptkommissar Vinzenz Stuber. Meißner beschrieb ihn als einen mürrischen, frustrierten Polizisten, der das Herz auf dem rechten Fleck habe.

„In manchem erinnert er mich an dich“, sagte Meißner und rief damit Lauers Kritik hervor.

„Ich meine das im positiven Sinne.“

Was zählbare Ergebnisse anging, war das Ergebnis der Augsburger Reise eher dürftig. Vor der Reise gingen sie von einem alten, ungelösten Mordfall aus. Ein zweiter, der an einer Gelegenheitsprostituierten, war hinzugekommen. Aber weitergekommen waren sie bei den Morden nicht. Keinen Schritt. Die Lösung lag in weiter Ferne. Und wer die Person war, die die verschiedenen Bekennerbriefe geschrieben hatte, auch bei dieser Frage ging es nicht voran. Nach den Ergebnissen der DNA-Analyse erschien es fraglich, dass der Schreiber der Briefe und der Mörder identisch waren. Lauer vermutete, dass es zwischen den beiden keinen Zusammenhang gab.

„Ein Trittbrettfahrer?", fragte Meißner.

„Gut möglich."

Am Mittwoch war auf Meißners Veranlassung hin die Schriftprobe einer der Bekennerbriefe im Rhein-Neckar-Anzeiger abgedruckt worden, verbunden mit einem Aufruf an die Bevölkerung.

„Klar, wir müssen uns an jeden Strohhalm klammern", hatte Lauer gesagt. „Aber ich kann mir nicht vorstellen, dass sich da irgendein Hansel meldet."

„Dass sich ein Hansel meldet, darauf bin ich nicht scharf", hatte Meißner gekontert. „Warten wir ab und trinken Tee."

Dabei trank er Kaffee.

Um halb zwei hatte Meißner von den unendlichen Zahlenkolonnen genug und schlug vor, essen zu gehen, nichts Großes, mehr auf die Schnelle.

„Auf ins *Koeri*", kam es von Lauer wie aus der Pistole geschossen. „Hier gibt es die ..."

„Ich weiß, die beste Currywurst in Mannheim und ganz in der Nähe ist es auch", sagte Meißner und zeigte sich mit Lauers Vorschlag einverstanden, obwohl er fand, dass die Preise überteuert waren.

„60 Cent nur für die Soße", sagte Meißner.

„Qualität hat seinen Preis", entgegnete Lauer. „Du kannst dich ja für ein Kombi-Angebot entscheiden, alles inklusive."

Natürlich gingen sie zu Fuß, vom Polizeipräsidium bis in die M-Quadrate war es ein Katzensprung. Meißner entschied sich für den „Koeri-Deal", eine Curry-Wurst mit Pommes, Sauce nach Wahl und einem alkoholfreien Getränk, in diesem Fall Apfelsaftschorle.

„Deal", sagte Lauer, „früher haben wir Kuhhandel gesagt."

Es war nicht das erste Mal, dass er diesen Spruch anbrachte. Meißner überlegte, ob er es ihm sagen sollte, er ließ es bleiben. Lauer bestellte sich den „Schimanski-Teller".

„Passt, zumindest vom Beruf her."

Auch dieser Spruch war schon gefallen.

Currywurst, Pommes, Sauce nach Wahl und ein kühles Blondes.

„So früh am Tag?"

„Ausnahmsweise", sagte Lauer, dem es gefiel, dass man im *Koeri* die Möglichkeit hatte, die Saucenschärfe mittels Schärfebarometer zu individualisieren. Er wählte die Schärfestufe vier, das war ziemlich scharf, aber noch gut zu genießen. Ab Stufe fünf fing es dann an, weh zu tun. Die Currywurst war wie immer vorzüglich, die Pommes knusprig und gut gewürzt. Lauer überlegte, ob er sich ein zweites Bier bestellen sollte, sah Meißner an und entschied sich dagegen. Viertel vor drei waren sie zurück im Präsidium. Lauer fand auf seinem Schreibtisch eine Notiz von Frau Werner.

„Wo ist die überhaupt?", fragte er Meißner, der keine Antwort geben konnte.

„Vielleicht Überstunden abfeiern", meinte er.

„Anruf eines Briefträgers aus der Neckarstadt", las Lauer. Es folgte eine Handynummer.

„Der junge Mann behauptet, er kenne die Schrift, die am Mittwoch im Rhein-Neckar-Anzeiger abgedruckt worden ist."

Woher weiß die gute Frau Werner, dass der Briefträger jung ist? Lauer konnte am Telefon nie sagen, ob die Stimme am anderen Ende der Leitung zu einem jungen oder einem alten Menschen gehörte. Bei Leuten, die er nicht kannte, versteht sich. Lauer wählte die Telefonnummer.

„Ja", meldete sich am anderen Ende eine Stimme, von der Lauer nicht hätte sagen können, ob sie jung oder alt war.

„Lauer, Kriminalhauptkommissar. Sie haben bei uns angerufen. Es geht um die Schriftprobe."

„Michael Haller, Briefträger in der Neckarstadt-West. Ich bin mir sicher, die Schrift erkannt zu haben, ich weiß, wer diese Bekennerbriefe geschrieben hat."

„Und?"

„Ich bin gerade im Saturn, in zehn Minuten könnte ich bei Ihnen sein."

„Ich weiß, das ist nicht korrekt. Ich hätte die Postkarte zustellen müssen. Aber, da müssen Sie mir recht geben, es handelt sich um eine Art Beweisstück. Da ist es doch zu verantworten, sie zurückzuhalten."

Vor Meißner und Lauer saß tatsächlich ein junger Briefträger, Lauer schätzte ihn auf Anfang 20. Vor ihm lag eine Postkarte. In einer Holzhütte unzählige Menschen, alle jung, in ausgelassener Stimmung, die Tische vollgestellt mit Bierkrügen. An der Wand eine Tafel mit der Aufschrift: „Zehn Bier – ein Bier gratis und eine Stadlkappe." Lauer konnte sich unter einer Stadlkappe nichts vorstellen. Bei der Vorstellung von zehn Bier wurde ihm übel. Adressiert war die Postkarte an Frau Elisabeth Grünwald, Pflügersgrundstraße.

„Das ist direkt neben dem *Tivoli*", sagte Michael Haller. „*Zum Tivoli*, das sagt ihnen doch was?"

Lauer glaubte sich dunkel zu erinnern.

„*Zum Tivoli*, natürlich", sagte Meißner. „Das Eckhaus, Riedfeldstraße, Pflügersgrundstraße."

„Und daneben wohnt Frau Grünwald."

„Und wer ist Frau Grünwald?", fragte Lauer.

290

„Die Empfängerin der Postkarte."

Lauer las endlich den Text auf der Postkarte.

„Liebe Mutti, in der Obstlerhütte geht die Post ab. Hauen auf die Pauke. Sehen uns im neuen Jahr. Küsschen Holger."

„Und Holger ist der Sohn von Frau Grünwald", sagte Haller. „Seine Schrift sieht genauso aus, wie die Schriftprobe in der Zeitung."

Meißner griff nach der Postkarte und suchte auf seinem Schreibtisch nach einer Kopie des handschriftlichen Bekennerschreibens. Lauer war überrascht, dass er es ohne Probleme fand. Meißner holte noch eine Lupe aus der obersten Schublade und vertiefte sich in den Schriftvergleich.

„Sieht ähnlich aus", sagte er nach einer Weile.

„Nicht ähnlich, identisch", sagte Michael Haller.

„Die Postkarte ist datiert auf den 30. Dezember 2008, abgestempelt in Sölden wurde sie am 5. Januar 2009. Heute haben wir den 16. Januar 2009. Kein Schnelligkeitsrekord, den die Post da aufgestellt hat", sagte Lauer.

„Die österreichische Post", betonte Haller.

„Auf jeden Fall", sagte Meißner, „könnte es sein, dass dieser Holger Grünwald sich bereits von der Obstlerhütte in Sölden verabschiedet hat und wieder in Mannheim weilt. Er wohnt bei seiner Mutter?"

„Aber sicher", sagte Michael Haller.

„Dann werden wir uns als Briefträger betätigen", sagte Lauer. „Sie haben doch nichts dagegen, wenn mein Kollege und ich die Postkarte zustellen?"

Es war kurz nach 16 Uhr und sie standen in dem Miethaus in der Pflügersgrundstraße und drückten zum dritten Mal auf die Klingel. Michael Haller war vorhin zwei Mal enttäuscht gewesen. Zum ersten Mal, als ihm Lauer eröffnete, dass sie ohne ihn Holger Grünwald aufsuchen würden. Dann, als klar war, dass es keine Belohnung für seine tatkräftige Unterstützung geben würde.

„Wir werden Ihren Namen an die Presse weitergeben, falls Sie einverstanden sind. Vielleicht ergibt sich da was."

Natürlich war Haller einverstanden gewesen.

Endlich ging die Tür auf. Abstehende, zerwühlte Haare, das nahm Lauer zuerst wahr. Ein unrasiertes Gesicht, ein Gähnen, Augen, denen es schwerfiel, offen zu bleiben, ein Unterhemd, Feinripp, schwarze Trainingshosen, Füße ohne Schuhe, dicke Wollsocken, offensichtlich selbstgestrickt. Der Mann war Anfang 30. Lauer hatte Haller nicht nach dem Alter von Frau Grünzweig und ihrem Sohn gefragt. Wenn der leicht derangiert aussehende Mann, der da vor ihnen stand und sich durch die Haare fuhr, fettige Haare, konstatierte Lauer, wenn das Holger Grünzweig war, dann war er eines garantiert nicht: ein Mörder, der 1969 und 1971 zwei Morde begangen hatte.

„Sind Sie Holger Grünzweig?"

Am Montagmorgen schlug Lauer den Rhein-Neckar-Anzeiger auf und las auf der Titelseite:

RHEIN-NECKAR-ANZEIGER VOM 19. JANUAR 2009

Fahndung nach Frauenmörder endet überraschend

Die von anonymen Bekennerbriefen ausgelöste Suche nach einem Frauenmörder hat für die Polizei ein überraschendes und enttäuschendes Ende genommen.

Die Ermittler machten jetzt einen 34-Jährigen aus der Neckarstadt-West als Verfasser der Schreiben aus, wie der Sprecher der Mannheimer Polizei, Manfred Kern, auf einer überraschend am Samstagnachmittag einberufenen Pressekonferenz darlegte.

292

Wegen seines Alters komme der psychisch kranke Mann nicht für die Jahrzehnte zurückliegenden Morde an Heiderose Kunkel (1969) und Lydia Schweitzer (1971) in Frage.

In Vernehmungen gestand der Mann, der sich seit letztem Sommer in psychiatrischer Behandlung befindet, sämtliche Bekennerbriefe geschrieben zu haben. Sein Motiv könnte nach Ansicht seines Arztes der Wunsch nach Aufmerksamkeit sein.

Den entscheidenden Hinweis auf den 34-Jährigen gab laut Polizei ein cleverer Postbote: Dieser habe die in dieser Zeitung veröffentlichte Schrift des Verfassers im Adressfeld einer Postkarte erkannt. In der Wohnung des Mannes fanden die Ermittler ein umfangreiches Medienarchiv bis zurück in die 60er-Jahre – darunter Aufzeichnungen der Sendung „Aktenzeichen XY ... ungelöst". So habe er offenbar Detailwissen über die Taten erlangt.

„Das ist bitter", kommentierte Polizeisprecher Manfred Kern das überraschende Ende der Fahndung, die einen Mannheimer Kripobeamten kürzlich auch zu Ermittlungen nach Augsburg geführt hatte. Gutachter waren zuvor zu dem Schluss gekommen, dass es sich bei dem Briefschreiber durchaus um den Täter handeln könne. Neuerlich durchgeführte DNA-Analysen bestätigten diese Vermutung nicht.

Ein Unbekannter hatte 1969 die 28-jährige Prostituierte Heiderose Kunkel aus Augsburg ermordet. Derselbe Mörder tötete 1971 die 14-jährige Lydia Schweitzer aus Mannheim, ihre Leiche wurde in einem Waldstück bei Augsburg gefunden. Der 34-Jährige hatte sich seit 2005 in mehreren Briefen zu den Morden bekannt. Im Juni 2007 drohte der Mann in einem Brief an die Mannheimer Polizei, den Sänger DJ Ötzi „abzuknallen", falls dieser ein angekündigtes Konzert auf dem Maimarktgelände gebe.

Die Polizei in Baden-Württemberg und Bayern hatte Anfang der siebziger Jahre Ermittlungskommissionen mit zeitweise bis zu 30 Beamten eingerichtet.

Gegen den 34-Jährigen wird jetzt wegen Bedrohung des Sängers DJ Ötzi, wegen versuchter Strafvereitelung sowie Vortäuschens einer Straftat ermittelt. Die Ermittlungen zu den ungeklärten Mordfällen gehen weiter. „Es erscheint jedoch mehr als ungewiss, ob hier ein Durchbruch gelingt", musste der Pressesprecher Martin Kern zugeben. Die gute Zusammenarbeit mit den bayrischen Kollegen hob er am Ende der Pressekonferenz besonders hervor.

Lauer legte die Zeitung beiseite und trank einen Schluck Tee. Er überlegte, ob er noch ein Honigbrot schmieren sollte. Die Formulierung, ein cleverer Postbote die Schrift des Verfassers im Adressfeld erkannt hatte, amüsierte ihn. Lesen Postboten bei einer Postkarte nur das Adressfeld. Diese Frage hatte er sich schon als kleiner Junge gestellt.

einundvierzig

Ausklang auf der Rheinau

Es war der erste Tag des Februar, ein Sonntag. Lauer hatte lange im Bett gelegen. Nachdem er Viertel nach sechs dem quengelnden Kater nachgegeben und ihn gefüttert hatte, war er nochmals eingeschlafen und erst kurz vor zehn aufgewacht. Er holte sich die Sonntagsausgabe des Rhein-Neckar-Anzeigers aus dem Briefkasten und kroch wieder unter die Bettdecke. Wie die letzten Tage und Wochen beherrschte die Finanzkrise die Schlagzeilen. Heute Morgen überblätterte Lauer den politischen Teil und ließ auch die Wirtschaftsnachrichten links liegen. Er hatte genug von „faulen" Wertpapieren, die die deutschen Banken wie Fußballsammelbildchen von Panini horteten, genug von Rezessionsgerede, „tiefschwarzen" Konjunkturaussichten, erstem und zweitem Konjunkturpaket, konnte das Unwort des Jahres nicht mehr hören, „notleidende Banken", was für ein Konstrukt, die diversen Insolvenzanträge von Firmen ließen ihn kalt, die Anträge auf Finanzhilfe, so wollte der Automobilzulieferer Schaeffler die Bundesregierung um vier Milliarden Euro anpumpen, nervten ihn, ihm war es egal, dass die isländische Regierung an den Folgen der Finanzkrise zerbrochen und zurückgetreten war, die Absatzkrise bei Porsche war ihm nicht einmal ein Achselzucken wert. Er würde nie einen Porsche fahren. Schon aus Prinzip nicht. Er überflog einen Bericht über zwei Lottospieler aus Bayern und Niedersachsen, die den Jackpot geknackt hatten, 35 Millionen Euro konnten sie sich teilen, den drittgrößten Gewinn in der Lotto-Geschichte. Lauer fragte sich, was er mit so viel Geld anfangen würde. Den Job an den Nagel hängen? Durch die Welt reisen? Er wusste es nicht.

Dann vertiefte er sich in einen Artikel über das Wetter im Januar 2009. Schwarz auf Weiß wurde dargelegt, dass der Januar ein kalter Monat gewesen war. Die Durchschnittstemperatur hatte bei minus 1,37 Grad Celsius gelegen, damit hatte die Abweichung vom langjährigen Mittel minus 2,57 Grad betragen. An elf Tagen hatte Dauerfrost geherrscht, an 27 Tagen hatte die Minimaltemperatur unter null Grad gelegen. Die kälteste Temperatur wurde am 7. Januar 2009 mit minus 12,3 Grad in Seckenheim gemessen, als wärmster Tag ging der 23. Januar in die Statistik ein, plus 10,1 Grad. Lauer liebte Statistiken. Er verschlang den Artikel förmlich, mehrere Stellen las er doppelt. Kurz nach elf stand er dann endlich auf, unter anderem auch, weil der Kater ihn unbedingt zu seinem leeren Schälchen locken wollte. Ein ausgiebiges Frühstück folgte, begleitet von der Musik von Willy DeVille. Das war ein Sonntag nach Lauers Geschmack. Ein fauler Sonntag.

Gegen Mittag telefonierte er mit Fabian. Anscheinend ging es seinem Sohn gut. Lauer glaubte fast so etwas wie Stolz aus Fabians Stimme herauszuhören. Ganz sicher war er sich nicht. Die Umgebungsgeräusche waren ziemlich laut. Soviel er verstand, war Fabian bei einem Auftritt seiner Band dabei. Sie spielten gerade. Dass es sich bei den störenden Geräuschen um Musik handeln könnte, darauf wäre Lauer von alleine nicht gekommen. Jetzt verstand er sogar einen Textfetzen.

„God save the Queen."

Er kannte das Lied, überlegte. Richtig! Die Sex Pistols!

„She ain't no human being."

Betreute Fabian eine Sex-Pistols-Coverband? Lauer kam nicht dazu, seine Frage loszuwerden. Es war auch nicht wichtig, sagte er sich. Hauptsache, seinem Sohn ging es gut! Nach dem Telefonat putzte Lauer die Küche und das Bad gründlich, dachte über die aufgeklärten Morde an Peter Lauinger und Stephan Peters nach, saugte das Wohn- und das Schlafzimmer durch und fühlte sich pudelwohl.

„Warum besorgst du dir nicht eine Putzfrau?", hatte Fabian immer mal wieder gefragt. Lauer mochte es nicht, wenn jemand in seinen Sachen herumstöberte. Und er hatte Spaß am Putzen, aber das gestand er seinem Sohn gegenüber nicht ein.

Woher Werth die Medikamente gehabt hatte, konnte nicht geklärt werden. Die vage Vermutung der Rechtsmedizinerin, ein Krankenpfleger habe Werth die Medikamente verkauft, konnte nicht bewiesen werden. Sei's drum, sagte sich Lauer. Der Fall war abgeschlossen. Eine Mordanklage konnte es nicht geben, da der Täter tot war. Werths Frau hatte nichts von den Taten ihres Mannes gewusst, sie hatte es nicht einmal geahnt. Dass Lauinger ermordet worden war, hatte sie nicht erfahren.

„Ich lese keine Zeitung. Warum sollte ich?", sagte sie bei einer Vernehmung. „Nein, mein Vater hat mir nichts davon erzählt. Warum sollte er?"

Lauer hatte den Eindruck gewonnen, dass die Ereignisse in der Spinozastraße nicht zu der Frau durchgedrungen waren. Sie lebte in der Vergangenheit, trauerte um ihren Sohn und war für die Gegenwart und die Wirklichkeit nicht mehr zugänglich. Wie Grünwalds DNA an den Wasserturmtoten gekommen war, war inzwischen auch kein Geheimnis mehr. Meißner und Lauer hatten sich anfangs gewundert, dass Holger Grünwalds Name nicht auf der Teilnehmerliste des Computerkurses aufgetaucht war. Grünwald sagte ihnen, er habe an der Einführungssitzung teilgenommen. Da der Kurs ihm nicht zugesagt habe, habe er sich nicht angemeldet. Zumindest an einem Kursabend hatte er also an einem Computer gesessen.

Lauer bestellte sich bei einem Pizza-Lieferservice eine Pizza Parma e Rucola. Während er wartete, musste er zum ersten Mal an diesem Tag an Hanne denken. Hatte

297

er etwas falsch gemacht? War er noch fähig, eine Bindung einzugehen? Mit Hanne wäre es möglich gewesen, sagte er sich. So ist das Leben, es passiert. Wer versucht, es zu halten, hat verloren.

Die Pizza war zu fettig und zu üppig belegt. Sie lag ihm wie ein Stein im Magen. Auch nach zwei Mirabellenschnäpsen, selbst gebrannter, die beste Freundin seiner Schwester schenkt ihm immer eine Flasche zu Weihnachten, ließ das Völlegefühl nicht nach. Er genehmigte sich ein drittes Glas und zog sich zu einem Mittagsschlaf zurück. Als er wach wurde, war es draußen dunkel. Er beschloss, es sich mit einer Flasche Rotwein auf dem Sofa gemütlich zu machen und über das Leben nachzudenken. Er stand vor dem Weinregal im Keller und konnte sich nicht entscheiden. Spätburgunder oder Sankt Laurent! Nein, sagte er sich. Heute was Besonderes.

Er zog einen Cabernet Sauvignon, ausgebaut im Barrique, aus dem Regal. Zur Feier des Tages. Was gab es zu feiern?

„Die ganze Zeit machen wir uns die Mühe, denken über unser Leben nach."

Susannes Worte fielen ihm ein. Natürlich machte es Sinn, über das Leben nachzudenken. Nachdenken, nicht nachgrübeln. Nachdenken und bewusst leben. Nachdenken und das Leben vor lauter Nachdenken nicht vergessen. Er entkorkte den Rotwein. Der Wein war zu kalt. Immer nahm er sich vor, einige Flaschen Rotwein als Vorrat mit hochzunehmen, damit er sie bei Zimmertemperatur genießen konnte. Und vergaß es jedes Mal. Er schenkte sich ein wenig ein, stellte die Flasche auf die Heizung, ließ den Wein in dem mächtigen Rotweinglas lange kreisen und nahm einen Schluck.

Der muss sich noch entfalten, dachte er, aber man spürt, was in ihm steckt.

Das Telefon klingelte.

Hanne, wollte sie nicht heute aus dem Urlaub zurückkommen?

Er nahm ab.

„Ich bin's, Julian."

Lauer schob die Enttäuschung zur Seite. Warum sollte Hanne bei ihm anrufen, sie hatte die letzten beiden Wochen nichts von sich hören lassen.

„Was gibt es?", fragte er seinen Kollegen. „Es muss wichtig sein, wenn du mich am Sonntag störst."

„Stuber hat mich angerufen."

„Stuber?"

„„Vinzenz Stuber, Leo, der Hauptkommissar aus Augsburg, du erinnerst dich?"

„Der frustrierte Kollege, mit dem du mich verglichen hast?"

„Genau der! Sie haben einen Dieb in einem Supermarkt in der Wertachstraße geschnappt. Ich kenne das Geschäft, hab da eingekauft und in der Nähe aus der Bäckerei die Brötchen besorgt, als ich in Augsburg war."

Warum erzählte Meißner ihm diese Bagatelle?

„Was wie ein Bagatelldelikt aussah, entwickelte Sprengkraft. Ein routinemäßiger DNA-Abgleich brachte Erstaunliches zutage."

„Jetzt rück raus, Julian."

Lauer war genervt.

„Volltreffer. Die DNA des Ladendiebs stimmt mit der DNA überein, die am Tatort bei den beiden Morden gefunden worden war."

Lauer hatte Schwierigkeiten, das Gesagte zuzuordnen.

„Welche beiden Morde? Lauinger und Peters?"

„Leo! Der Mord an der Mannheimer Schülerin 1970 in Augsburg und der Mord an der Prostituierten, auch in Augsburg."

„Die ungelösten Fälle, zu denen sich unser Holger bekannt hat?"

299

„Bingo, Leo. Der Mörder ist gefunden. Ein 72-jähriger Augsburger, Rentner, früher Fernfahrer, zwischen Hamburg und München unterwegs, Zwischenstation in Mannheim, dabei hat er die unglückliche Schülerin aufgegabelt. So wie es aussieht, sind die beiden Morde nun doch aufgeklärt. Und der Ladendieb soll noch Andeutungen gemacht haben, weitere Morde an jungen Frauen. Stuber und sein Team durchforsten im Moment alle ungeklärten Fälle aus diesem Zeitraum."

„Kommissar Zufall hat zugeschlagen", sagte Lauer.

„Wenn ich ehrlich bin", sagte Meißner, „habe ich nicht damit gerechnet, dass das Schwein noch geschnappt wird. Klaut im Supermarkt zwei Dosen Bier und ein Glas Würstchen. Und schon haben sie ihn wegen Mordes am Wickel."

„Wie läuft es bei dir?", fragte Lauer. „In deiner Ehe, meine ich, wie läuft es mit ..." Der Name von Meißners Frau fiel ihm nicht ein. „Mit deiner Frau?"

„Gut, nicht einfach, wir haben uns ausgesprochen. Elvira wollte noch kurz mit dir reden."

„Hallo, Leo, ich muss mich bei dir bedanken."

„Bedanken? Bei mir? Wofür?"

„Dass du mit Julian geredet hast, dass du ihm einen guten Ratschlag gegeben hast. Danke."

Noch Minuten, nachdem Meißners Frau aufgelegt hatte, dachte Lauer darüber nach, was für einen guten Ratschlag er seinem Kollegen gegeben haben sollte. Er nahm die Flasche von der Heizung. Der Wein hatte jetzt die richtige Temperatur. Er schenkte sich nach und ließ den Wein lange im Mund. DNA vorne, DNA hinten. Wenn das so weiterging, würde er über kurz oder lang arbeitslos werden. Für die Aufklärung der Verbrechen würde die Kriminaltechnik ausreichen.

Musik? Heute Abend musste es etwas Klassisches sein. Er musste nicht lange überlegen. Die Entscheidung fiel schneller als die Weinauswahl. Robert Schumann. Die Violinsonaten. Gespielt von Carolin Widmann an der Violine und Dénes Várjon am Klavier. Lauer hatte sich die CD zu Weihnachten geschenkt. Er machte sich jedes Jahr ein Geschenk. Violine und Klavier setzten gleichzeitig ein, verhalten, traurig, melancholisch, das war das richtige Wort. Nach wenigen Sekunden die Steigerung, die Dramatik. Lauer nahm einen weiteren Schluck Rotwein, ließ ihn wieder lange im Mund, damit er sich voll und ganz entfalten konnte. Nachdem der Cabernet Sauvignon mit jeder einzelnen Geschmacksknospe in seinem Mund intensiv Bekanntschaft geschlossen hatte, schluckte er. Es klingelte. Nein, nicht das Telefon. Es klingelte an der Haustür. Lauer musste an den Sonntagabend vor einigen Wochen denken, ein Abend, der mit einer Klingelorgie begonnen und einer nächtlichen Odyssee durch Mannheim, Endstation Spinozastraße, geendet hatte. Darauf war er heute nicht vorbereitet. Er war auf einen ruhigen, friedlichen Sonntagabend eingestellt. Ein Abend mit einem Glas guten Rotwein, bei dem man über das Leben nachdenken konnte. Sinnieren.

Bub, du sinnierst zu viel, hatte seine Urgroßmutter zu ihm gesagt. Aber das war lange her, die Urgroßmutter schon lange tot. Lauer stellte das Glas auf den Wohnzimmertisch und ging nach draußen zur Haustür. Es war abgeschlossen.

Noch keine acht, schon abgeschlossen, dachte er. Er musste lachen. Hatte er diesen Gedanken in der letzten Zeit nicht öfter gehabt? Er holte den Schlüssel, der auch wirklich am Schlüsselbrett hing. Er schloss die Tür auf. Vor ihm stand Hanne.

301

Personen, alphabetisch geordnet

Dr. Friedrich Adelmann ist Arzt, Pathologe, ein Freund Lauers und kämpft in den eiskalten Januartagen mit Rückenschmerzen.

Adonis, der Wirt des Café Prag, Lauers Lieblingscafé, in den E-Quadraten in Mannheim, ist mit Lauer auf Du und Du.

Ingrid Breuers, Polizeiobermeisterin, war schon bei „Bluthitze" dabei und plagt sich immer noch mit ihrem Kollegen Frühauf.

Roman Clement, Erster Hauptkommissar, Leiter des Dezernates 11, Lauers direkter Vorgesetzter, findet, dass Lauer seine Kompetenzen überschreitet.

Frau Dobler, Susannes Mutter, ist beunruhigt, weil ihre Tochter ein ganzes Wochenende nichts von sich hören lässt.

Susanne Dobler ist Mitte 20, hat ihre Ausbildung beendet, kommt als frisch gebackene Kommissarin zu Lauer ins Team und ermittelt in diesem Fall am Ende allein.

Dr. Drees ist Gefängnisarzt in der Mannheimer JVA und offenbart Susanne und Lauer delikate Krankendetails eines Insassen.

Eberle, Polizeidirektor, Stellvertreter Faulhabers, soll sich angeblich bei einem Seminar in der Schweiz aufhalten, aber Lauer ist sich da nicht so sicher.

Faulhaber, Polizeipräsident in Mannheim, ist schweren Herzens aus dem kurfürstlichen Rundzimmer in L 6 ausgezogen.

Frühauf, Polizeihauptmeister, hatte in „Bluthitze" kleinere Auftritte, entpuppt sich dieses Mal als Liebhaber irischen Whiskeys.

Sibylle Geerdt, geborene Krämer, Lauers Ex-Freundin, Fabians Mutter, hatte in „Bluthitze" ihren großen Auftritt.

Herr George, ehemaliger Oberstudienrat, erklärt Lauer seine Sicht auf die Finanzkrise.

Gernhardt, Kriminalkommissar, Anfang 30, seit einem halben Jahr in Mannheim. Meißner hält ihn für einen Besserwisser.

Christine Gooch macht zuerst im Internet, dann in der Wirklichkeit die Bekanntschaft mit Peter Lauinger, ist nicht begeistert von ihm.

Elisabeth Grünwald wohnt in der Pflügersgrundstraße direkt neben dem Tivoli und ist die Mutter von **Holger Grünwald**, der durch seine schriftstellerischen Ergüsse ins Visier der Polizei gerät.

Gundinger, Polizeimeisterin, ist eine junge Streifenbeamtin, die zusammen mit ihrem Kollegen, dem Polizeimeister Hauschild, am alten Postfrachthof Dienst macht und die Leiche eines Obdachlosen findet.

Michael Haller, Briefträger, ein cleverer, gibt der Polizei einen wichtigen Hinweis und ist enttäuscht, dass es keine Belohnung gibt.

Roland Hanke, Kulturredakteur beim Rhein-Neckar-Anzeiger, hat spezielle Bekannte und beim Showdown einen großen Auftritt.

Manfred Kern, Pressesprecher der Mannheimer Polizei, muss sich mit einem ungewöhnlichen Handicap herumschlagen.

Gerald Kollnig macht Lauer und Meißner Arbeit, schon 2007 in „Bluthitze", im kalten Januar 2009 immer noch.

Fabian Krämer, Lauers unehelicher Sohn, versucht sich als Bandmanager im fernen Australien.

Heiderose Kunkel geht für ein Bier mit jedem Freier mit. Ihr Mörder läuft seit 40 Jahren frei herum.

Dr. Julia Langner, Ärztin bei der Rechtsmedizin in Heidelberg, jung, kompetent, ist mit ihrem Kollegen Dr. Adelmann nicht immer einer Meinung.

Leo Philipp Lauer wird im Mai 2009 50 Jahre alt werden, ist noch Single, sucht bei www.mannheim-flirtet.de nach der Liebe seines Lebens, verrennt sich in eine fixe Idee.

Frau Lauer, Lauers Mutter, die in der Pfalz wohnt, ist frisch verliebt und möchte verreisen.

Peter Lauinger tummelt sich bei der Singlebörse wie ein Fisch im Wasser und verrechnet sich.

Herr Magin ist Rentner und Whiskey-Kenner, trinkt jedoch nie einen Tropfen, wenn er Auto fährt. Trotzdem gibt es Ärger bei einer Alkoholkontrolle.

Martina, Lauers Schwester, die acht Jahre älter ist als er, macht sich ernsthafte Sorgen um die Mutter.

Elvira Meißner, die Ehefrau von Julian Meißner, ist Lauer dankbar.

Julian Meißner, inzwischen Hauptkommissar, Lauers Kollege und Freund, flieht nach Augsburg, um seinen Eheproblemen zu entkommen.

Frau Metzger, resolute Rektorengattin, verwitwet, wohnt direkt am Neckar und identifiziert ein Mordopfer.

Irene Meyers, Oberkommissarin, bevorzugt wider Erwarten Weizenbier und kommt Lauer näher.

Natale ist Wirt eines italienischen Restaurants in Zwingenberg, das bei Erscheinen des Romans leider schon geschlossen ist.

Ernesto Nägele betreibt die Singlebörse www.mannheim-flirtet.de, macht einen schmierigen Eindruck auf Susanne und Lauer, verhält sich jedoch erstaunlich kooperativ.

Stephan Peters freut sich über ein wenig Wärme und landet in der Kälte.

Regina47, eigentlich Regina Wulf, lernt Lauer bei einem Singlebörsen-Date kennen. Es bleibt bei diesem einzigen Treffen.

Herr Ritter hat in der Finanzkrise viel Geld verloren, da er nun dement ist, spielt das keine Rolle mehr für ihn.

Bernd Schenk sitzt im Café Landes ein, mag, als Susanne und Lauer ihn besuchen, partout nicht sitzen.

Schwegler, Kriminaloberrat, leitet die Kriminalinspektion 1.

Lydia Schweitzer, Schülerin aus Mannheim, trampt 1971 nach Augsburg, wird in einem Waldstück bei Augsburg gefunden, ermordet.

Hanne Seeigel-Meier, alias Seeteufelchen, Singlebörsen-Nutzerin mit eigenwilligem Namen, hat unkonventionelle Ansichten über Turbodating.

Vera Simons, eine Schulfreundin Meißners, arbeitet in Augsburg in der Fuggerbank, verwöhnt Meißner mit Sekt auf ihrer grandiosen Dachterrasse und auch sonst.

Sonja4, Lehrerin, Kunstliebhaberin, Singlebörsen-Nutzerin, trifft sich mit Lauer in der Kunsthalle.

Vincenz Stuber, frustrierter Kommissar aus Augsburg, hat das Herz auf dem rechten Fleck, findet Meißner.

Turbodating-Engel findet Hannes Ansichten über das Turbodating nicht lustig.

Herr Ungstein genießt im Rollstuhl den fantastischen Blick von seiner Wohnung am Friedrichsplatz auf den Wasserturm.

Annemarie Werner, der gute Geist in L 6, liebt immer noch Fritz Wunderlich.

Ingrid Werth trauert und lebt in der Vergangenheit.

Jens Werth muss mit seinen 5 Jahren im Rollstuhl sitzen und liebt seine Wollmütze.

Ines Zacharias, noch eine Schulfreundin von Meißner, schafft es, dass die Türen der Abendakademie sich für Lauer und Meißner mitten in der Nacht öffnen.

Zwei Obdachlose stoßen auf Stephan Peters am alten Frachtbahnhof. Am Vortag hat er ihnen gesagt, er habe das große Los gezogen.

Danke an ...

Annerose Weinberger, die mir von der Freundschaft zwischen Fritz Wunderlich und Hermann Prey erzählt hat und ohne die Kommissar Lauer den Steinbeißer-Karl nicht kennen würde.

Andrea Schimbeno, die mir Erklärungen zum Verständnis der Finanzkrise lieferte. Ihr verdanke ich nützliches Faktenmaterial.

Ingo Mecklenburg, der die Passagen, in denen medizinische Fragen im Mittelpunkt stehen, unter die Lupe genommen und aus dem endoskopischen und medizinischen Alltag geplaudert hat.

Elke Neumann, die mich in die Geheimnisse der Singlebörsen eingeweiht hat. Ohne sie wäre Lauer bei der Partnersuche im Internet zum Scheitern verurteilt gewesen.

Martin Boll, den Pressesprecher der Mannheimer Polizei, der mich, wie schon bei „Bluthitze", umfassend und geduldig über den Polizeialltag, über DNA, Obduktionen und Sondereinsatzkommandos, beraten hat. Seine freundschaftliche Unterstützung habe ich schätzen gelernt.

Florian, der mich in vielen Einzelfragen, die Sachwissen und Stil betreffen, beratend unterstützt hat.

Julia, die als Erste das Manuskript gelesen und mit ihren Änderungsvorschlägen und Streichungen verbessert hat. Speziell mit medizinischen Fragen konnte ich sie zu jeder Tages- und Nachtzeit belästigen.

Irene, die den Text akribisch und aufmerksam durch-forstet hat, die mich kritisiert und ermuntert hat. Ohne sie würde das Schreiben und sonst alles nicht so viel Spaß machen.

Bluthitze

272 Seiten, Euro 11,90

Gluthitze über Mannheim. Hauptkommissar Lauer ermittelt im Fall eines erschossenen polnischen Erntehelfers. Sein Kollege, Oberkommissar Meißner fällt aus, eine Praktikantin scheint ihm das Leben auch nicht leichter zu machen. Zu allem Überdruss hat Lauer gleich darauf eine zweite Leiche am Hals: eine Journalistin, erschlagen mit einem Beil – Mord im Doppelpack. Und das alles im brütend heißen Juli 2007. Lauer wirkt überfordert – nicht nur beruflich. Und als sich endlich einiges zu lichten scheint, führen die Spuren plötzlich zurück in die Vergangenheit. Ein weiterer Mord rückt in den Blickpunkt der Ermittler.

Landin ist begeisterter Mannheimer, der auf die Authentizität der Tatorte und des Milieus in seinen Erzählungen großen Wert legt. (Frankfurter Allgemeine Sonntagszeitung)

www.wellhoefer-verlag.de

WALTER LANDIN IM WELLHÖFER VERLAG

Mannheimer Karussell

176 Seiten, Euro 9,80

Erst der Erpresserbrief im Briefkasten. Dann die Frauenleiche
im Ehebett. Für Hermann Baumer kommt es knüppeldick.
Anstatt die Polizei einzuschal-
ten, macht er sich an die private
Entsorgung der Leiche, was gar
nicht so einfach ist. Schritt für
Schritt gerät Baumer mehr auf
die schiefe Bahn. Und bevor er
groß zum Nachdenken kommt,
ist er mitten drin in einem Kor-
ruptionsskandal, in dem es um
Grundstücksschiebereien und
Beamtenbestechung geht.
Das „Mannheimer Karussell" kommt in Fahrt.

www.wellhoefer-verlag.de

HELMUT ORPEL IM WELLHÖFER VERLAG

Tödliche Illusionen
von Helmut Orpel – 216 Seiten, Euro 11,90

Der Mord am bekannten Mannheimer Stadtrat Rehberger ist Kommissar Jürgen Bauers erster Fall. Seine Ermittlungen führen ihn in das Machtzentrum der lokalen Wirtschaft und Politik. Hinter der sauberen Fassade einer aufstrebenden Wirtschaftsmetropole scheint nicht alles mit rechten Dingen zuzugehen.
Welche Rolle spielt die geplante Erweiterung des Regionalflughafens? Wer behindert Bauers Ermittlungen?
Fragen, die zunehmend eine tödliche Brisanz entwickeln. Ein Wettlauf gegen die Zeit beginnt.

Erntezeit
von Helmut Orpel – 256 Seiten, Euro 11,90

In einer Maxdorfer Lagerhalle wird ein irakischer Erntehelfer tot aufgefunden – kaltblütig erschossen. Schnell entstehen Zweifel an der Identität des Toten. Parallelen zu einem Kaiserslauterer Mordfall fallen auf, nach Mannheim führt eine vielversprechende Spur.
Das Mannheimer Ermittlerteam um Jürgen Bauer und Anette Schreiber wird mit der Leitung der Ermittlungen betraut.
Je länger diese allerdings dauern, desto undurchsichtiger scheinen die Zusammenhänge. Eine Herausforderung der besonderen Art für das sympathische Mannheimer Ermittler-Duo, denn eines steht fest: Skrupel vor weiteren Gewalttaten haben der oder die Täter nicht.

www.wellhoefer-verlag.de

Nora Noé im Wellhöfer Verlag

Tod im Jugbusch

224 Seiten, Klappenbroschur, Euro 14,95

Die Frauenleiche von der Teufelsbrücke hält die Jungbusch-Bewohner in Atem.
Es verschwinden weitere Menschen, im Hafenviertel geht die Angst vor dem „Kanal-Killer" um. Doch ist es wirklich ein Serientäter, der hier sein Unwesen treibt? Welche Rollen spielen der Künstler Arteo und seine exzentrische Lebensgefährtin Cleo? Liegt der Schlüssel zur Lösung des Falls vielleicht in der Vergangenheit? Die wilden Studentenzeiten der 70er-Jahre rücken in den Blickpunkt aber auch die längst vergessenen Kellergewölbe in der Filsbach.

Ein Verwirrspiel von Intrigen, Hass und Leidenschaft, das harmlos beginnt und immer beklemmender wird. Eine Geschichte mit viel Lokalkolorit, die ihre Leser in die 70er- und 90er-Jahre entführt. Ein Krimi mit Thriller-Qualitäten bis zum verblüffenden Ende.

www.wellhoefer-verlag.de

KURZ-KRIMIS IM WELLHÖFER VERLAG

Mannheim auf die kriminelle Tour
Hubert Bär, Lilo Beil, Walter Landin u.a.
280 Seiten, Euro 14,95

"Mannheim auf die kriminelle Tour" – unter diesem Motto haben sich bekannte Krimiautoren der Region versammelt und garantieren in 29 Kurzgeschichten packende Spannung und beste Krimi-Unterhaltung von der ersten bis zur letzten Seite.
… und wie bei den bereits erschienenen Krimisammlungen „Mord im Quadrat" und „Mörderisches Mannheim" heißt es auch diesmal wieder: Passen Sie gut auf sich auf, denn Mord ist eine ernste Sache.
Eine todernste!

Heidelberg auf die kriminelle Tour
von Marcus Imbsweiler – 220 Seiten, Euro 11,90

Heile Welt? Insel der Seligen? Unter touristischem Blickwinkel ist das Leben in Heidelberg an Beschaulichkeit kaum zu überbieten. Eine Postkartenidylle. Höchste Zeit, einmal einen anderen Standpunkt einzunehmen! Marcus Imbsweiler bietet eine Stadtführung der besonderen Art. Er erzählt von den Geheimnissen und Abgründen hinter der historischen Fassade, von skurrilen Begebenheiten und tödlichen Begegnungen. Da endet eine Wallfahrt blutig, auf einer Steinbruchwand prangen rätselhafte Botschaften, im Weinberg liegt die Leiche eines Maklers. Nicht immer geht es mörderisch zu, oft steckt der Teufel im Alltagsdetail.

www.wellhoefer-verlag.de